우리가 정말 알아야 할 동양고전

삼국지 2

펴낸곳 / (주)현암사
펴낸이 / 조근태
지은이 / 나관중
옮긴이 / 정원기
그린이 / 왕굉희 외 60명

주간 · 기획 / 형난옥
교정 · 교열 / 김성재
편집 진행 / 김영화 · 최일규
표지 디자인 / ph413
본문 디자인 / 정해욱
제작 / 조은미

초판 발행 / 2008년 10월 25일
등록일 / 1951년 12월 24일 · 10-126

주소 / 서울시 마포구 아현 2동 627-5 · 우편번호 121-862
전화 / 365-5051 · 팩스 / 313-2729
홈페이지 / www.hyeonamsa.com
E-mail / editor@hyeonamsa.com

ISBN 978-89-323-1505-8 03820
ISBN 978-89-323-1515-7 (전10권)

정역삼국지 2

나관중 지음

정원기 옮김

왕굉희 외 60명 그림

현암사

천년 고전 『삼국지』를 옮기며

국내 번역 상황

천년이 넘는 조성 과정을 거쳐 14세기 후반에 완성된 『삼국지』는 6백 년이란 장구한 세월을 넘겼는데도 갈수록 독자들의 사랑을 더욱 끌어들이는 마력을 발휘하고 있다. 우리나라에는 조선 중기에 처음 소개된 이래로 필사본에서 구활자본에 이르기까지 현대어 번역 이전 판본이 이미 1백 종을 넘었다. 번역도 조선시대부터 완역과 부분 번역, 번안飜案(개작), 재창작 등 다양한 방식으로 진행되었으며 번역의 저본이 된 대상은 가정본·이탁오본·모종강본 등이었다. 그런데 현대어 번역이 시작되고부터는 모종강본 일색으로 통일되었다.

최근 인하대학교 한국학연구소에서 발표한 연구 결과에 의하면, 1920~2004년에 한국어로 출간된 완역본 『삼국지』가 모종강본毛宗崗本 계열의 중국본(즉 정역류正譯類)이 58종, 요시카와 에이지吉川英治 계열을 위주로 한 일본본(즉 번안된 일본판 중역류重譯類)이 59종, 국내 작가에 의한 독자적 재창작 및 평역(즉 번안류)이 27종으로 모두 144종이고, 거기다 축약본 86종까지 합치면 230종이나 된다고 한다. 뿐만 아니라 만화 극 장르(애니메이션·영화·드라마·대본·연극), 참고서 등으로 발전한 응용서까지 포함하면 무려 342종이 넘고, 그 가운데는 발행 부수가 수십 쇄를 넘기는 종류도 상당수 된다고 하니, 근·현대기 한국에서 간행된 그 어떤 소설도 경쟁을 불허한다고 하지 않을 수 없다.

그런데 여기서 한 가지 놀라운 사실은 이렇게 144종이 넘는 정역류, 번안류, 번안된 일본판 중역류 가운데 단 한 종도 중국문학 전공자가 체계적인 『삼국지』 학습을 통하여 성실하고 책임 있는 완역을 시도한 경우를 찾아볼 수 없다는 것이다.

지금까지 국내에 번역 출간된 기존 『삼국지』에 나타난 문제점을 살펴보면, 무엇보다 중대한 것은 '『삼국지』 자체에 대한 무지'이다. 요약하면 『삼국지』 판본에 대한 무지, 저본 선택에 대한 무지, 원작자에 대한 무지로 나눌 수 있다. 이러한 무지는 어느 누구의 『삼국지』를 막론하고 종합적인 것으로, 그야말로 국내 기존 번역은 '『삼국지』의 근본에 대한 무지'에서 출발했다고 해도 과언이 아니다.

그 다음으로 중요한 문제는 '번역상의 오류'이다. 대별하면 저질 저본의 선택에서 비롯한 2차 오류, 원문을 한글로 옮기는 과정에서 발생한 3차 오류로 나눌 수가 있다. 이러한 오류도 거의 전반적인 현상으로 번역서의 대부분을 차지한다.

셋째 문제는 역자 자신이 원본을 마주하고 진지한 번역 작업을 수행한 것이 아니라 초창기의 부실한 번역을 토대로 기술적 변형 및 교묘한 가필과 윤색을 가한 경우나 아예 번안된 일어판을 재번역한 역본이 많다는 사실이다. 그러면서도 저마다 이구동성으로 '시중에 나도는 판본에 오류가 많아 자신이 원전을 방증할 만한 여러 책을 참고해서 완역했다'는 식이다. 이 때문에 수십 년 동안 동일 오류가 개선될 줄 모르고 답습되어 온 상황이다.

이러한 현상은 저명 문학가의 번역일수록 두드러지는 경향이 있는데, 그 자체가 내포한 엄청난 양의 오역으로 말미암아 재중 동포 작가가 단행본을 출간하여 신랄하게 비판하는 국제적 망신까지 당하는 일도 벌어졌다.

그러면 이와 같은 현상은 왜 일어나는 것일까? 이런 현상이 우리 풍토에서 고질적으로 반복되는 이유를 중문학자인 홍상훈 선생은 "기존 『삼국지』 번역이 중국 고전소설에 대해 문외한에 가까운 이들에 의해 주도되었을 뿐만 아니라 상업성 높은 필자를 내세운 사이비 번역본이 국내 출판 시장을 주도하고 있기 때문"이라고 지적했다. 그렇다면 이렇게 사이비 번역이 판치는 우리 풍토에서 『삼국지연의』의 실체를 올바로 소개해 줄 정역은 진정 나오기 어려운 것일까?

진정한 정역

이 책은 나관중羅貫中이 엮고 모종강毛宗崗이 개편한 작품을 선뻬쥔沈伯俊의 교리 과정을 거쳐 중국 고전문학을 전공한 역자가 책임 의식을 가지고 번역한 『삼국지』다. 국내 『삼국지』 전래 사상 최초로 가장 확실한 저본을 통한 정역이라고 할 수 있다. 앞에서 살펴본 바와 같이 지금까지는 문명文名이나 광고에 현혹된 『삼국지』 시대로, 과장·변형·왜곡되거나 어딘가 결함을 가진 『삼국지』가 독자를 오도해 왔다. 우리는 이제 중국의 실체를 있는 그대로 파악하기 위해서라도 '과장되거나 왜곡된 『삼국지』' 읽기에서 과감히 벗어나야 한다. 다행히 지금은 『삼국지연의』를 다시 연의한 작품에 대한 비평과 반성으로부터 시작된 정역 붐이 한창이다. 그러나 『삼국지』 정역이란 한문을 좀 안다고 되는 것이 아니며, 글재주만으로 되는 것도 아니다. 더욱이 명성이나 의욕만 앞세운다면 더욱 곤란하다. 널린 게 『삼국지』, 손에 잡히는 게 『삼국지』지만『삼국지』의 실체를 있는 그대로 보여 준『삼국지』는 없었다. 그야말로『삼국지』를 전공한 전문가가 없었기 때문이다. 그러면『삼국지』의 정체는 무엇인가?

나관중 원본의 변화 발전

전형적 세대 누적형 역사소설인『삼국지』는 크게 보아 세 차례의 집대성을 거친 작품이다. 첫 번째는 나관중 원본이다. 14세기 후반인 원말 명초元末明初에 나관중은 천년이 넘는 세월을 거치며 다양한 형태의 민간 예술로 변화 발전해 오던『삼국지』이야기를 중국 최초의 완성된 장편 연의소설演義小說로 집대성하기에 이른다. 그런데 육필 원고로 된 이 나관중 원본은 종적이 사라지고 수많은 필사본으로 전해지며 변화 발전해 오다가 150년 정도의 세월이 흐른 명대明代 가정嘉靖 임오년壬午年(1522년)에 최초의 목각 인쇄본으로 출간되기에 이른다. 이것이 이른바 가정본嘉靖本(일명 홍치본弘治本)으로, 두 번째의 집대성이다. 그 후 다시 1백 수십 년의 세월 동안 유례없는 출판 호황기를 거치며 '가정본' 및 '지전본志傳本' 계열로 분화되어 발전을 거듭해 오다가 17세기 후반 청대淸代 초기에 모종강에 의해 다시 한 번 집대성되기에 이른다. 이것이 바로 모종강본으로, 세 번째의 집대성이다.

가정본과 모종강본 사이인 명대 만력萬曆·천계天啓 연간에는 출판 경쟁이 치열하게 벌어져 여러 출판사에서 각기 총력을 다 해 다양한 종류의『삼국지』를 시장에 내놓았다. 당시 유행한 판본이 지금도 30여 종이나 남아 있다. 그러나 모종강본이 한 번 세상에 나오자 가정본은 물론 그 이후에 나타난 수많은 종류의 판본은 모두 경쟁력을 상실하고 말았다. 모종강본이 독서 시장을 장악하게 된 것이다. 모종강본은 그 이후로『삼국지』의 대명사가 되어 3백 년이 흐른 오늘날까지도 베스트셀러의 자리를 유지하고 있다. 따라서 지금 우리가 읽고 있는 144종이 넘는 국내『삼국지』는 예외 없이 모두 모종강본을 모태로 한 것이다. 그런데 대부분의 번역자는 나관중 이름만 내세우고 모종강 이름은 언급조차 하지 않고 있다. 게다가 일부 번역가는 가정본을 나관중의 원작으로 오인하고 있을 뿐만 아니라 가정본을 모종강본보다 우수한 작품이라 억단하는 경우도 있다. 그러나 사실상 나관중의 손으로 편집된 원본은 찾을 길이 없고, 찾는다고 해보아야 형편없이 얇고 볼품없는 육필 원고에 불과할 따름

이다. 왜냐하면 나관중『삼국지』는 원본 형태를 유지하며 정체하고 있었던 게 아니라 모종강본 출현 이전 3백 년이란 세월 동안 부단히 진화되어 왔기 때문이다.

모종강본의 특징과 가치

모종강은 자字가 서시序始이고 호號는 혈암孑庵으로, 명나라 숭정崇禎 5년(1632년)에 출생하여 80세 가까이 살았다. 그는 눈 먼 부친(모륜毛綸)의 『삼국지』 평점評點 작업을 도우며 『삼국지』 공부를 시작하여 마침내 『삼국지』를 개작하기에 이르렀다. 첫 작업은 부친이 생존한 청나라 강희康熙 5년(1666년) 이전에 이루어졌다. 그러나 경제적인 이유로 출판하지 못하자 부친이 세상을 떠난 후에도 쉼 없는 원고 수정 작업을 계속하다 마침내 강희 18년(1679년)에 정식 출판을 하게 되었다. 이것이 바로 '취경당본醉耕堂本'인데, 모종강의 육필 원고를 출간한 최초의 목판본으로 간주된다. 취경당본이 나온 이후로 모종강본은 다시 필사본·목각본·석인본石印本·연鉛 활자본 형태로 널리 전파되면서 각기 조금씩 다른 판본이 수십 종 이상으로 늘어났다. 학계에서 표현하는 청대 판본 70여 종 대다수는 바로 모종강본인 셈이다.

모종강본은 장기간에 걸쳐 여러 차례 출판되면서 책 이름도 몇 차례나 바뀌었다. 명칭의 변화를 시간 순서로 나열하면 사대기서제일종四大奇書第一種→제일재자서第一才子書→관화당제일재자서貫華堂第一才子書→수상김비제일재자서繡像金批第一才子書→삼국지연의三國志演義→삼국연의三國演義가 된다. 여기서 사대기서제일종(일명 고본삼국지사대기서제일종古本三國志四大奇書第一種)이 바로 모종강본 『삼국지』의 본래 명칭이다. 이것은 강희 18년에 간행된 취경당본의 명칭인데, 여기에는 김성탄의 서문序文이 아닌 이어李漁(이립옹李笠翁)의 서문이 실려 있다. 조선 숙종肅宗 연간에 유입되어 1700년을 전후로 국내에 널리 간행된 판본은 바로 모종강의 제3세대 판본에 속하는 관화당제일재자서 종류이다.

모종강본의 특징은 '어떻게 『삼국지』를 읽어야 하는가'(별책 부록에 수록)에서 잘 나타난다. 모종강은 '어떻게 『삼국지』를 읽어야 하는가'를 통해 작가로서의 역사관과 가치관을 드러냄은 물론 『삼국지』의 문체와 서사 기법까지 상세히 분석했다. 즉

『삼국지』가 사대 기서 중에서도 첫 자리에 위치해야 할 당위성이나, 가정본에서는 피상적 서술에 불과하던 '정통론'과 '존유펌조尊劉貶曹'도 확실한 작가적 의도로 논리 정연한 사상적 체계를 이루었다. 그의 개편 작업은 앞서 나온 '이탁오본李卓吾本'에 대한 불만에서 출발했다. 협비夾批와 총평을 가하는 데서부터 시작하여 문체를 다 듬고, 줄거리마다 적절한 첨삭을 가하며, 각 회목을 정돈하고, 논찬論贊이나 비문碑文 등을 삭제하며, 저질 시가를 유명 시인의 시가로 대체함으로써 문장의 합리성, 인물 성격의 통일성, 등장인물의 생동감, 스토리의 흥미도를 대폭 증가시켰다. 이에 과거 3백 년 간 내려오던『삼국지』의 면모를 일신하고 종합적인 예술적 가치를 한 차원 제고시킴으로써 마침내 최종 집대성을 이루기에 이른다. 따라서 모종강본은 실질 적인 면에서 과거 유통된 모든『삼국지연의』의 최종 결정판이며, 개편자인 모종강 역시『삼국지연의』창작에 직접 참여한 작가임을 부정할 수 없다.

왜 교리본인가?

그런데『삼국지연의』원문 중에는 역사소설로서 갖추어야 할 기본적 사실에 위배되는 결함이 적지 않았다. 이 결함은 기술적인 면에 서 발생한 문제이므로 '기술적 착오'라고 할 수 있다. '기술적 착 오'는 작가의 창작 의도는 물론 작품상의 허구나 서사 기법과는 전혀 상관없이 발생한 것들로, 그 원인은 작가의 능력 한계 나 집필상의 오류, 필사나 간행 과정에서 생긴 오류 등으 로 나눌 수 있다. 이러한 오류들은 최종 결정판인 모종강 본에 이르러 일정 부분 삭제되거나 수정되었다. 하지만 그 중 대부분은 그대로 답습되며 사안에 따라 모종강본 자체에서 새로 발생시킨 오류도 적지 않다.

선뻐쥔의 '교리본'은 바로 이러한 '기술적 착오'를 교 정 정리한 판본이다. 여기서 '교리校理'란 '교감 및 교정 정 리'를 줄인 말인데, 이 교리본은 26년 간『삼국지연의』연 구에만 몰두해 온 선뻐쥔 선생의 노작勞作이다. 선 선생은 『교리본 삼국연의』작업을 진행하면서 취경당본『사대기 서제일종』을 저본으로, 선성당본善成堂本과 대도당본大道 堂本『제일재자서』를 보조본으로 삼고, 가정본과 지전본 류는 물론 관련 사서史書나 전적을 광범위하게 참 고했다. 장기간에 걸친 교리 작업이 완성되자 중 국 저명 학자인 츠언랴오陳遼, 주이쉬앤朱一玄, 치우전성丘振聲 선생들로부터 '심본沈本 삼국지연의', '삼국지연의 판본사상 새로운 이정표', '모종강 이후 최고의 판본'이란 격찬을 받았다. 따라서 본 번역의 범위는 기술적 착오 부분까지 포함하였다. 이는 타쓰마시 요우스케立間祥介 교수의 일어판 및 모스 로버츠Moss Roberts 교수의 영문판에서도 손대지 못한 작업이다.

모종강본을 교정 정리한 것으로 선뻐퀀의 '교리본' 이전에도 인민문학출판사人民文學出版社의 '정리본整理本'과 사천문예출판사四川文藝出版社의 '신교주본新校注本'이 있다. 하지만 이들의 작업은 전면적이고 지속적이지 못했고, 여러 이유로 일정 한계를 넘어서지 못한 채 중단되고 말았다. 따라서 이들의 '기술적인 착오' 정리는 선뻐퀀의 교리본에서 완성한 숫자에 비하면 그 10분의 1 정도에 불과하다.

준비 작업까지 치면 8년이란 세월이 지났고, 본격적으로 투자한 시간만 해도 5년이나 된다. 더욱이 최종 3년은 거의 모두 이 작업에 몰두한 시간이라 해도 과언이 아니다. 뿐만 아니라 지금까지 출간된 『최근 삼국지연의 연구 동향』→『삼국지평화』→『설창사화 화관색전』→『여인 삼국지』→『삼국지 사전』→『다르게 읽는 삼국지 이야기』→『삼국지 상식 백가지』→『삼국지 시가 감상』 등의 작업이 이번 정역을 귀결점으로 모두 하나의 고리로 연결되어 있다. 한마디로 말해 지난 10여 년 동안의 『삼국지』 관련 연구와 번역 작업은 모두 이번 정역을 탄생시키기 위한 기초 작업이었던 셈이다. 동시에 그동안 나름대로 계획하고 실행해 온 일련의 『삼국지』 관련 프로젝트 역시 일단락을 보게 되었다.

완벽한 번역이란 하나의 이상일지 모른다. 그러나 역자는 자신이 수행한 작업에 나름대로 자부심을 가진다. 왜냐하면 단순한 의욕이나 열정만으로 손을 댄 것이 아니라 충분한 사전 학습과 면밀한 기초 작업을 거치면서 이루어 낸 번역이기 때문이다. 따라서 근 1세기 동안이나 답습되어 온 왜곡과 과장과 오류로 점철된 사이비 번역의 공해를 걸어 내고 일반 독자에게는 원전 본래의 진미를, 연구나 재창작을 계획하는 전문가에게는 신뢰할 수 있는 한국어 텍스트를 제공할 수 있게 되기를 기대한다. 특히 원전의 1차적 오류까지 해소한 선뻐퀀의 '교리 일람표'를 별책 부록으로 발행하니, 기간된 『삼국지 시가 감상』과 곧 개정증보판이 나올 『삼국지 사전』 등과 연계한다면 『삼국지』에 관한 이해를 한 차원 높이리라 생각한다.

2008년 10월
옮긴이 정원기

차례

제13회 이각과 곽사의 난   297

제14회 수도를 허도로 옮기다   325

제15회 소패왕 손책   355

제16회 색을 탐하다 아들과 조카를 죽이다   385

제17회 머리털을 잘라 머리를 대신하다   415

제18회 곽가의 십승십패론   435

제19회 천하 영웅 여포의 최후   451

제20회 옥대 속에 숨겨진 비밀 조서   481

제21회 푸른 매실 안주 삼아 영웅론을 펼치다   503

제22회 조조의 두통을 치유한 진림의 격문   531

제23회 재사 예형과 의원 길평   557

제24회 동귀비의 죽음   585

1권

제1회　복사꽃 아래서 형제 의를 맺다
제2회　장비, 독우를 매질하다
제3회　동탁과 여포의 만남
제4회　동탁 암살을 시도하는 조조
제5회　세 영웅이 여포와 싸우다
제6회　전국옥새를 감추는 손견
제7회　반하대전
제8회　절세미인 초선
제9회　역적 동탁의 최후
제10회　조조, 군사를 일으키다
제11회　서주를 세 번 사양하다
제12회　복양대전

3권

제25회　사흘 만에 작은 잔치 닷새 만에 큰 잔치
제26회　떠나는 관운장
제27회　다섯 관문을 지나며 여섯 장수를 베다
제28회　고성古城의 해후
제29회　손권, 강동의 주인이 되다
제30회　관도대전
제31회　궁지에 몰리는 유비
제32회　원씨 형제들의 골육상쟁
제33회　조조의 북방 통일
제34회　용마, 단계를 뛰어넘다
제35회　수경선생 사마휘
제36회　떠나가는 서서

4권

제37회　삼고초려
제38회　천하삼분의 계책
제39회　제갈량의 첫 용병
제40회　불타는 신야성
제41회　조자룡은 필마단기로 어린 주인을 구하다
제42회　장비가 장판교에서 호통을 치다
제43회　강동 선비들을 설전으로 누르다
제44회　강동 이교
제45회　군영회
제46회　풀단 실은 배로 화살을 빌리다
제47회　연환계
제48회　장강의 밤잔치

5권

제49회 적벽대전
제50회 화용도
제51회 남군 쟁탈전
제52회 미인을 사양하는 조자룡
제53회 관우와 황충의 결투
제54회 감로사
제55회 부인 잃고 군사마저 꺾이다
제56회 동작대의 큰 잔치
제57회 복룡과 봉추
제58회 수염 자르고 전포 벗고 달아나는 조조
제59회 마초와 허저의 난투극
제60회 서천도西川圖

6권

제61회 장강을 가로막고 아두를 빼앗다
제62회 서천 진격
제63회 낙봉파
제64회 충신 장임
제65회 성도 입성
제66회 칼 한 자루 지니고 연회에 나가다
제67회 한중 평정
제68회 유수대전
제69회 관로의 점술
제70회 장비와 황충의 지혜
제71회 정군산
제72회 양수와 계륵

7권

제73회 한중왕 유현덕
제74회 방덕을 죽이고 우금을 사로잡다
제75회 뼈를 깎아 화살 독을 치료하다
제76회 맥성으로 패주하는 관운장
제77회 관운장의 혼령
제78회 간웅 조조의 최후
제79회 칠보시
제80회 황제 유비
제81회 장비의 죽음
제82회 동오 정벌
제83회 동오의 대도독 육손
제84회 팔진도
제85회 백제성

8권

제86회 촉과 오의 화해
제87회 남만 정벌
제88회 두 번 세 번 맹획을 사로잡다
제89회 독룡동의 샘물
제90회 칠종칠금
제91회 출사표
제92회 노장 조운의 맹활약
제93회 강유의 귀순
제94회 다시 병권을 잡는 사마의
제95회 공성계
제96회 읍참마속

9권

제97회 다시 올리는 출사표
제98회 거듭되는 북벌
제99회 공명과 중달
제100회 조진의 죽음
제101회 목문도의 장합
제102회 목우와 유마
제103회 불타는 상방곡
제104회 죽은 제갈량이 산 중달을 쫓다
제105회 비단 주머니 속에 남긴 계책
제106회 기회를 노리는 사마의
제107회 사마씨의 정권 장악
제108회 사마의와 손권, 제갈각의 죽음

10권

제109회 인과응보
제110회 사마사의 죽음
제111회 제갈탄의 사마소 토벌
제112회 수춘 함락
제113회 강유와 등애
제114회 피살되는 위나라 황제
제115회 어리석은 후주
제116회 서촉 정벌
제117회 면죽성의 충혼
제118회 촉한의 멸망
제119회 진 황제 사마염
제120회 삼분천하는 다시 하나로

주요 등장인물

유비 현덕

관우 운장

장비 익덕

강유 백약

황충 한승

제갈량 공명

조운 자룡

유선 공사

조조 맹덕

사마염 안세

손견 문대

여포 봉선

등애 사재

손책 백부

조비 자환

원소 본초

주유 공근

허저 중강

손권 중모

13

이각과 곽사의 난

이각과 곽사는 크게 싸움을 벌이고
양봉과 동승은 함께 어가를 구하다
李傕郭汜大交兵 楊奉董承雙救駕

조조가 정도에서 여포를 대파하자 여포는 해변으로 가서 패잔병을
수습했다. 흩어졌던 장수들이 모두 모이자 그는 다시 한번 조조와 결
전을 해보려고 마음먹었다. 그러나 진궁이 충고했다.

"지금 조조군의 세력이 너무 크니 그와 다투
어서는 안 됩니다. 우선 몸을 안정시킬 자
리를 마련하고 그때 가서 다시 시도하
더라도 늦지 않을 것입니다."

여포가 물었다.

"내 다시 원소를 찾아갈까 하는데
어떻겠소?"

진궁이 대답했다.

"먼저 사람을 기주로 보내 소식을
탐지한 후에 가도록 하시지요."

여포는 진궁의 말을 따르기로

했다.

한편 기주의 원소는 조조가 여포와 대치하고 있다는 소식을 듣고 있는데 모사 심배審配가 진언했다.

"여포는 승냥이나 호랑이 같은 자입니다. 그가 만약 연주를 얻는다면 반드시 기주를 도모하려 할 것입니다. 조조를 도와 여포를 쳐야 후환이 없을 것입니다."

그래서 원소는 안량에게 군사 5만을 주어 조조를 도우러 가게 했다. 첩자가 이 소식을 탐지하여 나는 듯이 여포에게 보고했다. 깜짝 놀란 여포는 진궁과 의논했다. 진궁이 말했다.

"유현덕이 새로 서주를 다스린다는 소문을 들었습니다. 그에게 가서 의탁하도록 하시지요."

여포가 그 말을 따라 서주로 가는데 어떤 사람이 이 소식을 현덕에게 전했다. 현덕이 말했다.

"여포는 당대의 빼어난 용사이니 나가서 맞아들입시다."

미축이 만류했다.

"여포는 호랑이나 이리 같은 무리이니 받아들여서는 안 됩니다. 받아들이면 사람을 해칠 것입니다."

현덕이 말했다.

"지난번에 여포가 연주를 습격하지 않았더라면 이 군의 환난을 어떻게 해결할 수 있었겠소? 지금은 저 사람이 궁해서 나를 찾는 터에 무슨 딴 마음이 있겠소!"

장비가 한 마디 거들었다.

"형님은 마음이 너무 좋아서 탈이오. 비록 그렇더라도 대비는 하시우."

현덕은 여러 사람을 데리고 성밖 30리 지점까지 나가 여포를 맞이하고 말머리를 나란히 하여 성으로 들어왔다. 사람들이 주의 아문에 와서 인사를 나누었다. 자리에 앉자 여포가 입을 열었다.

"나는 왕사도와 함께 계책을 써서 동탁을 죽였으나 뒤에 다시 이각과 곽사의 변란을 만나 관동으로 떠돌아다니는 신세가 되었소. 그때 대부분의 제후들이 받아 주지를 않더군요. 근래 조조 도적놈이 어질지 못하여 서주를 침범했는데 사군께서 힘써 도겸을 구해 주셨다지요. 그 때문에 이 여포가 연주를 습격하여 적의 세력을 양분시켜 놓았소이다. 그런데 뜻밖에도 그놈의 간계에 떨어져 적지 않은 군사와 장수를 잃었소이다. 이제 사군께 몸을 의탁하고 함께 대사를 도모할까 하는데 존귀한 뜻은 어떠하신지요?"

현덕이 대답했다.

"도사군께서 돌아가시고 서주를 다스릴 사람이 없기에 제가 잠시 고을 일을 맡고 있습니다. 이제 다행히 장군께서 이곳에 오셨으니 마땅히 서주를 양보하겠습니다."

그리고는 패인牌印을 여포에게 건네주었다. 여포가 기다렸다는 듯 선뜻 받으려 하다가 문득 현덕의 등 뒤에서 노기를 띠고 있는 관우와 장비의 모습을 보게 되었다. 여포는 짐짓 어색한 웃음을 지으며 말했다.

"이 여포는 한낱 용력을 쓰는 자에 불과한데 어찌 주목州牧이 될 수 있겠소?"

현덕이 다시 사양하자 진궁이 말했다.

"아무리 강한 손일지라도 손님이 주인을 누르지는 못하는 법입니다. 사군께서는 의심하지 마십시오."

현덕은 비로소 더 권하지 않고 곧 연회를 베풀어서 여포를 대접한 뒤 거처할 곳을 마련해 주었다.

이튿날 여포가 답례의 자리를 마련하고 현덕을 청했다. 현덕은 관우, 장비와 함께 그곳으로 갔다. 술이 거나하게 취하자 여포가 현덕을 후당으로 청해 들였다. 관우와 장비도 함께 따라갔다. 여포가 아내와 딸을 불러 현덕에게 절을 올리게 했다. 현덕이 두 번 세 번 겸양하자 여포가 말했다.

"아우님은 사양할 필요가 없소이다."

이 말을 들은 장비는 눈을 부릅뜨고 벽력같은 소리를 질렀다.

"우리 형님으로 말하면 금지옥엽金枝玉葉 같이 귀하신 분인데 너따위가 대체 어떤 놈이기에 감히 우리 형님을 아우라고 하는 게냐! 이리 나와라! 내 너와 3백 합을 겨뤄 보겠다!"

현덕이 급히 고함쳐 말리고 관공이 장비를 타일러서 밖으로 내보냈다. 현덕이 여포에게 사과했다.

"우둔한 아우가 취중에 허튼소리를 지껄였으니 형장께선 나무라지 마십시오."

여포는 입을 다물고 말이 없었다. 잠시 후 자리가 끝나자 여포가 문밖까지 현덕을 배웅했다. 바로 그때였다. 장비가 창을 비껴들고 말을 달려오며 큰소리로 외쳤다.

"여포야! 나와 3백 합을 붙어 보자!"

현덕이 황망히 관공을 시켜서 제지하게 했다.

이튿날 여포가 현덕에게 와서 하직을 고하며 말했다.

"사군은 저를 버리지 아니하시나 아우 분들께서는 용납하지 못하시는 듯하니 저는 다른 곳으로 가 볼까 합니다."

현덕이 말렸다.

"장군께서 떠나신다면 저의 죄가 너무 큽니다. 우둔한 아우의 무례는 다른 날 다시 사과하도록 시키겠습니다. 여기서 가까운 소패는 제가 지난날 주둔하던 곳인데 장군께서 좁다고 꺼리지만 않으신다면 거기서 잠시 말을 쉬게 하는 것이 어떻겠습니까? 식량이며 군수품 등은 제가 대어 드리겠습니다."

여포는 현덕에게 사례하고 군사를 거느리고 소패로 가서 몸을 쉬기로 했다. 현덕이 장비를 크게 나무란 것은 말할 나위도 없다.

한편 조조가 산동 일대를 평정하고 나서 조정에 표문을 올리자 조정에서는 그의 벼슬을 높여 건덕장군建德將軍에 비정후費亭侯로 봉했다. 이때 이각은 스스로 대사마大司馬가 되고 곽사는 스스로 대장군이 되어 거리낌 없이 날뛰는데도 조정에서는 감히 나서서 말을 하는 사람이 없었다. 태위 양표楊彪와 대사농大司農 주준이 은밀히 헌제에게 아뢰었다.

"지금 조조는 2십여 만 명의 군사를 거느리고, 수하의 모신謀臣과 무장만 해도 수십 명이나 된다 하옵니다. 만약 이 사람을 얻어 사직을 붙들고 간사한 무리들을 제거할 수 있다면 천하를 위해 크게 다행이겠나이다."

헌제는 눈물을 흘리며 말했다.

"짐이 두 역적놈에게 능멸을 당한 지가 오래요. 만약 이놈들을 주살할 수만 있다면 진실로 큰 다행이겠소."

양표가 다시 아뢰었다.

"신에게 한 가지 계책이 있사옵니다. 우선 두 역적이 서로 해치게 한 뒤에 조조에게 군사를 거느리고 와서 역적들을 소탕하여 조정을 편안하게 하라고 조서를 내리소서."

헌제가 물었다.

"어떤 계책을 쓰려 하시오?"

양표가 대답했다.

"듣자오니 곽사의 처는 투기가 매우 심하다고 하옵니다. 사람을 시켜 곽사의 처에게 반간계反間計를 쓴다면 두 도적은 자연히 서로 해칠 것입니다."

헌제는 곧 비밀 조서를 써서 양표에게 주었다.

양표는 자기 부인에게 핑계를 만들어 은밀히 곽사의 장군부에 들어가 곽사의 처에게 전하게 했다. 곽사의 부중으로 들어간 양표의 부인은 기회를 보아 곽사의 처에게 말했다.

"들리는 소문으로는 곽장군께서 이사마 부인과 염문이 있다던데 그 정이 아주 아기자기하다고 하더군요. 이사마께서 아시는 날에는 반드시 큰 해를 당하실 게 아닌가요. 부인께서 어떻게 하든 그 두 사람을 떼어 놓는 게 좋겠어요."

곽사의 처는 놀라며 말했다.

"무슨 일로 밖에서 자고 안 들어오나 했지요! 헌데 그런 부끄러운 짓을 하고 있었군요! 부인께서 일러 주지 않으셨다면 모르고 지낼 뻔했어요. 당연히 삼가시게 해야죠."

양표의 부인이 작별을 고하자 곽사의 처는 두 번 세 번 고맙다며 인사를 했다. 며칠 뒤 곽사가 다시 이각의 부중에서 열리는 연회에 참석하러 가려고 하자 처가 말렸다.

"이각은 성미가 예측할 수 없을 정도로 복잡해요. 하물며 지금은

부백성 그림

두 영웅이 나란히 설 수 없는 형편 아닌가요? 만약에 그가 술에 독이라도 쓴다면 첩의 신세는 어떻게 되겠어요?"

곽사는 처의 말을 들으려 하지 않았지만 처가 두 번 세 번 만류하는 바람에 주저앉고 말았다. 그날 저녁 이각이 사람을 시켜 잔치 음식을 보내 왔다. 곽사의 처는 아무도 모르게 음식에 독약을 넣고 나서 상을 들이게 했다. 곽사가 곧바로 음식을 먹으려 하자 처가 말렸다.

"밖에서 들어온 음식인데 어떻게 그대로 드시려고 해요?"

그러고는 음식을 먼저 개에게 먹였더니 개가 그 자리에서 죽어 버렸다. 이 일이 있은 뒤로 곽사는 은근히 의심이 들었다. 하루는 조회를 파하자마자 이각이 곽사를 억지로 자신의 집으로 청해 함께 술을 마셨다. 밤이 되어서야 술자리가 끝나고 곽사는 취해서 집으로 돌아왔는데 공교롭게도 복통이 났다. 이것을 본 처가 떠들었다.

"필시 독약을 넣은 거예요!"

급히 똥물을 퍼다 먹여서 한바탕 토하고 난 뒤에야 비로소 진정이 되었다. 곽사는 그만 크게 노하고 말았다.

"내가 이각과 함께 대사를 도모하여 왔는데 지금 까닭 없이 저놈이 나를 모해하려 드는구나. 만약 내가 먼저 손을 쓰지 않는다면 필시 그놈의 독수에 걸리고 말겠어."

마침내 은밀하게 수하의 갑병甲兵을 정돈하여 이각을 치려고 했다.

누군가 이 소식을 재빨리 이각에게 보고했다. 이각 역시 크게 화가 났다.

"곽아다郭阿多'가 어찌 감히 이럴 수가 있단 말이냐!"

---

*곽아다 | 곽사는 일명 '다多'라고 불렸다. 상대방에게 친근함을 나타내거나 상대방을 깔볼 때 이름 앞에 '아阿' 자를 붙인다.

그러고는 곧바로 본부의 갑병을 거느리고 곽사를 치러 나섰다. 양편 군사 수만 명이 장안성 아래서 혼전을 벌였는데, 싸우던 장병들은 그 기세를 타고 백성들의 집에 들어가 닥치는 대로 노략질을 해댔다.

이각의 조카 이섬李暹이 군사를 끌고 가서 대궐을 에워싸고 수레 두 채를 가져다가 천자와 복황후를 태우고는 가후와 좌령左靈에게 천자의 어가를 압송토록 했다. 그 밖의 궁인宮人과 내시들은 모두 도보로 걷게 했다. 이들이 어가를 에워싸고 후재문後宰門을 나서다가 마침 달려온 곽사의 군사들과 정면으로 맞닥뜨리게 되었다. 곽사의 군사들이 어지러이 쏘아 댄 화살에 맞아서 죽는 궁인이 부지기수였다. 이각이 군사를 이끌고 뒤쫓아 엄습하니 곽사의 군사들이 물러났다. 천자의 어가가 위험을 무릅쓰고 성밖으로 나오자 이각은 불문곡직하고 어가를 자기 영채로 몰고 갔다. 곽사는 군사를 거느리고 대궐로 쳐들어가 궁중의 여관女官들과 궁녀들을 모조리 납치하여 자신의 영채로 끌고 가고 궁전에는 불을 질러 버렸다.

이튿날 곽사는 이각이 천자를 겁박해 간 것을 알고 군사를 끌고 와서 이각의 영채 앞에서 싸움을 벌였다. 천자와 복황후는 놀랍고 겁이 나서 벌벌 떨었다. 후세 사람이 시를 지어 탄식했다.

광무제가 한 왕조를 다시 세워 일으키니 /
위아래로 계승하여 열두 황제가 나왔네. //
환제·영제 무도하여 종묘사직 무너지자 /
환관들이 권세 휘둘러 말세가 다가왔네.

어리석은 하진이 삼공의 자리 오르더니 /
쥐새끼를 제거하려 간웅을 불러들이네. //
승냥이를 쫓아내자 호랑이가 들어오니 /
서주 땅의 역적이 음흉한 마음 품는구나.

왕윤은 붉은 충심을 미녀에게 위탁하니 /
동탁과 여포가 서로 반목하게 되는구나. //
괴수가 토멸되어 천하태평을 바랐는데 /
이각 곽사 품은 분노 그 누가 알았으랴.

나라에 닥친 분란과 싸움 어찌할 것인가 /
황궁에도 주린 배 참고 전쟁을 근심하네. //
백성의 인심 흩어지자 천명도 사라지니 /
사방의 영웅 할거하여 강산을 나누었네.

후대의 제왕들은 이 일을 살펴 조심하여 /
소중한 강토를 잃거나 등한히 하지 말라. //
무고한 생령들이 상하고 죽어 넘어지니 /
남아 있는 강산은 원한의 피로 넘쳐 나네.

옛 역사 펼쳐 보고 슬픔을 이기지 못하여 /
아득한 고금의 일 망국의 한을 탄식하네. //
임금은 마땅히 나라 기반 지켜야 하리니 /
권력을 누가 잡아야 국가 기강 온전할까?

光武中興興漢世, 上下相承十二帝. 桓靈無道宗社墮, 閹臣擅權爲叔季.

無謀何進作三公, 欲除社鼠招奸雄. 豺獺雖驅虎狼入, 西州逆豎生淫凶.

王允赤心托紅粉, 致令董呂成矛盾. 渠魁殄滅天下寧, 誰知李郭心懷憤.

神州荊棘爭奈何, 六宮飢饉愁干戈. 人心旣離天命去, 英雄割据分山河.

後王規此存兢業, 莫把金甌等閑缺. 生靈糜爛肝腦塗, 剩水殘山多怨血.

我觀遺史不勝悲, 今古茫茫嘆黍離. 人君當守苞桑戒, 太阿誰執全綱維!

곽사가 군사를 거느리고 쳐들어오자 이각이 영채에서 나가 맞받아 싸웠다. 형세가 불리해진 곽사가 잠시 군사를 퇴각시켜 물러났다. 이각은 황제와 태후의 어가를 미오郿塢로 옮기고 조카 이섬을 시켜서 감시하도록 했는데 궁중에서 부리던 사람들을 모두 내치고 음식조차 제대로 대주지 않으므로 시신侍臣들의 얼굴에 주린 빛이 가득했다. 헌제는 좌우의 신하들에게 주기 위해 쌀 다섯 섬과 소뼈 다섯 짝을 얻어 보려고 이각에게 사람을 보내어 물어 보게 했다. 그러나 이각은 성을 벌컥 냈다.

"조석으로 밥을 올리는데 또 무엇을 따로 요구한단 말이냐?"

그리고는 썩은 고기와 상한 식량을 주었는데 냄새가 나서 먹을 수가 없었다. 헌제가 노해서 욕을 했다.

"역적놈이 이렇게까지 짐을 업신여기다니!"

시중 양기楊琦가 급히 아뢰었다.

"이각은 성질이 몹시 난폭하옵니다. 일이 이 지경에 이르렀으니 폐하께서는 잠시 참으시옵소서. 그의 성미를 다쳐서는 아니 되옵니다."

황제는 머리를 숙인 채 말이 없었으나 눈물이 용포龍袍 소매를 흠

뻑 적셨다. 갑자기 좌우에서 모시는 자들이 보고했다.

"한 떼의 군마가 나타났사옵니다. 창칼은 햇빛에 번쩍이고 징소리 북소리가 천지를 진동하며 어가를 구하러 왔다 하옵니다."

헌제가 누구인지 알아보라고 했더니 곽사라고 했다. 황제는 더욱 수심에 잠겼다. 이때 성밖에서 함성이 크게 들려왔다. 이각이 군사를 거느리고 곽사와 싸우러 나간 것이었다. 이각이 채찍을 들어 곽사를 가리키며 욕설을 퍼부었다.

"내 너를 박대하지 않았는데 어찌하여 나를 모해하려 했느냐!"

곽사가 응수했다.

"너는 역적이니 내가 어찌 너를 죽이지 않겠느냐!"

이각이 말했다.

"내가 여기 어가를 호위하고 있는 터에 어째서 역적이란 말이냐?"

곽사가 말했다.

"여러 말 할 것 없다! 군사를 쓰지 말고 우리 둘이 일 대 일로 승부를 겨루어서 누구든 이긴 편이 황제를 맡기로 하자."

두 사람은 그 길로 진 앞에서 맞붙었다. 10합에 이르도록 승부를 내지 못하고 있는데 양표가 말을 달려 들어오며 크게 외쳤다.

"두 분 장군께서는 잠깐 멈추시오! 이 늙은이가 두 분께 화해를 권하려고 공경들을 청해 왔소!"

이 말에 이각과 곽사는 각기 자신의 영채로 돌아갔다. 양표는 주준과 함께 조정 관료 60여 명을 모아 먼저 곽사의 영채로 가서 화해를 권했다. 곽사는 뜻밖에도 관원들을 모조리 잡아서 가두어 버렸다. 관원들이 말했다.

"우리는 좋은 뜻으로 왔는데 이렇게 대하는 법이 어디 있단 말이오?"

곽사는 엉뚱한 소리를 했다.

"이각은 천자도 겁박하는 판에 나라고 공경들을 겁박할 수 없단 말인가!"

양표가 나무랐다

"하나는 천자를 겁박하고 하나는 공경을 겁박하다니 대체 무슨 짓들을 하는 거요?"

크게 화가 난 곽사가 검을 뽑아 양표를 죽이려 들었다. 중랑장 양밀楊密이 극력 만류하여 겨우 양표와 주준을 놓아 주고 나머지 사람들은 모두 군영 안에 가두어 놓았다. 양표가 주준에게 말했다.

"우리는 나라의 사직지신이 되어 임금을 바로 모시지도 못하고 구하지도 못한 채 하늘과 땅 사이에 헛되이 살아가고 있구려!"

그러고는 둘이 얼싸안고 통곡을 하다가 혼절하여 땅바닥에 쓰러졌다. 주준은 집으로 돌아가 그길로 병을 얻어 죽고 말았다. 이로부터 이각과 곽사는 날마다 싸움을 벌여 50여 일 동안이나 계속하니 죽은 자가 이루 헤아릴 수 없을 지경이었다.

한편 이각은 평소 사도邪道나 요사한 술법을 몹시 좋아하여 무녀巫女를 데려다가 군중에서 북을 치며 굿판을 벌이기 일쑤였다. 가후가 여러 차례 충고했지만 들은 척 만 척했다. 시중 양기가 헌제에게 은밀히 아뢰었다.

"신이 살피건대 가후는 이각의 심복이기는 하나 아직까지 임금을 잊지는 않고 있는 것 같습니다. 폐하께서는 그에게 계책을 물어 보시옵소서."

의논하는 중에 마침 가후가 들어왔다. 헌제는 좌우를 물리치고 울면서 가후에게 물었다.

"경은 한나라의 사직을 가엽게 여겨 짐의 목숨을 구해 줄 수 있겠소?"

가후가 땅에 엎드려 절하면서 아뢰었다.

"진실로 신이 바라던 바이옵니다. 폐하께서는 잠시 말씀을 거두시옵소서. 신이 스스로 알아서 처리하겠나이다."

헌제는 눈물을 거두고 감사를 표했다. 조금 후에 이각이 임금을 뵈러 왔는데, 칼을 찬 채 어전으로 들어왔다. 이를 본 헌제의 얼굴은 흙빛이 되었다. 이각이 황제에게 제 자랑을 늘어놓았다.

"곽사가 신하의 본분을 지키지 아니하고 공경들을 감금하고 폐하를 겁박하려 합니다. 신이 아니었다면 어가는 그놈 손에 잡혀갔을 것입니다."

헌제가 두 손을 모으며 감사를 표하자 이각은 도로 나갔다.

그때 마침 황보력皇甫酈(황보숭의 조카)이 들어와서 알현했다. 헌제는 그가 언변이 좋은데다 이각과 같은 고향 사람인 것을 알고 조서를 내려 이각과 곽사를 화해시켜 보라고 했다. 황보력은 조칙을 받들고 곽사의 영채로 가서 곽사를 달랬다. 곽사가 대답했다.

"이각이 천자를 내보내면 나도 공경들을 놓아주겠소."

황보력이 이각을 찾아가서 말했다.

"천자께서는 내가 공과 동향인 서량 출신이라 하여 특별히 나더러 두 분께 화해를 권하라고 하셨소이다. 곽장군께선 이미 칙지를 받들겠다고 하셨는데 공의 의향은 어떠하시오?"

이각이 말했다.

"나는 여포를 격퇴시킨 크나큰 공이 있을뿐더러 4년 동안 정사를 보좌해 많은 공을 세운 일은 천하가 다 아는 바요. 곽아다, 그놈으로 말하면 말이나 훔치던 도적놈에 불과한데 감히 공경들을 겁박하여 나에게 맞서다니, 내 맹세코 그놈을 죽이고야 말겠소! 그대가 보기에도 나의 방략方略이나 병력이면 곽아다를 이기기에 족하지 않겠소이까?"

황보력이 이치를 따지며 달랬다.

"그렇지 않소이다. 옛적에 유궁국有窮國의 임금 예羿*는 자신의 활 재주 하나만 믿고 환란이 일어날 것은 생각도 않고 있다가 마침내 멸망했소이다. 근자에 동태사가 얼마나 강했는지는 공의 눈으로도 보신 바요. 하지만 여포가 은혜를 입고도 도리어 그를 배신하는 바람에 눈 깜짝 할 사이에 태사의 머리가 궐문에 걸리고 말았소. 그러니 강함이란 본래 믿을 게 못 되오. 장군은 상장의 지위에 올라 절월節鉞을 잡으시고 자손과 종족이 모두 높은 자리에 올랐으니 나라의 은혜가 두텁지 않다고 할 수 없으리다. 지금 곽아다는 공경을 납치했지만 장군은 지존을 겁박하고 있으니 과연 누구의 잘못이 가볍고 누구의 잘못이 무겁겠소?"

이 말을 듣고 이각은 벌컥 화를 내더니 검을 뽑아 들고 소리쳤다.

"천자가 너를 시켜 나를 욕하라고 하더냐? 내 먼저 네 머리부터 베어 버리겠다!"

기도위 양봉楊奉이 나서서 말렸다.

"지금 곽사를 제거하지도 못한 처지에 천자의 사자를 죽인다면

---

*유궁국의 임금 예 I 하夏나라 때 유궁씨有窮氏 부락의 수령. 활을 잘 쏘고 용력이 또한 대단하여 하나라 왕 태강太康을 몰아내고 스스로 왕이 되었으나 후에 수렵에 탐닉하고 정사를 잘못하여 신하의 손에 피살당했다.

곽사에게 군사를 일으킬 구실을 주게 되고 제후들도 모두 그를 도울 것입니다."

가후 역시 극력 만류해서 이각의 노여움이 얼마쯤 가라앉았다. 가후는 황보력을 밖으로 떠밀고 나갔다. 황보력은 고래고래 고함을 질렀다.

"이각은 조칙을 받들지 않고 임금을 시해하고 제 스스로 황제가 되려 한다!"

광창룡 그림

시중 호막胡邈이 급히 제지했다.

"그런 말 마시오. 신상에 이롭지 못할까 두렵소."

황보력이 호막을 꾸짖었다.

"호경재敬才(호막의 자)! 그대 역시 조정의 대신으로 어찌 도적놈에게 붙었는가? '임금이 치욕을 당하면 신하는 죽어야 한다'고 했으니 이각의 손에 죽는 것이 바로 나의 본분이니라!"

그러고는 이각에 대한 욕설을 그치지 않았다. 헌제가 그 사실을 알고 급히 영을 내려 황보력을 서량으로 돌려보냈다.

한편 이각이 거느린 군사는 태반이 서량 사람들이고, 그 위에 강족羌族 군사들의 도움을 받고 있었다. 황보력은 서량 사람들 속에 들어가 소문을 퍼뜨렸다.

"이각이 반역을 꾀하니 그를 따르는 자는 다 역적이다. 후환이 적지 않을 것이다."

서량 사람들은 대부분 황보력의 말을 곧이들어서 군사들의 마음이 점차로 흩어졌다. 이각은 황보력이 한 말을 전해 듣고 크게 노하여 궁성을 지키는 호분虎賁 왕창王昌을 보내서 황보력을 추격하게 했다. 그러나 왕창은 황보력이 충성스럽고 의로운 사람임을 알고 있는 터라 끝까지 추격하지 않고 그대로 돌아와서 보고했다.

"황보력은 벌써 어디로 갔는지 알 길이 없습니다."

가후 또한 가만히 강족 병사들에게 말했다.

"천자께서는 너희들이 충성스럽고 의로우며 오랜 전쟁에 고생하는 것을 아시고 고향으로 돌려보내라는 밀조를 내리셨다. 이후에 큰 상을 내리실 것이다."

강족 병사들은 이각이 벼슬과 상을 내리지 않아 은근히 원망하고 있던 터라 가후의 말을 듣고는 모두들 군사를 이끌고 자기네 고장으로 돌아가 버렸다.

가후는 다시 헌제에게 은밀히 아뢰었다.

"이각은 탐욕은 많으나 꾀가 없는 자인데 이제 군사들이 뿔뿔이 흩어지자 겁을 내고 있사옵니다. 이때 높은 작위를 내리시어 미끼로 삼으심이 좋을까 하옵니다."

헌제가 이에 조서를 내려 이각을 대사마에 봉했다. 이각은 기뻐서 어쩔 줄을 몰랐다.

"이것은 무녀들이 굿을 하고 기도를 올린 덕분이로다!"

그래서 무녀들에게는 후한 상을 내렸지만 수하의 군사나 장수들에게는 아무런 상도 주지 않았다. 기도위 양봉이 크게 화가 나서 송과宋果를 보고 말했다.

"우리가 그간 삶과 죽음을 넘나들고 화살과 돌을 무릅쓰며 싸워 왔건만 공은 도리어 무당 년들만도 못하단 말이 아닌가?"

송과가 말했다.

"어찌 이 역적놈을 죽여 천자를 구해 드리지 않는단 말이오?"

양봉이 말했다.

"자네가 중군에 불을 질러 신호를 하면 내가 군사를 이끌고 밖에서 후원하겠네."

두 사람은 그날 밤 2경에 거사하기로 약조했다. 그러나 일을 치밀하게 해야 한다는 걸 생각하지 못하여 누군가가 이각에게 알리고 말았다. 이각은 크게 노하여 사람을 시켜 우선 송과를 잡아다 죽여 버렸다. 양봉은 군사를 거느리고 밖에서 기다렸으나 아무리 기다려도 신호를 알리는 불길이 오르지 않았다. 이때 이각이 직접 군사를 이끌고 나오다가 양봉과 맞닥뜨렸다. 곧 영채 안에서 싸움이 붙어 혼전은 4경까지 계속되었다. 이 싸움에서 양봉은 이기지 못하고 마침내 군사를 이끌고 서안西安으로 가 버렸다. 이로부터 이각의 군사는 세력이 점점 쇠약해졌는데 거기다가 곽사까지 수시로 공격을 하는 바람에 죽는 자가 무척 많았다.

갑자기 사람이 와서 보고를 올렸다.

"장제張濟가 대군을 거느리고 섬서에서 올라와 두 분 장군을 화해시키겠다고 합니다. 만약 듣지 않으면 군사를 이끌고 쳐부수겠다고 합니다."

이각은 생색을 내려고 자기편에서 먼저 장제의 군중으로 사람을 보내어 화해할 것을 허락했다. 일이 이렇게 되자 곽사 역시 허락하는 수밖에 없었다. 장제는 표문을 올려 천자의 어가를 홍농弘農으로 행차하도록 주청했다. 헌제는 기뻐했다.

"짐이 동도東都를 그리워한 지는 오래로다. 이 기회에 돌아갈 수 있다니 실로 만행이로다!"

곧 조칙을 내려 장제를 표기장군으로 삼았다. 장제는 양식과 술과 고기를 내어 백관들에게 나누어 주었다. 곽사는 공경들을 풀어 영채에서 내보냈다. 이각은 어가를 수습하여 동도로 옮겨 가는데 본래의 어림군 수백 명에게 극戟을 들고 호송하게 했다.

천자가 탄 난여鸞輿가 신풍新豊을 지나 패릉霸陵에 이르렀다. 때는 마침 가을이라 서풍이 소슬하게 일었다. 별안간 함성이 크게 일어나며 수백 명의 군사가 다리 위로 나서서 어가를 막아서며 사나운 음성으로 물었다.

"거기 오는 자가 누구냐?"

시중 양기가 말의 배를 박차고 다리 위로 올라서며 소리쳤다.

"성상의 어가가 지나는데 뉘 감히 길을 막느냐?"

두 장수가 나서면서 말한다.

"우리는 곽장군의 명령을 받들고 이 다리를 파수하며 첩자를 막고 있소. 어가라고 하지만 우리 눈으로 직접 천자를 뵈어야 믿을 수 있겠소."

양기는 임금이 탄 수레의 주렴을 높이 걸어 올렸다. 헌제가 그들을 내다보며 입을 열었다.

"짐이 여기 있거늘 경들은 어찌하여 물러서지 않는고?"

장수들이 모두 '만세'를 부르며 양편으로 갈라섰다. 이리하여 어가는 그곳을 지날 수 있었다. 두 장수가 돌아가서 곽사에게 보고했다.

"어가는 벌써 지나갔습니다."

곽사가 소리쳤다.

"나는 장제를 속이고 어가를 겁박해 다시 미오로 들어갈 작정이었는데 네놈들이 어찌 멋대로 놓아 주었단 말이냐?"

그러고는 두 장수의 목을 베고 군사를 일으켜 뒤를 쫓았다.

어가가 화음현華陰縣에 이르렀을 때였다. 뒤에서 함성이 하늘을 진동하며 외치는 소리가 들려왔다.

"어가를 잠시 멈추어라!"

헌제가 울며 대신들을 돌아보고 말했다.

"겨우 이리의 굴을 벗어났다 했는데 다시 범의 아가리에 들게 되었으니 이 일을 어찌 하면 좋겠소?"

여러 사람이 모두 얼굴빛이 변하는데 적병은 점점 가까이 몰려왔다. 이때 문득 여기저기서 어지러이 북소리가 울리더니 산 뒤에서 한 장수가 나타났는데, 앞에 세운 큰 깃발에는 '대한 양봉大漢楊奉'이란 네 글자가 적혀 있었다. 그는 군사 1천여 명을 거느리고 쇄도했다. 이각에게 패한 뒤로 군사를 거느리고 종남산綜南山 아래 주둔하고 있던 양봉이 어가가 지난다는 소문을 듣고 호위하러 온 것이었다. 양봉이 진세를 벌이자 곽사 수하의 최용崔勇이 앞으로 말을 몰고 나오며 욕을 퍼붓는다.

"반적 양봉 이놈!"

양봉이 화가 나서 진중을 돌아보며 물었다.

"공명公明은 어디 있는가?"

한 장수가 손에 큰 도끼를 들고 무르익은 대춧빛의 화류마驊騮馬를 몰고 질풍같이 최용에게 덤벼들었다. 두 필 말이 서로 어울리자마자 단번에 최용이 말 아래로 굴러 떨어졌다. 양봉이 이긴 기세를 타고 엄습하니 곽사의 군사는 크게 패하여 20여 리나 물러났다. 군사를 거둔 양봉이 천자를 배알하니 헌제가 위로의 말을 내렸다.

"경이 짐을 구했으니 그 공이 적지 않도다."

양봉이 머리를 조아리며 감사를 표했다. 그러자 헌제가 물었다.

"아까 적장을 벤 사람은 누구인고?"

양봉은 즉시 그 장수를 데리고 와 수레 아래서 알현토록 하고 아뢰었다.

"이 사람은 하동 양군楊郡 태생으로 이름은 서황徐晃이요 자는 공명公明이라 하옵니다."

헌제는 서황에게 위로의 말을 내렸다. 양봉은 어가를 호위하여 화음에 이르러 잠시 머물렀다. 장군 단외段煨가 의복과 음식을 갖추어서 바쳤다. 이날 밤에 천자는 양봉의 영채에서 묵었다.

싸움에 한바탕 패한 곽사가 이튿날 다시 군사를 거느리고 양봉의 영채로 쳐들어왔다. 서황이 앞장서서 나갔지만 곽사의 대군이 사면팔방으로 에워싸고 천자와 양봉을 한가운데로 몰아넣고 말았다. 한창 위급한 형편인데 별안간 동남쪽에서 함성이 크게 일어나더니 한 장수가 군사를 이끌고 말을 놓아 돌격해 들어왔다. 적의 무리가 무너졌다. 승세를 탄 서황이 공격을 퍼부어 곽사의 군을 크게 깨뜨렸다. 그 장수가 천자를 찾아 알현하는데 바로 국척國戚 동승董承이었다. 헌제가 울면서 지난 일을 호소하자 동승이 위로했다.

"폐하께서는 근심하지 마소서. 신이 양장군과 더불어 맹세코 두 도적을 베어 천하를 안정시키오리다."

헌제가 속히 동도로 가자는 명을 내렸다. 어가는 밤임에도 불구하고 홍농으로 향했다.

한편 곽사는 패잔병을 거느리고 돌아가다가 이각과 마주쳤다. 곽사가 말했다.

"양봉과 동승이 어가를 구하여 홍농으로 가 버렸소. 만약 저들이 산동에 이르러 자리를 정하고 나면 반드시 천하에 포고하여 제후들과 함께 우리를 칠 것이오. 그리되면 우리는 삼족의 목숨을 보전할 수 없게 될 것이오."

이각이 말했다.

"지금 장제는 군사를 거느리고 장안을 점거하고 있기 때문에 경솔히 움직이지 못할 것이오. 우리 둘은 이 틈을 타고 군사를 한데 모아 홍농으로 가서 황제를 죽입시다. 그래서 천하를 똑같이 나누어 가진다면 안 될 게 뭐가 있겠소?"

곽사는 기쁜 마음으로 응낙했다. 이각과 곽사가 군사를 합쳐 길에서 노략질을 해대니 그들이 지나는 곳에는 남아나는 것이 없었다. 양봉과 동승은 적병이 멀리서 쫓아오는 것을 알고 즉시 군사를 돌이켜 동간東澗에서 큰 싸움을 벌였다. 이각과 곽사가 의논했다.

"우리 군사는 많고 적의 군사는 적으니 혼전을 벌이면 이길 것이오."

이에 이각은 왼편, 곽사는 오른편으로 갈라서서 산과 들을 새까맣게 뒤덮으며 몰려갔다. 양봉과 동승은 양편에서 목숨을 걸고 싸워 겨우 천자와 황후가 탄 수레만은 보호하여 빠져나왔다. 그러나 백관과 궁인들을 비롯하여 옥새와 패찰牌札, 문서, 그리고 온갖 어용지물御用之物은 죄다 내버리고 말았다. 곽사가 군사를 이끌고 홍농으로 들어와서 약탈을 자행했다. 동승과 양봉은 어가를 호위하여 섬북陝北 지방으로 달아났다. 이각과 곽사는 군사를 나누어 뒤를 추격했다.

동승과 양봉은 이각과 곽사에게 사람을 보내 강화를 청하는 한편 다시 비밀리에 하동河東으로 성지聖旨를 전하여 백파수白波帥* 한섬韓暹과 이락李樂·호재胡才의 세 곳 군사들에게 급히 와서 어가를 구하게 했다. 그중 이락이란 자 역시 산적패의 괴수였으나 일이 부득이하여 부른 것이었다. 세 곳 군마는 천자가 죄를 사면하고 관직을 내릴 것이라는 말을 들었는데 어찌 올라오지 않겠는가? 다들 수하의 군사들을 거느리고 달려와서 동승과 합류하고 서로 약속을 정한 다음 다시 홍농을 탈환했다.

---

*백파수 | 백파의 우두머리란 뜻. 황건적의 일부인 곽태郭太 등이 서하西河의 백파곡白波谷(지금의 산서성 후마侯馬 북쪽)에서 군사를 일으키고 '백파'라 일컬음.

이때 이각과 곽사는 이르는 곳마다 백성들을 약탈하며 노약자는
죽이고 건장한 자들은 군사로 충당했다. 싸울 때는 이들 민병을 앞
세워 몰고 나가며 용감하게 전사한다는 뜻으로 '감사군敢死軍'이라
고 불렀다. 도적들의 기세는 대단했다. 이락의 군사는 위양渭陽에서
적군과 맞닥뜨렸다. 곽사는 군사들에게 의복 등의 물건을 길에다 내
버리게 했다. 이락의 군사들은 길바닥에 온통 옷가지들이 널려 있는
것을 보자 서로 다투어 줍느라 대오가 흩어지고 말았다. 이때 이각

광창룡 그림

과 곽사의 양군이 사면으로 달려들어 어지럽게 들이치니 이락의 군사는 크게 패하고 말았다. 양봉과 동승은 적을 막아 내지 못하고 다시 어가를 호위하여 북쪽을 향하여 달아나는데 뒤에서 적군이 쫓아왔다. 이락이 소리쳤다.

"일이 위급해졌습니다! 천자께서는 말을 타고 먼저 가소서!"

헌제가 이 말을 듣고 한 마디 했다.

"짐은 백관을 버려두고 갈 수가 없노라."

이 말을 들은 사람들은 모두가 울부짖으며 뒤를 따랐다. 호재는 어지러운 군사들 틈에서 피살되고 말았다. 동승과 양봉은 적병의 추격이 급한 것을 보고 천자에게 수레를 버릴 것을 주청하여 도보로 걸어서 황하 가에 이르렀다. 이락의 무리가 어디서 조각배 한 척을 찾아내어 그것을 나룻배로 삼았다. 때마침 날씨는 매우 차가웠다. 황제와 황후는 억지로 부축을 받으며 간신히 강기슭까지 나왔으나 강 언덕이 수면에서 너무 높아 배로 내려갈 수가 없었다. 뒤에서는 추격병이 금방이라도 들이닥칠 형편이었다. 양봉이 건의했다.

"말고삐를 풀어 엮어서 폐하의 허리에 묶어 배로 내리도록 합시다."

이때 무리 속에서 황후의 오라비인 국구國舅 복덕伏德이 흰 명주 열몇 필을 끼고 와서 말했다.

"난군 중에서 이 명주를 주웠습니다. 이것을 이어 묶어 연輦을 내려 보내기로 합시다."

행군교위 상홍尙弘이 비단으로 황제와 황후의 몸을 감싸 묶고는 여럿에게 황제를 먼저 달아 내리게 하여 배 위에 태웠다. 이락이 검을 들고 뱃머리에 섰다. 뒤이어 황후의 오라버니 복덕이 황후를 업고 배로 내려왔다. 이때 언덕 위에서 미처 배로 내려오지 못한 자들이 서로 다투어 배의 밧줄을 마구 잡아당기자 이락은 이들을 찍어서 모조리 물속에 처박아 버렸다. 황제와 황후를 먼저 건네 놓고 다시 배를 놓아 다른 사람들을 건넸다. 먼저 건너가려고 다투던 자들은 모두 손가락이 잘려서 통곡하는데 그 울음소리가 하늘까지 울려 퍼졌다.

건너편 언덕에 이르러 보니 황제를 곁에서 모시는 자는 10여 명이 남았을 따름이었다. 양봉이 어디서 소달구지 한 대를 얻어다가 황제를 태우고 대양大陽까지 갔다. 양식이 떨어져 굶은 채로 어느 기와집에 들어 밤을 지내는데, 시골 늙은이가 조밥을 가져다 바쳤다. 헌제는 황후와 함께 수저를 들었으나 음식이 너무 거칠어서 삼킬 수가 없었다. 이튿날 조칙을 내려 이락을 정북장군征北將軍으로, 한섬을 정동장군征東將軍으로 삼고, 어가는 다시 앞으로 나아갔다. 그때 대신 두 사람이 쫓아오더니 달구지 앞에 엎드려 절하며 통곡했다. 태위 양표와 태복 한융韓融이었다. 황제와 황후도 함께 울었다.

한융이 아뢰었다.

"이각과 곽사 두 역적이 신의 말은 자못 믿는 터이오니 이제 신이 죽음을 무릅쓰고 두 역적에게 군사를 물리도록 설득해 보겠나이다. 폐하께서는 부디 옥체를 보존하소서."

한융이 하직을 고하고 떠났다. 이락이 헌제를 양봉의 영채로 모셔가서 잠시 쉬고 있는데 양표가 헌제에게 안읍현安邑縣에 도읍하기를 주청했다. 어가가 안읍에 당도했으나 시골이라 높은 집이라곤 한 채도 없었다. 천자와 황후는 띠로 엮어 만든 모옥茅屋에 함께 거처하게 되었는데 여닫을 문조차 없어 사방에 가시를 꽂아 울타리로 삼았다. 이리하여 헌제는 대신들과 띳집에 앉아서 국가 대사를 의논하고, 장수들은 군사를 거느리고 울타리 밖에서 외부인의 출입을 진압했다. 그런데 이락 등이 권력을 틀어쥐고 조금만 비위에 거슬리면 천자의 앞임에도 불구하고 백관들을 때리고 욕설을 퍼부었다. 게다가 천자에게 일부러 막걸리와 거친 음식을 보냈다. 헌제는 싫더라도 참고 이것들을 받는 수밖에 다른 도리가 없었다. 이락과 한섬은 또 무뢰배, 사병私兵, 무의巫醫, 심부름꾼 따위 2백여 명의 이름을 적어 올리고 관직을 내리도록 주청해서 모두에게 교위나 어사 등의 벼슬을 내렸다. 그러나 미처 도장을 팔 겨를이 없어 송곳으로 대충 글자를 그려서 내어 주는 형편이라 도무지 체통이 서지 않았다.

이때 한융이 이각과 곽사를 찾아보고 간곡히 달래자 두 역적은 마침내 그 말을 듣고 그간 붙들어 두었던 백관과 궁인들을 모두 놓아 돌려보냈다. 이해에는 심한 흉년이 들어 백성들은 대추와 나물로 연명하고 굶어 죽은 송장이 들판을 덮었다. 그래도 하내 태수 장양張楊이 쌀과 고기를 바치고, 하동 태수 왕읍王邑이 비단과 피륙을 바쳐서 천자는 조금 편안해졌다. 동승과 양봉이 의논하여 사람을 보내서 낙양의 궁전을 수축하게 하는 한편 어가를 모시고 동도로 돌아가려고 했다. 그러나 이락이 따르려고 하지 않자 동승이 이락을 설득해 보았다.

"낙양은 본래 천자께서 수도를 세운 곳이오. 안읍은 작은 고을인데 어떻게 천자의 어가가 머무시겠소? 어가를 받들어 낙양으로 돌아가는 것이 옳은 도리지요."

이락은 듣지 않았다.

"당신들이나 어가를 모시고 가시오. 나는 여기 그대로 있겠소."

동승과 양봉은 어가를 모시고 길을 떠났다. 그러자 이락이 몰래 이각과 곽사에게 사람을 보내 어가를 겁박하자고 연락했다. 동승과 양봉, 한섬은 이 흉계를 알고 밤을 도와 군사들을 배치하고 어가를 호송하여 기관箕關을 바라고 길을 재촉했다. 이것을 안 이락이 이각과 곽사의 군사가 오기를 기다리지도 않고 직접 수하의 군사를 거느리고 뒤를 쫓았다. 4경쯤 되어 기산箕山 아래까지 쫓아간 이락이 크게 소리쳤다.

"어가는 멈추어라! 이각과 곽사가 여기 있노라!"

소스라치게 놀란 헌제는 가슴을 졸이며 벌벌 떨었다. 산 위에는 여기저기서 불길이 치솟았다. 바로 다음 대구와 같다.

전번에는 두 도적이 두 패로 갈렸더니 /
이번에는 세 도적이 한패가 되었구나
前番兩賊分爲二　今番三賊合爲一

한나라 천자는 어떻게 이 난국을 벗어날 것인가, 다음 회를 보라.

14

수도를 허도로 옮기다

조맹덕은 어가 행차를 허도로 옮기고
여봉선은 밤을 타고 서군을 습격하다
曹孟德移駕幸許都　呂奉先乘夜襲徐郡

이락이 군사를 이끌고 이각과 곽사를 사칭하면서 어가를 추격하자
천자는 크게 놀랐다. 양봉이 말했다.

"저자는 이락이옵니다."

즉시 서황을 내보내 적을 맞게
하자 저쪽에서는 이락이
직접 싸우러 나왔다.
그러나 두 말이 어우
러지는가 싶더니 이
락은 단 한 합에 서황의 도끼
에 찍혀 말 아래로 떨어졌다. 나
머지 무리들을 무찔러 흩
어 버린 그들은 어가를
보호하여 기관箕關을 지
나갔다. 태수 장양張楊이

양식과 피륙을 갖추고 지도輜道(도로 이름)에 나와서 어가를 영접했다. 헌제는 장양을 대사마로 삼았다. 장양은 천자께 하직을 고하고 야왕野王에 군사를 주둔시키려고 떠났다.

황제가 낙양으로 들어와 보니 궁실은 모조리 불에 타고 시가지는 황무지로 변해 있었다. 눈에 보이는 것이라곤 무성한 잡초뿐이고, 궁궐 안뜰에 남은 것은 허물어진 담과 부서진 벽뿐이었다. 헌제는 양봉에게 명하여 우선 임시로 작은 궁전을 하나 짓게 하여 그곳에 거처했다. 백관들은 조례 때도 가시덤불 속에 서야 했다. 헌제는 조서를 내려 흥평興平(194~195년)에서 건안建安(196~220년)으로 연호를 고쳤다.

이해 역시 큰 흉년이 들었다. 낙양에 사는 백성이라야 겨우 수백 호뿐인데 먹을 것이 없으니 모두가 성밖으로 나가 나무껍질을 벗기거나 풀뿌리를 캐어 먹었다. 조정에서도 상서랑尙書郎 이하의 벼슬아치들은 죄다 성밖으로 나가서 몸소 땔감을 구하고 풀뿌리를 찾아 헤매는 형편이라 허물어진 담과 부서진 벽 사이에 쓰러져 죽는 사람이 속출했다. 한나라 말년 중에도 쇠잔한 기운이 이토록 심한 적은 없었다. 후세 사람이 시를 지어 탄식했다.

망탕산에서 피 흘리며 백사가 죽고 나자 /
한 고조 붉은 깃발 들고 천하를 누볐네. //
진 왕조 쫓아내고 종묘사직을 일으키고 /
초패왕 항우마저 죽여 천하를 평정했네.

천자가 나약해지자 간사한 무리 일어나고 /

국운이 쇠잔해지니 도적 떼 미쳐 날뛰네. //
장안과 낙양 백성들 고난 직접 목격한다면 /
쇠로 만든 동상인들 눈물 감출 수 있으랴!
血流芒碭白蛇亡, 赤幟縱橫游四方. 秦鹿逐翻興社稷, 楚騅推倒立封疆.
天子懦弱奸邪起, 氣色凋零盜賊狂. 看到兩京遭難處, 鐵人無淚也凄惶!

태위 양표가 헌제에게 아뢰었다.

"지난번에 내리신 조서를 받자왔으나 아직 보낼 기회가 없었사옵
니다. 지금 조조가 산동에 있는데, 강력한 군사와 많은 장수들을 거
느리고 있으니 조정에 불러들여 왕실을 보좌케 하심이 좋을까 하나
이다."

헌제가 말했다.

"짐이 이미 조서를 내린 터에 경이 구태여 다시 주청할 필요가 무
엇이오? 지금 즉시 사람을 보내면 될 것이오."

양표는 칙지를 받들고 나와 즉시 사신을 산동으로 보내 조조를 부
르도록 했다.

한편 산동에 있던 조조는 어가가 이미 낙양으로 돌아왔다는 소식
을 듣고 모사들을 모아 대책을 상의했다. 순욱이 나서서 말했다.

"옛날 진문공晉文公이 주양왕周襄王을 복위시키자 제후들이 복종
했고, 고조께옵서 의제義帝의 장례를 치르자* 천하 사람들의 마음이
돌아왔습니다. 지금 천자께서 외지를 떠돌고 계시니 장군께서는 이

---

*의제의 장례를 치르자 | 의제義帝는 전국시대 초회왕楚懷王의 손자 웅심熊心. 진나라 말기 전국에서 민란이
일어났을 때 반군이 그를 왕으로 세우고 다시 의제로 받들었으나, 진이 멸망한 뒤 항우가 살해했다. 유방
은 의제의 장례를 치르고 제후들을 소집하여 항우를 토벌하는 명분을 얻었다.

때를 타서 남보다 먼저 의병을 일으키고 천자를 받들어 뭇사람들의 희망을 따르신다면 세상에 둘도 없는 방략이 될 것입니다. 서둘러 손을 쓰지 않으시면 다른 사람이 선수를 칠 것입니다."

이 말을 들은 조조는 크게 기뻐했다. 행장을 수습하여 막 군사를 일으키려는데 갑자기 천자의 사자가 입조를 명하는 조서를 지니고 왔다는 보고가 들어왔다. 조서를 받은 조조는 서둘러 군사를 일으켰다.

이때 낙양의 헌제에게는 무엇 하나 제대로 갖추어진 것이 없었다. 성곽이 허물어졌건만 보수하려 해도 뜻대로 되지 않는데, 또 이각과 곽사가 군사를 거느리고 곧 쳐들어올 거라는 보고가 들어왔다. 깜짝 놀란 헌제가 양봉에게 물었다.

"산동으로 간 사자는 아직 돌아오지 않았는데 이각과 곽사의 군사들이 또 온다고 하니 이를 어찌하면 좋을꼬?"

양봉과 한섬이 대답했다.

"신들이 도적들과 죽기를 각오하고 싸워서 폐하를 보호해 드리겠나이다!"

동승이 말했다.

"성곽은 견고하지 못하고 군사와 무기 또한 많지 않은 형편에 만약 적과 싸워 이기지 못한다면 그땐 다시 어찌하겠소? 차라리 어가를 모시고 잠시 산동으로 피하는 게 낫겠소이다."

헌제는 동승의 말을 좇아 그날로 어가를 몰아 산동을 바라고 떠났다. 백관들은 타고 갈 말이 없어 모두들 걸어서 어가를 수행했다.

그러나 낙양을 나서서 활 한 바탕 거리도 못 갔을 때였다. 자욱하게 일어나는 티끌이 해를 가리고 징소리 북소리가 하늘을 뒤흔들며 수도 없이 많은 인마가 들이닥쳤다. 헌제와 황후는 몸이 부들부들 떨려 입을 열 수도 없었다. 그때 갑자기 기마 하나가 나는 듯이 달려오는데 바로 앞서 산동으로 보냈던 사자였다. 사자는 어가 앞에 이르러 절을 올리며 아뢰었다.

"조장군이 조서를 받들어 산동 지방의 군사를 모조리 일으켜 올라오고 있습니다. 그런데 중간에서 이각과 곽사가 낙양을 범하려 한다는 소식을 듣고 우선 선봉 하후돈에게 상장 10명과 정예병 5만을 거느리고 먼저 가서 어가를 보호하라고 했나이다."

헌제는 그제야 마음이 안정되었다. 조금 지나자 하후돈이 허저와 전위 등을 이끌고 어가 앞에 이르러 임금을 뵙고 다들 군례軍禮*를 올렸다. 헌제가 좋은 말로 위로했다. 그때 별안간 동쪽에서 또 한 떼의 군마가 들이닥친다는 보고가 들어왔다. 헌제가 즉시 하후돈에게 명하여 알아보게 했더니 하후돈이 돌아와서 아뢰었다.

"바로 조조 휘하의 보병이옵니다."

잠시 후 조홍, 이전, 악진이 와서 천자를 알현했다. 장수들의 이름을 말하고 나서 조홍이 아뢰었다.

"신의 형은 적병이 가까이 이르렀다는 말을 듣고 하후돈 혼자서는 적을 감당하기 어려울 것이라 염려하여 다시 신들에게 서둘러 달려가서 협조하라고 했나이다."

헌제는 감탄했다.

"조장군은 참으로 사직의 신하로다!"

마침내 어가를 호위하라고 명하여 앞으로 나갔다. 척후병이 와서

---

*군례 | 군중軍中에서 행하는 예. 갑옷 입고 투구를 쓴 장수는 임금 앞에서도 절을 하지 않고 상체를 꼿꼿이 세운 채 창이나 칼을 짚고 한쪽 무릎만 굽혀 인사를 올린다.

보고를 올렸다.

"이각과 곽사가 군사를 거느리고 기세 좋게 오고 있나이다."

헌제는 하후돈에게 분부하여 두 길로 군사를 나누어서 적병을 막
게 했다. 하후돈은 즉시 조홍과 함께 양 날개를 펼친 듯 군사를 나
누었다. 그러고는 기병을 앞세우고 보병은 뒤를 따르게 하며 전력

광창룡 그림

을 다해 공격토록 했다. 이각과 곽사의 군대는 대패하고 적의 머리를 자른 것만 해도 1만여 급이나 되었다. 이에 하후돈은 헌제에게 주청해서 낙양의 옛 궁으로 돌아갔다. 하후돈은 성밖에 군사를 주둔시켰다.

이튿날 조조가 대부대의 군사를 거느리고 당도했다. 영채를 세우고 성으로 들어가 천자를 알현하는데 대전의 계단 아래에서 절을 올렸다. 헌제는 조조에게 몸을 펴게 하고 좋은 말로 수고를 위로했다. 조조가 헌제에게 아뢰었다.

"신은 지금까지 나라의 은혜를 입었으니 반드시 보답하리라 가슴에 새기고 있었나이다. 지금 이각과 곽사 두 역적의 죄악은 하늘과 땅에 가득 찼사옵니다. 신에게는 20여만 명의 정예병이 있고 하늘의 뜻에 따라 역적들을 토벌하니 이기지 못할 리가 없사옵니다. 폐하께서는 사직을 중히 여기시어 옥체를 잘 보존하옵소서."

헌제는 곧 조조에게 사례교위司隸校尉를 겸하게 하고 군령을 어긴 자를 죽일 수 있는 절節과 군사 지휘권을 상징하는 월鉞을 내리는 한편 상서대尙書臺를 총괄하는 녹상서사錄尙書事로 임명했다.

한편 이각과 곽사는 조조가 먼 길을 와서 피로할 것이므로 속전속결하기로 의논했다. 그런데 가후가 충고했다.

"안 됩니다. 조조는 정예 군사와 용맹한 장수들을 데리고 있으니 차라리 항복하여 죄를 용서받는 게 낫습니다."

이각이 화를 냈다.

"네 감히 우리의 예기를 꺾으려고 하느냐!"

즉시 검을 뽑아 가후를 베려고 했지만 장수들이 만류해서 죽음은 면했다. 이날 밤 가후는 혼자 말을 달려 고향으로 돌아가 버렸다.

다음날 이각의 군사가 조조의 군사에 맞서 나왔다. 조조는 우선 허저, 조인, 전위에게 3백 명의 철기를 거느리고 나가 이각의 진을 세 차례 들이치게 한 다음에야 비로소 진을 펼쳤다. 진이 완성되자 이각의 조카 이섬과 이별李別이 말을 타고 진 앞으로 나왔다. 그러나 이들은 미처 입을 열어 말을 걸어 볼 사이도 없었다. 허저가 나는 듯이 말을 달려 나와 단칼에 이섬의 목을 베어 버린 것이다. 기겁을 한 이별이 그대로 말에서 굴러 떨어지니 허저가 또다시 달려들어 목을 잘라서 두 개의 목을 들고 진으로 돌아왔다. 조조는 허저의 등을 어루만지며 말했다.

"그대는 참으로 나의 번쾌樊噲(한고조 유방을 여러 차례 위기에서 구한 맹장)로다!"

뒤이어 조조는 영을 내려 하후돈의 군사는 왼편으로, 조인의 군사는 오른편으로 나가게 하고, 자신은 친히 중군을 인솔하여 적진을 들이치기로 했다. 한바탕 북소리가 울리자 삼군이 일제히 진격했다. 적병은 도저히 당할 수가 없어 크게 패하여 달아났다. 조조가 친히 보검을 뽑아 들고 군사들을 지휘하여 밤이 새도록 추격하니 죽은 자는 말할 것도 없고 항복하는 자만 해도 수를 헤아릴 수 없을 정도였다. 이각과 곽사는 서쪽을 바라고 도망하는데 급해서 허둥대는 꼴이 마치 상갓집 개와 흡사했다. 자신들을 받아 줄 곳이 없다는 것을 잘 알기에 그들은 하는 수 없이 산중으로 들어가 산적 떼가 되고 말았다.

회군한 조조는 여전히 낙양성 밖에 군사를 주둔시켰다. 그걸 보고 양봉과 한섬 두 사람은 앞일을 상의했다.

"지금 조조가 큰 공을 세웠으니 반드시 조정의 대권을 잡을 것인데 우리를 받아들이겠나?"

그들은 입궐하여 천자에게 이각과 곽사를 추격하여 죽이겠다는 구실을 대어 아뢰고, 수하의 군사를 이끌고 대량大梁으로 가서 주둔했다.

하루는 헌제가 조조의 영채로 사람을 보내 의논할 일이 있으니 조조는 입궐하라는 명을 내렸다. 조조는 천자의 사자가 왔다는 말에 들어오게 하여 만나 보았다. 그 사람은 눈썹과 눈이 맑고 수려하며 생기가 넘쳐흘렀다. 조조는 속으로 생각했다.

'지금 동도東都 낙양에는 큰 흉년이 들어 관료와 군민들이 모두 주린 빛이 가득한데 이 사람만큼은 어떻게 이토록 포동포동 살이 올랐을꼬?'

그래서 물어 보았다.

"공의 존안에는 굶주린 티가 없고 윤기가 흐르니 어떻게 조리하셨기에 그러하오?"

그 사람이 대답했다.

"별다른 방법이 있는 게 아니고 삼십 년 동안 소식素食을 했을 따름입니다."

조조가 고개를 끄덕이고 다시 물었다.

"공은 지금 무슨 직책에 계시오?"

그가 대답했다.

"저는 효렴으로 천거되었습니다. 원래는 원소와 장양 수하에서 종사 노릇을 했는데 이번에 천자께서 환도하셨다는 말을 듣고 특별히 알현하러 왔다가 정의랑正議郎을 제수 받았습니다. 제음濟陰 정도定陶 태생으로 이름은 동소董昭이고 자를 공인公仁이라 합니다."

조조는 얼른 자리에서 일어나 경의를 표하며 말했다.

"성함을 들은 지는 오랩니다! 이렇듯 만나 뵈오니 정말 다행이구려."

즉시 군막 안에 술상을 차려 대접하며 순욱을 불러 만나게 했다. 그때 갑자기 보고가 들어왔다.

"한 부대의 군사가 동쪽을 향하여 떠나는데 어떤 사람들인지 모르겠습니다."

조조가 급히 사람을 시켜 알아보라고 했다. 동소가 말했다.

"그들은 이각의 수했던 양봉과 백파군의 우두머리 한섬입니다. 명공께서 오셨으니 군사들을 거느리고 대량으로 떠나는 것입니다."

조조가 물었다.

"혹시 이 조조를 의심하는 것이 아닐까요?"

동소가 말했다.

"그들은 무모한 자들인데 명공께서는 무엇을 염려하십니까?"

조조가 다시 물었다.

"이각과 곽사 두 역적이 도망을 쳤으니 앞으로 무슨 짓을 할 것 같소?"

동소가 거침없이 대답했다.

"발톱 빠진 호랑이요 날개 없는 새 같은 신세가 되었으니 오래지 않아 명공께 사로잡히고 말 것입니다. 족히 개의하실 것이 없소이다."

조조는 동소의 말이 자기 생각과 통하는 것을 보고 조정 대사에 관하여 물어보았다. 동소가 대답했다.

"명공께서 의병을 일으켜 폭도들의 난을 제거하고 조정으로 들어와 천자를 보좌하게 되셨으니 이는 오패五覇*의 공로에 해당합니다. 그러나 장수들은 저마다 뜻이 다를 것이니 반드시 명공께 복종하리라고 볼 수는 없습니다. 이곳에 머물러 계시다가는 불편한 일이 생기지나 않을지 염려됩니다. 어가를 옮겨 허도許都로 모시는 것이 상책입니다. 그러나 조정이 여러 곳으로 떠돌다가 이제 막 경사로 돌아온 터라 사람들이 우러러 바라는 것은 당장의 안정입니다. 지금 다시 어가를 움직인다면 여러 사람의 마음에 들지는 않겠지요. 하지만 비상한 일을 해야 비상한 공도 생기는 법이니 장군께선 헤아려서 결단을 내리십시오."

조조는 동소의 손을 잡고 웃으며 말했다.

"그것이 바로 나의 본뜻이오. 그러나 양봉이 대량에 있는데다 조정에는 대신들이 버티고 있으니 혹시 변괴가 생기지는 않을까요?"

동소가 말했다.

"그것은 쉬운 일입니다. 우선 양봉에게 글을 보내어 안심시키십시오. 그런 다음 대신들에게는 경사에 양식이 없어 어가를 허도로 모시려 하는데, 그곳은 가까운 노양魯陽에서 양식을 운반할 수 있어 양식이 떨어질 염려는 없을 것이라고 분명히 알리십시오. 대신들도 이 말을 들으면 당장 흔쾌히 따를 것입니다."

이 말을 듣고 조조는 크게 기뻐했다. 동소가 하직을 고하자 조조는 그의 손을 잡고 말했다.

"이 조조가 도모하는 모든 일을 공께서 잘 지도해 주시구려."

동소는 감사를 표하고 떠났다.

---

*오패 | 춘추시대 제후의 우두머리가 되었던 다섯 명의 패자. 제환공濟桓公, 진문공晉文公, 진목공晉穆公, 송양공宋襄公, 초장왕楚莊王. 송양공 대신 월왕越王 구천句踐을 꼽기도 한다.

조조는 이를 계기로 날마다 모사들과 비밀리에 천도할 일을 논의했다. 이때 시중侍中 겸 태사령太史令인 왕립王立이 종정宗正 유애劉艾에게 가만히 말했다.

"내가 천문을 보니 지난봄부터 태백太白(금성)이 두우斗牛(북두성과 견우성) 사이에서 진성鎭星(토성)을 범하기 시작해 천진天津을 지났고, 또한 형혹熒惑(화성)이 거꾸로 움직여 태백과 천관天關에서 만났소이다. 금金과 화火가 만났으니 틀림없이 새로운 천자가 나오실 것이오. 내가 보건대 한나라의 운수가 거의 다했으니 반드시 진晉과 위魏 땅에서 일어나는 이가 있을 것이오."

그는 또 비밀리에 헌제에게도 아뢰었다.

"천명은 오고 가는 것이며 오행五行은 언제나 왕성한 것이 아니옵니다. 불을 대신할 자는 흙이니 한나라를 대신해서 천하를 가질 자는 위魏 땅에 있사옵니다."

이 말을 전해들은 조조는 사람을 보내 왕립에게 일렀다.

"공이 조정에 충성하는 마음은 나도 알고 있소. 그러나 하늘의 도란 깊고 오묘한 것이니 여러 말을 하지 마시기 바라오."

조조는 이 말을 순욱에게 전했다. 순욱이 말했다.

"한나라는 화덕火德으로 왕이 되었으나 명공은 토명土命이십니다. 허도는 토에 속하니 거기로 가면 반드시 흥하실 것입니다. 불은 흙을 낳을 수 있고 흙은 능히 나무를 왕성케 할 수 있으니 바로 동소와 왕립이 한 말과 부합됩니다. 훗날 반드시 일어나는 분이 나올 것입니다."

조조는 마침내 뜻을 결정했다. 이튿날 궐로 들어가 헌제를 알현하고 아뢰었다.

"동도 낙양은 황폐한 지 오래되어 보수할 수가 없고 더욱이 양식을 운반하기도 지극히 어렵나이다. 허도는 노양에 가깝고 성곽과 궁실, 돈과 식량, 백성과 물자가 충분히 쓸 만큼 갖추어져 있습니다. 이에 신이 감히 어가를 허도로 옮기시기를 청하오니 바라건대 폐하께서는 신의 말을 따르소서."

헌제는 감히 따르지 않을 수가 없었다. 신하들도 모두 조조의 위

세가 두려워 감히 다른 의견을 내는 자가 없었다. 이리하여 마침내 날을 택해서 어가는 낙양을 떠났다. 조조가 군사를 거느리고 어가를 호위하고 백관들은 모두 뒤를 따랐다.

어가가 그다지 멀리 가지 못하고 어느 높은 언덕 아래 이르렀을 때였다. 갑자기 함성이 크게 일어나며 양봉과 한섬이 군사를 거느리고 길을 가로막았다. 서황이 선두에 서서 크게 외쳤다.

"조조는 어가를 겁박하여 어디로 가려고 하느냐?"

조조가 말을 타고 나와 바라보니 서황의 위풍이 실로 늠름하기 그지없었다. 속으로 은근히 뛰어난 인재라고 칭찬하며 곧 허저에게 영을 내려 서황과 싸우게 했다. 큰칼과 도끼가 서로 어울려 싸운 지 50여 합, 그러나 승부가 나지 않았다. 조조는 징을 쳐서 군사를 거둔 다음 모사들을 모아 의논했다.

"양봉과 한섬 따위야 실로 입에 담을 거리도 못 되지만 서황은 참으로 훌륭한 장수야. 내 차마 힘으로 아우르고 싶지 않으니 계책을 써서 항복을 받도록 해야겠소."

행군종사 만총滿寵이 나섰다.

"주공께서는 염려 마십시오. 제가 이전에 서황과 사귄 적이 있습니다. 오늘밤 군졸로 변복하고 몰래 그의 영채로 들어가서 좋은 말로 달래어 그가 마음을 기울여 항복하도록 해보겠습니다."

조조는 기꺼이 만총을 보냈다.

이날 밤 만총은 군졸로 분장하고 혼란한 틈을 이용하여 적군 속으로 섞여 들어갔다. 몰래 서황의 군막 앞으로 가니 서황이 갑옷을 입은 채 촛불을 밝히고 앉아 있었다. 만총이 그 앞으로 불쑥 나서며 읍을 하고 말했다.

"친구께선 그 동안 별고 없으셨소?"

서황이 놀라서 일어나며 자세히 살펴보더니 대답했다.

"그대는 산양의 만백녕滿伯寧이 아니시오? 그런데 여기는 어떻게 오셨소?"

만총이 대답했다.

"저는 지금 조장군의 종사로 있는데 오늘 진 앞에서 옛 친구를 보았기에 한 말씀드리려고 죽음을 무릅쓰고 찾아온 길이오."

서황이 그를 자리에 앉게 하고 찾아온 뜻을 물었다. 만총이 말했다.

"공처럼 용맹과 지략을 갖춘 인물은 세상에 드문데 어찌하여 양봉이나 한섬 같은 무리를 섬기고 계시오? 조장군으로 말씀드리자면 당대의 영웅으로, 현명한 사람을 좋아하고 재주 있는 사람을 예로써 대하는 것은 천하가 다 아는 사실이지요. 오늘 진 앞에서 공의 용맹을 보시고 공경하고 사랑하는 마음이 생겨 차마 맹장을 내보내 목숨을 걸고 싸우게 하지 못하시더이다. 그리고 이렇듯 저를 보내 공을 청해 오라 하신 것이오. 공은 어찌 어둠을 버리고 밝은 데로 나서서 함께 대업을 이루려 하지 않으시오?"

서황은 한참 동안 말없이 생각에 잠겼다가 한숨을 지으며 말했다.

"나도 양봉과 한섬이 큰일을 할 사람이 아니란 건 알고 있소. 그러나 그들을 따른 지 오래된 터라 차마 버릴 수가 없구려."

만총이 말했다.

"'훌륭한 새는 나무를 골라 깃들이고 현명한 신하는 주인을 가려서 섬긴다'는 말도 듣지 못하셨소? 섬길 만한 주인을 만났는데도 섬길 기회를 놓친다면 장부가 아니지요."

서황이 자리에서 일어나더니 감사를 표했다.

"공의 말씀을 따르겠소."

만총이 말했다.

"그렇다면 양봉과 한섬을 죽여서 조공께 예물로 바치는 게 어떠시오?"

서황이 대답했다.

"신하로서 주인을 죽이는 것은 크나큰 불의올시다. 그 일만큼은 결단코 못하겠소."

만총이 감탄했다.

"공은 참으로 의로운 분이구려!"

서황은 마침내 수하의 수십 기를 데리고 만총과 함께 밤을 도와 조조에게로 갔다. 그런데 어느새 이 일을 양봉에게 알린 사람이 있었다. 크게 화가 난 양봉은 직접 1천여 기를 거느리고 추격하면서 고함을 질렀다.

"반적 서황은 달아나지 말라!"

한참 뒤를 쫓고 있는데 난데없이 '쾅!' 하는 포성이 울리더니 산의 아래위에서 일제히 횃불이 밝혀지면서 사방에서 복병이 뛰쳐나왔다. 조조가 친히 군사를 이끌고 선두에서 내달리며 큰소리로 호통을 쳤다.

"내가 여기서 기다린 지 오래다. 한놈도 놓치지 말라!"

소스라치게 놀란 양봉이 급히 군사를 돌리려 했지만 어느새 조조의 군사에게 포위당하고 말았다. 바로 이때 한섬이 군사를 이끌고 구원하러 왔다. 양편 군사가 서로 어지럽게 싸운 덕분에 양봉은 간신히 포위망을 벗어났다. 조조는 적군이 혼란에 빠지자 승세를 타고 그대로 몰아치니 한섬과 양봉의 군사는 태반이나 항복했다. 양봉과 한섬은 형세가 외로워져 패잔병을 이끌고 원술에게로 갔다.

조조가 군사를 거두어 영채로 돌아가자 만총이 서황을 데리고 들어와서 알현시켰다. 조조는 크게 기뻐하며 서황을 후히 대접했다. 이리하여 조조는 어가를 허도로 영접하여 궁전을 짓고 종묘와 사직을 세웠다. 또 조정의 관아인 성省, 대臺, 사司, 원院 등의 아문衙門을 짓고 성곽과 창고도 수축했다. 그리고 동승 등 13명을 열후에 봉했다. 이때부터 공 있는 사람에게 상을 내리고 죄 있는 자에게 벌을 주는 것이 모두 조조의 처분에 달리게 되었다.

조조는 스스로 대장군 무평후武平侯가 되고, 순욱은 시중 겸 상서령尙書令, 순유는 군사軍師, 곽가는 사마좨주司馬祭酒, 유엽은 사공창조연司空倉曹掾, 모개와 임준任峻은 전농중랑장典農中郎將으로 삼아 돈과 양식을 재촉하고 감독하는 일을 맡기고, 정욱은 동평東平 상相, 범성范成과 동소는 낙양 현령, 만총은 허도 현령으로 삼았다. 그리고 하후돈, 하후연, 조인, 조홍은 모두 장군으로 삼고 여건, 이전, 악진, 우금, 서황은 교위, 허저, 전위는 도위로 삼았으며, 그 밖의 장수들에게도 각각 벼슬을 내렸다. 이로부터 대권은 모두 조조에게로 돌아가서 조정의 큰 업무는 먼저 조조에게 보고한 다음에야 천자에게 아뢰게 되었다.

대사를 정한 조조는 후당에 잔치를 열고 모사들을 모아서 함께 의논했다.

"유비가 군사를 서주에 주둔하며 고을 일을 맡아보고 또 최근에는 싸움에 패하고 찾아간 여포를 소패에 머물게 했다 하오. 만약 이 두 사람이 마음을 합해서 군사를 거느리고 침범해 온다면 실로 심복지환이 될 것이오. 공들에게 그들을 도모할 어떤 묘계가 없겠소?"

허저가 대뜸 큰소리를 쳤다.

"정예병 5만 명만 빌려 주시면 유비와 여포의 머리를 잘라다 승상께 바치오리다."

순욱이 계책을 말했다.

"장군은 용맹스럽긴 하나 계략을 쓸 줄은 모르시는구려. 허도가 이제 막 안정되었는데 함부로 군사를 움직여서는 안 되오. 저에게 한 가지 계책이 있는데 '이호경식지계二虎競食之計'라 합니다. 지금 유비가 비록 서주를 다스리고는 있지만 아직 조칙을 받지 못했습니다. 명공께서 주청하여 유비를 서주 목으로 제수하는 칙지를 내리시게 하고, 현덕에게 밀서를 보내 여포를 죽이라고 하십시오. 일이 성사되면 유비는 자기를 도와 줄 맹장 하나를 잃게 되는 것이니 차츰 도모할 가능성이 생길 것이요, 일이 성사되지 않더라도 여포가 반드시 유비를 죽일 것입니다. 이것이 바로 두 호랑이가 먹이를 다투게 하는 이호경식지계입니다."

조조는 그 말을 좇아서 즉시 천자께 주청하여 조칙을 받고 사자를 시켜 서주로 보냈다. 그 편에 유비를 정동장군征東將軍 의성정후宜城亭侯 겸 서주 목徐州牧에 봉하는 조서와 함께 밀서 한 통을 부쳐 보냈다.

이때 서주의 유현덕은 천자가 허도로 행차했다는 소식을 듣고 막 경하하는 표문을 올리려던 참이었다. 그런데 갑자기 천자의 사자가 왔다는 보고를 받고 성에서 나가 군郡으로 영접해 들였다. 현덕은 절을 올려 황제의 명을 받고 연회를 베풀어 사자를 대접했다. 사자가 말했다.

"군후께서 이번에 은명恩命을 받게 된 것은 실로 조장군이 천자께 추천하신 덕이외다."

현덕이 고맙다는 인사를 하자 사자가 밀서를 꺼내 현덕에게 건네주었다. 현덕이 편지를 다 보고 나서 말했다.

"이 일은 아직 좀 의논을 해보아야겠소."

자리가 파하자 현덕은 사자를 역관驛館으로 보내 편히 쉬게 하고 그 밤으로 여러 사람을 모아 밀서에 관한 일을 논의했다. 장비가 불쑥 말했다.

"여포는 본래 의리 없는 놈인데 죽인들 걸릴 게 뭐 있겠소!"

현덕의 생각은 달랐다.

"형편이 궁해서 나를 찾아온 사람인데 내가 그를 죽인다면 이 역시 의롭지 않은 일이지 않은가?"

장비가 퉁명스레 맞받았다.

"사람이 좋기만 하면 무슨 일을 하기가 어려운 거요!"

그러나 현덕은 장비의 말을 듣지 않았다.

이튿날 여포가 축하하러 오자 현덕이 맞아들였다.

"들자니 공이 조정의 은명을 받으셨다고 하기에 특별히 경하 드리러 왔소이다."

현덕은 겸손한 태도로 고마움을 표시했다. 이때 갑자기 장비가 검을 뽑아 들고 대청으로 성큼 올라서며 여포를 죽이려 들었다. 현덕이 황망히 가로막는데 깜짝 놀란 여포가 물었다.

"익덕은 무슨 까닭으로 나만 보면 죽이려 드오?"

장비가 소리를 질렀다.

부백성 그림

344

"네가 의리 없는 놈이기 때문에 조조가 우리 형님더러 너를 죽이라고 했단 말이야!"

현덕은 연거푸 호령하여 장비를 물리쳤다. 그러고는 여포와 함께 후당으로 들어가서 사실대로 이야기하고 조조가 보낸 밀서까지 보여 주었다. 밀서를 보고 난 여포는 눈물을 흘렸다.

"이것은 조조 도적이 우리 두 사람을 불화시키려는 수작이구려!"

현덕이 위로했다.

"형장은 염려 마십시오. 이 유비는 맹세코 그런 의리 없는 짓은 하지 않으리다."

여포는 두 번 세 번 감사를 표했다. 유비는 여포를 붙들어 앉히고 술대접을 한 뒤 날이 저물어서야 돌려보냈다. 관우와 장비가 물었다.

"형님께선 무슨 까닭으로 여포를 죽이지 않으십니까?"

현덕이 대답했다.

"이는 조맹덕이 나와 여포가 공모하여 자기를 치지나 않을까 두려워서 짜낸 계책일세. 우리 두 사람이 서로 잡아먹게 만들어 놓고 자기는 중간에서 이득을 보자는 것이지. 그런데 내가 왜 그 계책에 말려든단 말이냐?"

관공은 고개를 끄덕이며 옳다고 했지만 장비는 여전히 불만을 토로했다.

"나는 어떻게든 이 도적놈을 죽여서 후환을 없애고 말겠소!"

현덕이 장비를 달랬다.

"그것은 대장부가 할 짓이 아닐세."

다음날 현덕은 사자를 허도로 돌려보내면서 황제의 은혜에 감사하는 표문과 함께 조조에게도 답서를 부쳤다. 답서에는 차차 일을 도 모하겠다는 말만 적었다. 돌아간 사자가 조조를 만나 현덕이 여포를 죽이지 않은 일을 보고했다. 조조가 순욱에게 물었다.

"계책이 이루어지지 않았으니 어찌하면 좋겠소?"

순욱이 말했다.

"또 한 가지 계책이 있는데 '구호탄랑지계驅虎呑狼之計'라고 합니다. 호랑이를 몰아 이리를 잡는 계책이지요."

조조가 물었다.

"그것은 어떤 계책이오?"

순욱이 대답했다.

"원술에게 은밀히 사람을 보내서 유비가 비밀 표문을 올려 남군南郡을 치려 한다고 전하십시오. 원술은 그 말을 들으면 반드시 노하여 유비를 칠 것입니다. 그러면 명공께서는 유비에게 확실한 조서를 내려 원술을 치라고 하는 겁니다. 양편이 서로 붙어 싸우게 되면 여포는 반드시 딴 마음을 품을 것이니, 이것이 바로 호랑이를 몰아 이리를 잡아먹게 하는 구호탄랑지계라는 것입니다."

조조는 크게 기뻐하면서 먼저 원술에게로 사람을 보내고 다음에는 거짓 조서를 꾸며 서주로 사람을 보냈다.

한편 서주의 현덕은 천자의 사자가 내려왔다는 말을 듣고 성을 나가 맞아들였다. 조서를 펴서 읽어 보니 군사를 일으켜 원술을 치라는 분부였다. 현덕은 칙명대로 하겠다고 하고 우선 사자를 돌려보냈다. 미축이 말했다.

"이 또한 조조의 계략입니다."

현덕이 말했다.

"비록 계책이라 할지라도 왕명을 어길 수는 없는 일이지."

드디어 군마를 점검하고 날을 정해 떠나기로 했다. 손건이 말했다.

"먼저 성을 지킬 사람을 정해 놓으셔야 합니다."

현덕이 물었다.

"두 아우 중에 누가 성을 지키겠는가?"

관공이 대답했다.

"제가 이 성을 지키겠습니다."

현덕이 고개를 저었다.

"내 아침저녁으로 자네와 의논해야 할 터인데 어떻게 떨어진단 말인가?"

장비가 나섰다.

"그럼 막내가 이 성을 지키지요."

현덕이 염려했다.

"너는 이 성을 지킬 수 없을 거야. 첫째는 술만 마시면 사나워져서 군졸들을 매질하기 일쑤요, 둘째는 일 처리를 경솔히 하며 남의 충고를 듣지 않으니 내가 마음을 놓을 수가 없네."

장비가 다짐했다.

"이제부터는 술도 마시지 않고 군사도 때리지 않고 무슨 일이든 남의 권고를 들어서 하면 되지요."

미축이 한 마디 했다.

"말과 행동이 다르니 걱정이지요."

장비가 벌컥 화를 냈다.

"내가 다년간 우리 형님을 따라다녔지만 여태까지 한번도 신의를 저버린 적이 없다. 그런데 자네가 어째서 나를 얕잡아 보는가!"

현덕이 말했다.

"아우가 말은 그렇게 하지만 내가 끝내 마음을 놓을 수가 없네. 진원룡께 보좌를 부탁드리니 아침저녁으로 아우를 보살펴 술을 절제하고 행여나 실수가 없도록 해주시오."

진등이 응낙했다. 분부를 마친 현덕은 기병과 보병 3만 명을 거느리고 서주를 떠나 남양을 바라고 진군했다.

한편 유비가 표문을 올려서 자신의 고을을 병탄하려 한다는 말을 들은 원술은 크게 화가 났다.

"돗자리나 짜고 미투리나 삼던 촌놈이 큰 군 하나를 점령하여 제후들과 같은 서열에 서게 되었구나. 내가 막 네놈을 치려고 하던 참인데 네가 도리어 나를 도모하려 들다니 참으로 괘씸하기 짝이 없구나!"

곧 상장 기령紀靈에게 군사 10만 명을 일으켜 서주로 쳐들어가게 했다. 양편 군사는 우이盱眙에서 만났다. 군사가 적은 현덕은 산을 의지하고 물가에 영채를 세웠다. 기령은 산동 사람으로 50근이나 되는 삼첨도三尖刀를 잘 다루었다. 이날 군사를 이끌고 진을 나온 기령이 크게 욕설을 퍼부었다.

"유비 촌놈아, 어찌 감히 우리 경계를 침범하느냐!"

현덕도 마주 꾸짖었다.

"나는 천자의 조칙을 받들어 신하의 본분을 지키지 않는 자를 토벌하러 왔다. 네 감히 항거하니 그 죄는 죽음을 면치 못하리라!"

크게 노한 기령이 말의 배를 박차고 칼을 휘두르며 곧바로 현덕에게로 달려들었다. 관공이 크게 고함을 질렀다.

"필부 따위가 강한 체하지 말라!"

관공은 말을 내달아 기령과 크게 맞붙었다. 연달아 30합을 싸웠지만 승부가 나지 않았다. 기령이 소리를 질러 잠깐 쉬자고 제의했다. 이에 관공은 말머리를 돌려 돌아와 진 앞에 말을 세우고 기다렸다. 그런데 기령이 부장 순정苟正을 대신 내보냈다. 관공이 소리쳤다.

"기령더러 나오라고 하라! 내 그와 자웅을 가릴 것이다!"

순정이 대꾸했다.

"너는 이름 없는 졸장이니 기장군의 적수가 되지 못한다!"

크게 노한 관공이 곧바로 순정에게 달려들어 단칼에 그를 베어 말 아래 떨어뜨렸다. 이를 본 현덕이 군사를 휘몰아 적진으로 쳐들어갔다. 대패한 기령은 회음淮陰의 하구河口까지 물러나 그곳을 지키며 감히 싸움을 걸지 못했다. 다만 가끔씩 군사들을 내보내 현덕의 영채를 기습했지만 그때마다 서주 군사에게 패하곤 했다. 이리하여 양군은 대치 상태로 들어갔는데 그 이야기는 더 이상 할 필요가 없다.

한편 장비는 현덕을 떠나보낸 뒤로 모든 잡무는 진원룡에게 맡기고 군사 기밀에 속한 큰일만 자신이 직접 짐작해서 처리했다. 그러던 중 하루는 연회석을 열고 관원들을 모두 청했다. 사람들이 다들 자리에 앉자 장비가 입을 열었다.

"우리 형님이 떠나실 때 내가 혹시 일에 실수라도 하지 않을까 염려하여 술을 적게 마시라고 분부하셨소. 그러니 오늘 하루만 다 같이 취하도록 마시고 내일부터는 모두 술을 끊고 나를 도와서 성을 지키기로 합시다. 오늘은 다들 취하도록 마셔야 하오."

말을 마치자 그는 자리에서 일어나 술잔을 잡고 여러 사람에게 차례로 술을 권했다. 순서가 조표曹豹 앞에 이르자 조표가 사양했다.

"나는 원래 술을 이기지 못하는 체질이라 마시지 못하오."

장비가 고집을 부렸다.

"싸움하는 사나이가 어찌 술을 마시지 못한단 말인가? 내 꼭 한 잔을 먹이리다."

겁이 난 조표는 억지로 한 잔을 마시는 수밖에 없었다. 여러 관리들에게 술을 권한 장비는 무소뿔로 만든 큰 잔에 스스로 술을 따른 후 연거푸 수십 잔을 들이켰다. 자신도 모르게 크게 취한 장비는 다시 몸을 일으켜 잔을 들고 돌아가며 술을 권했다. 술이 조표 앞까지 이르자 조표가 다시 사양했다.

"저는 정말 술을 마실 줄 모릅니다."

장비가 윽박질렀다.

"너 아까는 마시더니 지금은 어째서 거절하느냐?"

두 번 세 번 권해도 조표가 마시지 않자 술기운이 오른 장비는 벌컥 성을 냈다.

"너는 나의 장령을 어겼으니 매 1백 대를 맞아야겠다!"

즉시 군사에게 호령해서 조표를 잡아 내리게 했다. 진원룡이 말렸다.

"현덕공이 가실 때 장군에게 무엇이라 분부하셨소?"

그러나 술에 취한 장비에게 그 말이 들릴 리가 없었다.

"당신은 문관이니 문관이 할 일이나 하고 내 일에는 간섭하지 말라!"

어찌할 방법이 없어진 조표는 사정하는 수밖에 없었다.

"익덕공, 내 사위의 낯을 보아서라도 나를 용서해 주시오."

장비가 물었다.

"네 사위가 누구란 말이냐?"

조표가 대답했다.

"여포올시다."

이 말을 들은 장비는 천둥같이 노했다.

"내 본래 너를 때리려고 한 건 아니었다. 그러나 네가 여포를 들먹여 나를 위협하니 기어이 때려야만 하겠다. 내가 너를 때리는 것은 바로 여포를 때리는 것이다!"

여러 사람이 말렸으나 말릴 방도가 없었다. 조표가 채찍을 50차례나 맞고 나서 다시 여러 사람이 애걸복걸하여 겨우 매를 멈추었다. 술자리가 끝나고 집으로 돌아간 조표는 장비의 소행이 분하기 짝이 없었다. 즉시 편지를 써서 사람을 시켜 그날 밤으로 소패에 있는 여포를 찾아가게 했다. 편지에는 장비의 무례한 행동을 낱낱이 늘어놓았다. 그리고는 현덕이 회남淮南으로 가고 없으니 오늘 밤 장비가 술에 취한 틈을 타서 군사를 거느리고 서주를 습격하되 이 기회를 놓치지 말라고 적었다.

편지를 받아 본 여포는 진궁을 청해서 의논했다. 진궁이 말했다.

"소패는 원래 오래 머물러 있을 곳이 못 됩니다. 지금 서주를 차지할 좋은 기회를 얻었는데 이를 놓치고 취하지 않는다면 후회해도 늦을 것입니다."

여포는 그 말을 따르기로 하고 즉시 갑옷 입고 투구 쓰고 말에 올라 5백여 기를 거느리고 먼저 출발했다. 진궁에게는 대군을 거느리고 뒤따라오게 하고 고순도 뒤를 이어 출발토록 했다. 소패는 서주에서 불과 4,50리 거리라 말에 오르자 곧바로 당도했다. 여포가 성아래 이르렀을 때는 마침 4경이었다. 달빛은 맑고 밝았지만 성 위에서는 무슨 일이 일어나는지 전혀 모르고 있었다. 여포가 성문 부근에 이르러 소리쳤다.

"유사군께서 기밀이 있어 보낸 사람이오!"

성 위에 있던 조표의 군사가 이 사실을 조표에게 보고했다. 조표가 성 위로 올라와 살펴보고는 즉시 군사에게 분부하여 성문을 열게 했고, 여포의 암호 한마디로 군사들은 일제히 성내로 몰려 들어가며 함성을 질렀다. 이때 장비는 술에 잔뜩 취하여 부중에서 세상 모르고 자고 있었다. 가까이서 모시는 사람들이 황급히 흔들어 깨우며 보고했다.

"여포가 속임수로 성문을 열고 쳐들어왔습니다!"

격노한 장비가 부랴부랴 갑옷과 투구를 떨쳐입고 장팔사모를 집어 들었다. 겨우 부문을 열고 말 위에 올랐을 때 여포의 군사가 이미 당도해 서로 마주쳤다. 장비는 술이 아직 덜 깬 상태라 힘을 다해 싸울 수가 없었다. 여포 또한 평소 장비의 용맹을 알고 있는 터라 감히 바싹 달려들 수가 없었다. 이러는 사이 장비 수하의 18기 연장燕將들이 장비를 보호하여 동문으로 뚫고 나갔다. 현덕의 가솔들이 부중에 있었건만 그들을 미처 돌볼 경황이 없었다.

이때 조표는 장비 수하에 따르는 사람이 겨우 10여 명뿐인데다 더욱이 장비가 술에 취한 것을 깔보고 1백여 명의 군사를 거느리고 뒤를 추격했다. 조표를 본 장비는 크게 노하여 말의 배를 박차며 달려들었다. 서로 어우러져 싸우기 3합 만에 조표가 패해서 달아났다. 강변까지 바싹 쫓아간 장비는 단창에 조표의 등 한복판을 찔러 버렸다. 조표는 말과 함께 강물에 빠져 죽고 말았다. 장비가 성밖에서 군사들을 불러 모으니 성에서 나온 자들은 모두 장비를 따라 회남으로 갔다. 여포는 성으로 들어가 백성들을 안무하는 한편 군사 1백 명을 배치하여 현덕의 저택을 지키며 잡인들의 출입을 금하게 했다.

한편 장비는 수십 명의 기병을 거느리고 곧바로 우이로 가서 현덕에게 조표와 여포가 안팎으로 호응해서 서주를 습격한 일을 자세히 보고했다. 사람들은 모두 놀라 안색이 변했다. 현덕이 탄식하며 말했다.

"얻었다고 해서 기쁠 게 무엇이며 잃었다고 해서 근심할 게 무엇이랴!"

관공이 물었다.

"그래, 형수님들은 어디 계신가?"

장비가 간신히 대답했다.

"모두 성안에 갇히고 말았소."

현덕은 묵묵히 말이 없는데 관공이 발을 구르며 원망했다.

"자네가 당초에 성을 지키겠다고 할 적에 무어라고 했느냐? 형님께서는 또 무엇이라고 분부하시더냐? 그런데 오늘 성도 잃고 형수님들마저 적의 손에 떨어지셨으니 그래, 이 일을 어떻게 하면 좋단 말인가!"

장비는 그 말을 듣자 황공하기 짝이 없어 검을 빼 들고 자기 목을 베려 했다. 바로 다음 대구와 같다.

잔 들어 마음껏 술 마실 땐 얼마나 즐거웠나 /
검을 뽑아 목숨 버릴 땐 후회해도 이미 늦네
擧杯暢飮情何放 拔劍捐生悔已遲

장비의 목숨은 어떻게 될 것인가, 다음 회를 보라.

15

소패왕 손책

태사자는 소패왕과 치열한 격투 벌이고
손백부는 엄백호와 크게 전투를 치르다
太史慈酣鬪小霸王 孫伯符大戰嚴白虎

장비가 검을 뽑아 들고 스스로 목을 베어 죽으려 하자 현덕이 그를
껴안고 검을 빼앗아 땅에 내던지며 말했다.

"옛사람이 말하기를 '형제는 손발과 같고 처자는 의복과 같다'고
했다. 의복은 찢어지면 깁기라도 하지만 손발이 끊어지면 어떻
게 다시 잇는단 말이냐? 우리 세 사람이 도원에서 의형제를
맺을 때 한날한시에 태어나지는 못했지만 한날한시
에 죽기를 바라지 않았더냐. 지금 비록 성과 가솔을
잃었지만 어찌 차마 형제를 중도에서 죽게 한단
말이냐? 하물며 서주성이야 본래 내 것이 아니
요 가솔도 적의 수중에 들었다고는 하지만 여
포가 반드시 해하지는 않을 것이니 아직은 방
도를 찾아 구해 낼 수도 있을 것이야. 이런 마
당에 어찌 아우가 한때의 잘못으로 아까운 목
숨을 버리려 한단 말이냐!"

말을 마치고 대성통곡을 하자 관우와 장비도 감동해서 함께 울었다.

한편 원술은 여포가 서주를 습격했다는 소식을 듣고 밤을 도와 여포에게 사람을 보내 군량미 5만 섬과 말 5백 필, 금은 1만 냥과 채색 비단 1천 필을 줄 터이니 유비를 협공하자고 제의했다. 여포는 기뻐하며 고순에게 5만 명의 군사를 거느리고 가서 현덕의 배후를 치게 했다. 현덕은 이 소식을 듣고 궂은비가 내리는 틈을 이용하여 군사를 거두어 우이를 버리고 달아났다. 동쪽으로 가서 광릉廣陵을 차지하려고 생각한 것이다.

고순이 군사를 거느리고 우이에 당도해 보니 현덕은 이미 떠난 뒤였다. 고순이 기령을 만나 약속한 물건들을 달라고 청하자 기령이 대답했다.

"공은 우선 군사를 돌리시오. 제가 주공을 만나 뵙고 계산해 드리도록 말씀 올리리다."

고순은 이에 기령과 작별하고 회군하여 기령의 말을 여포에게 전했다. 여포가 한창 의심을 하고 있는데 원술이 보낸 서찰이 도착했다. 편지의 내용은 대강 이러했다.

고순이 비록 오기는 했으나 아직 유비를 제거하지는 못했소. 일단 유비를 잡을 때까지 기다렸다가 그때 약속한 물건들을 보내 드리리다.

화가 난 여포가 신의를 저버린 원술을 욕하며 군사를 일으켜 그를 치려고 하자 진궁이 말렸다.

"안 됩니다. 원술은 수춘壽春을 차지하고 있어 군사는 많고 군량은 넉넉하니 경솔하게 공격하면 안 됩니다. 차라리 현덕을 불러서 소패에 주둔하게 하여 우리의 날개로 삼는 것이 좋겠습니다. 그래서 뒷날 현덕을 선봉으로 세워 원술을 먼저 쳐부수고 그 다음에 원소를 무찌른다면 천하를 마음대로 할 수 있을 것입니다."

여포는 그 말을 듣고 사람에게 서찰을 주어 현덕을 맞아 오게 했다.

한편 현덕은 군사를 이끌고 동쪽으로 가서 광릉을 쳤으나 원술에게 영채를 습격 당하는 바람에 군사를 태반이나 잃고 말았다. 돌아오는 길에 여포가 보낸 사자를 만났다. 현덕은 사자가 올린 글을 보고 대단히 기뻐했다. 관우와 장비가 말했다.

"여포는 의리 없는 놈이라 믿을 수가 없습니다."

현덕이 말했다.

"저쪽에서 이미 좋은 감정으로 나를 대해 주는데 무엇을 의심한단 말인가!"

현덕은 마침내 서주로 갔다. 여포는 현덕이 의혹을 품지나 않을까 염려하여 먼저 사람을 시켜 현덕의 가솔부터 돌려보내 주었다. 감甘부인과 미麇부인이 현덕을 만나 그동안 여포가 자기들을 후대한 일을 낱낱이 말했다. 자기들의 처소에 아무도 들어오지 못하도록 군사를 보내서 대문을 지켜 준 일이며, 매양 시첩들을 시켜 소용되는 물건들을 보내 주어 전혀 모자람이 없었다는 내용들이었다. 현덕은 관우와 장비를 돌아보며 말했다.

"여포가 틀림없이 내 가족을 해치지 않을 줄을 알고 있었네."

그리고는 여포에게 사례하기 위해 성으로 들어갔다. 그러나 장비는 여포에게 원한을 품고 있었으므로 따라 들어가지 않고 먼저 두 형수를 모시고 소패로 가 버렸다. 현덕이 여포를 만나 절하며 감사를 표하자 여포가 말했다.

"내가 성을 뺏으려고 했던 건 아니었소. 아우인 장비가 술김에 사람을 죽이려 한다기에 혹시 실수나 하지 않을까 염려되어 지켜 드리러 온 것이오."

현덕이 대답했다.

"저는 형장께 서주를 양보하려 한 지가 오랩니다."

여포가 건성으로 서주를 돌려주려는 척했다. 그러나 현덕은 극력 사양하고 소패로 돌아가서 주둔했다. 관우와 장비는 심중의 분노가 삭지 않았지만 현덕이 그들을 달랬다.

"몸을 굽혀서 분수를 지키며 하늘이 내리는 때를 기다려야지 운명과 다투어서는 아니 되네."

여포는 사람을 시켜 식량과 비단 등을 보내 왔다. 이로부터 얼마 동안 두 집안은 화목하게 지냈다.

한편 원술은 수춘에서 수하 장수들과 크게 잔치를 벌이고 있었다. 그때 사람이 들어와서 여강廬江 태수 육강陸康을 정벌하러 갔던 손책이 승전하여 돌아왔다고 보고했다. 원술이 손책을 불러 들어오게 하자 손책이 대청 아래서 절을 올렸다. 원술은 손책의 노고를 위로하고 자기 옆에 앉혀 연회에 참석토록 했다. 손책은 원래 부친을 잃은 뒤

강남에 물러앉아 현명한 이를 예로 대하며 인재들을 받아들이고 있었다. 그러나 뒤에 외삼촌인 단양丹陽 태수 오경吳景이 서주 자사 도겸과 사이가 나빠지는 바람에 모친과 가솔을 곡아曲阿로 옮기고 자신은 원술에게 와서 몸을 의탁하게 되었다. 원술은 손책을 심히 사랑해서 종종 탄식하며 말했다.

"내게 손랑孫郎 같은 아들이 있다면 죽은들 무슨 한이 있으랴!"

원술은 손책을 회의교위懷義校尉로 삼고 군사를 거느리고 경현經縣의 산적 괴수 조랑祖郎을 치게 했더니 싸움에 이겼다. 손책의 용맹을 확인한 원술이 다시 육강을 치게 했더니 이번에도 이기고 돌아온 것이다.

이날 연회가 끝나고 자신의 영채로 돌아온 손책은 연회석에서 원술이 자신에게 매우 오만하게 굴던 일들을 떠올리고 마음이 울적했다. 달빛 내리는 뜰을 거닐면서 그렇듯 영웅이었던 부친 손견의 모습을 떠올리며 자신의 초라한 처지를 생각하니 어느새 설움이 북받쳐 자기도 모르게 대성통곡을 했다.

그때 갑자기 한 사람이 밖에서 들어오더니 껄껄 웃으며 말했다.

"백부伯符(손책의 자)께선 무엇 때문에 이러시오? 선군先君께서 생존해 계실 때는 나를 많이 쓰셨소이다. 혼자서 결단하기 어려운 일이 있다면 어찌하여 나에게 물어보지 않고 혼자 울고 계신단 말이오?"

손책이 눈을 들어 보니 그는 바로 단양丹陽 고장故障 사람 주치朱治였다. 자는 군리君理인데, 예전에 아버지 손견 밑에서 종사관從事官으로 있었던 사람이다. 손책이 눈물을 거두고 그를 자리로 청하여 말했다.

"내가 운 것은 선친의 뜻을 잇지 못하는 게 한스러워서였소."

주치가 대책을 일러 주었다.

"원공로에게 군사를 빌려 강동으로 가는 게 어떻겠소? 오경을 구원한다는 명분을 내세우고 실제로는 대업을 도모하면 될 것이오. 이렇듯 오랫동안 남의 밑에서 천대나 받고 지낼 게 무엇이오?"

두 사람이 한창 일을 논의하고 있을 때였다. 갑자기 한 사람이 들어오며 소리쳤다.

"공들이 의논하는 내용을 내 이미 다 알고 있소. 내 수하에 정예 장사 1백 명이 있으니 잠시 백부의 힘이 되도록 도와 드리겠소."

손책이 보니 원술의 모사 여범呂範이었다. 그는 여남汝南 세양細陽 사람으로 자가 자형子衡이다. 손책이 몹시 기뻐하며 자리를 내주고 함께 의논했다. 여범이 말했다.

"다만 원공로가 쉽사리 군사를 빌려 주지 않을 게 걱정이오."

손책이 방안을 제시했다.

"나에게 선친께서 간직하셨던 전국옥새가 있으니 그것을 담보로 군사를 빌려 볼까 합니다."

여범이 찬성했다.

"공로가 그것을 얻으려고 욕심낸 지는 오래지요! 그것을 맡긴다면 틀림없이 군사를 내줄 것이오."

세 사람의 의논은 이미 정해졌다.

이튿날 손책은 원술을 찾아가 소리 내어 울면서 절을 올렸다.

"선친의 원수도 아직 갚지 못했는데 이제 다시 외숙 오경이 양주 자사 유요劉繇의 핍박을 받고 있다고 하옵니다. 노모와 가솔이 다 곡아에 있으니 필시 해를 입을 것입니다. 이 책 감히 웅병 수천 명을 빌려 강을 건너가서 환난을 구하고 모친을 뵙고자 하옵니다. 그러나 명공께서 믿지 못하실까 염려되니 선친께서 남겨 주신 옥새를 잠시 맡기겠습니다."

옥새가 있다는 말을 듣고 원술은 달라고 해서 살펴보았다. 그러고는 기뻐하며 말했다.

"내가 네 옥새를 가지려는 건 아니다만 지금은 잠시 여기 두고 가도록 해라. 군사 3천 명과 말 5백 필을 줄 테니 그곳을 평정한 뒤에는 속히 돌아오도록 하라. 너의 직위가 낮으면 대권을 행사하기 어려울 것이니 내 천자께 표문을 올려 너를 절충교위折衝校尉 진구장군殄寇將軍으로 삼도록 하겠다. 날을 정해서 군사를 거느리고 떠나도록 하라."

손책은 절을 올려 사례하고 마침내 군마를 이끌고 주치와 여범은 물론이요 선친의 장수들인 정보, 황개, 한당 등을 거느리고 날을 잡아 군사를 일으켰다. 손책이 역양曆陽에 이르렀을 때 한 떼의 군사가 도착했다. 앞장선 사람은 자태가 멋있고 용모가 수려한데 손책을 보자 말에서 내려 절을 올렸다. 손책이 그 사람을 살펴보니 바로 주유周瑜였다. 주유는 자가 공근公瑾으로 여강廬江 서성舒城 사람이다.

전에 손견은 동탁을 칠 때 집안을 서성으로 옮겼다. 그래서 한 동갑이었던 주유와 손책은 각별한 우정을 나누며 결국 의형제까지 맺었다. 손책이 주유보다

생일이 두 달 앞선 까닭에 주유는 손책을 형으로 모셨다. 이때 주유
는 숙부 주상周尙이 단양 태수로 있었으므로 그를 찾아가다가 손책
과 마주친 것이다.

　손책은 주유를 보고 크게 기뻐하며 속사정을 호소했다. 주유가
말했다.

　"제가 견마의 힘을 다해 형님과 함께 대사를 도모하겠습니다."

　손책이 기뻐하며 말했다.

　"내가 공근을 얻었으니 대사는 이미 이루어진 것일세!"

　그러고는 주치, 여범 등과 인사를 나누게 했다. 주유가 손책에게
물었다.

　"형님께서 대사를 이루려고 하신다니 강동에 두 장張씨가 있다는
것도 아시는지요?"

　손책이 반문했다.

　"어떤 두 장씨 말인가?"

　주유가 대답했다.

　"한 사람은 팽성彭城의 장소張昭로 자는 자포子布요, 다른 한 사람
은 광릉의 장굉張紘으로 자를 자강子綱이라 합니다. 이 두 사람은 천
하를 경영할 수 있는 재주를 가진 인재들인데 지금 난리를 피해 이
곳에 숨어 살고 있습니다. 형님은 어찌 이분들을 청해 오지 않으십
니까?"

　손책이 기뻐하며 즉시 예물을 갖추고 사람을 보내 그들을 모셔 오
게 했다. 그러나 두 사람은 모두 사양하고 오지 않았다. 이에 손책이
직접 그들을 찾아가서 함께 이야기를 나누어 보고는 크게 기뻐하며
정성을 다해 초빙했다. 그제야 두 사람은 승낙했다. 손책은 장소를

장사長史 겸 무군중랑장撫軍中郎將으로 삼고, 장굉을 참모參謀 정의교위正議校尉로 삼아서 함께 유요를 칠 계책을 의논했다.

한편 유요는 자가 정례正禮로 동래東萊 모평牟平 사람이다. 또한 한나라 황실의 종친으로 태위 유총劉寵의 조카요 연주 자사 유대劉岱의 아우이다. 원래 양주 자사로 수춘에 주둔하고 있었는데 원술에게 쫓겨서 강동으로 건너와 곡아로 오게 된 것이다. 이때 유요는 손책의 군사가 온다는 말을 듣고 급히 수하 장수들을 모아 대책을 논의했다.

부장 장영張英이 나서서 말했다.

"제가 한 떼의 군사를 거느리고 우저牛渚(장강 하류의 나루터)에 주둔하면 1백만 명의 군사가 몰려와도 접근할 수 없을 것입니다."

그 말이 미처 끝나기도 전에 군막 안에서 한 사람이 높이 외쳤다.

"제가 선봉이 되어 앞장서고 싶소이다!"

여러 사람이 보니 동래 황현黃縣 사람 태사자였다. 태사자는 북해의 포위를 푼 뒤 바로 유요를 찾아왔고 유요는 그를 수하에 머물게 했는데, 이날 손책이 왔다는 말을 듣고 선봉이 되기를 자원하고 나선 것이다. 그러나 유요는 거절했다.

"자네는 아직 어려서 대장이 되기에는 미흡하다. 내 옆에서 나의 명령을 따르도록 하라."

태사자는 언짢아하며 물러갔다. 장영은 군사를 거느리고 우저로 가서 군량 10만 섬을 창고에 저장해 두었다. 손책의 군사가 당도하자 장영이 마주 나갔다. 양군은 우저의 여울에서 만났다. 손책이 말을 타고 진 앞에 나서자 장영이 큰소리로 욕설을 퍼부었다. 곧바로 황개가 달려 나가 장영과 맞붙었다. 그러나 어우러져 싸운 지 두어

합이 못 되었을 때 갑자기 장영의 군중에 혼란이 일어났다. 누군가 영채 안에 불을 지른 것이었다. 장영이 급히 군사를 돌렸다. 손책이 그 틈을 타서 군사를 거느리고 뒤를 몰아쳤다. 장영은 우저를 버리고 깊은 산중으로 달아났다.

알고 보니 장영의 영채에 불을 지른 사람은 두 명의 씩씩한 장수였다. 하나는 구강九江 수춘 사람 장흠將欽으로 자가 공혁公奕이며, 다른 하나는 구강 하채下蔡 사람 주태周泰로 자를 유평幼平이라 했다. 두 사람은 세상이 혼란해지자 무리를 모아 양자강에서 노략질을 하며 지내 왔는데, 오래 전부터 손책이 강동의 호걸이며 널리 천하의 인재를 구한다는 말을 듣고 수하의 3백여 명을 이끌고 찾아온 것이다. 손책은 크게 기뻐하며 그들을 군전교위軍前校尉로 삼았다. 이 싸움에서 손책은 우저의 창고에 쌓여 있던 양식과 군사용 기물들을 거두고 또 적병 4천여 명의 항복을 받은 다음 신정神亭으로 진군했다.

한편 장영이 싸움에 패하고 돌아가자 유요가 노해서 목을 베려고 했다. 그러나 모사 착융笮融과 설례薛禮가 만류해서 다시 영릉성零陵城에 군사를 주둔하고 적을 막게 했다. 유요는 몸소 군사를 거느리고 신정 고개 남쪽에 영채를 세웠고, 손책은 고개 북쪽에 영채를 세웠다. 손책이 그곳 토박이에게 물었다.

"근처 산에 광무제의 사당이 있느냐?"

토박이가 대답했다.

"바로 고개 위에 사당이 있습니다."

손책이 말했다.

"간밤에 광무제께서 나를 불러 만나는 꿈을 꾸었으니 찾아가 기도를 드려야겠소."

장사 장소가 반대했다.

"안 됩니다. 고개 남쪽은 바로 유요의 영채인데 복병이라도 있으면 어찌하시렵니까?"

그러나 손책은 듣지 않았다.

"신인神人께서 나를 보우하실 텐데 무엇이 두렵겠소!"

마침내 갑옷 입고 투구 쓰더니 창을 움켜쥐고 말에 올랐다. 정보, 황개, 한당, 장흠, 주태 등 13기의 장수만 거느리고 영채를 나서서 고개에 오른 그는 광무제의 사당에 이르러 향을 피웠다. 말에서 내려 참배를 마친 손책은 앞으로 나아가 무릎을 꿇고 빌었다.

"손책이 강동에서 대업을 세우고 선친의 기업을 다시 일으킬 수 있도록 해주신다면 반드시 사당을 보수하고 사계절 제사를 올리겠나이다."

빌고 나서 사당에서 나와 말에 오르며 수하의 장수들을 돌아보고 말했다.

"고개 넘어 유요의 영채를 좀 살펴봅시다."

장수들은 모두 반대했지만 손책은 듣지 않았다. 마침내 다 함께 고개 마루로 올라가 남쪽의 촌락과 숲을 내려다보았다. 길가에 매복했던 군졸이 나는 듯이 달려가 유요에게 보고했다.

"이는 필시 우리를 꾀어내려는 손책의 계책일 것이다. 추격하지 말라."

태사자가 펄쩍 뛰며 말했다.

"이때 손책을 잡지 않고 다시 어느 때를 기다린단 말입니까!"

태사자는 유요의 명령도 기다리지 않고 부랴부랴 갑옷을 입고 말에 오르더니 창을 움켜잡고 영채를 나섰다. 그러고는 고함을 질렀다.

"용기 있는 자는 모두 나를 따르라!"

장수들이 아무도 움직이지 않는데 오직 말석에 있던 하급 장수 하나가 따라나섰다.

"태사자야말로 진정한 맹장이다! 내 그를 도우리라!"

장수들이 모두 비웃었다.

이때 손책은 유요의 영채를 반나절이나 살펴보고 나서야 비로소 말머리를 돌렸다. 막 고개를 넘어 내려오고 있는데 문득 고개 위에서 누군가 고함을 질렀다.

"손책은 달아나지 말라!"

손책이 고개를 돌려 쳐다보니 말 두 필이 나는 듯이 고개를 내려오고 있었다. 손책은 수하의 13기를 가지런히 벌여 세운 다음 자기는 창을 비껴 잡고 고개 아래 말을 세우고 기다렸다. 태사자가 소리를 높여 물었다.

"누가 손책이냐?"

손책이 되물었다.

"너는 웬놈이냐?"

"나는 바로 동래의 태사자다. 특별히 손책을 잡으러 왔다!"

손책이 껄껄 웃었다.

"내가 바로 네가 찾는 사람이다. 너희 둘이 한꺼번에 달려든대도 나는 겁나지 않는다! 내가 너희들을 두려워한다면 손백부가 아니다!"

태사자도 지지 않았다.

"너희들이 한꺼번에 덤벼들어도 나 역시 겁나지 않는다!"

그리고는 창을 비껴들고 말을 놓아 곧바로 손책에게로 덤벼들었다. 손책은 창을 꼬나들고 그를 맞았다. 두 필의 말이 어우러져 싸우기 50합, 그러나 승부가 나지 않았다. 곁에서 보고 있던 정보의 무리는 속으로 감탄해 마지않았다. 태사자는 손책의 창 놀림에 추호의 허점도 없는 것을 보고 짐짓 패한 척하며 손책이 쫓아오도록 유인했다. 태사자는 자신이 내려왔던 고개 마루로 올라가지 않고 일부러 길을 돌아 산 뒤로 말을 몰았다. 태사자를 따라잡은 손책이 크게 호통을 쳤다.

"달아나는 건 대장부가 아니다!"

태사자는 속으로 생각했다.

'저놈에게는 따르는 자가 열둘이나 있는데 나에게는 하나뿐이다. 저놈을 사로잡는다 해도 결국은 여러 놈 손에 빼앗기고 말 게 아닌가? 한 마장쯤 더 가서 저놈들이 찾지 못할 곳에서 손을 쓰는 게 좋겠다.'

그래서 싸우다간 달아나기를 반복했다. 곱게 놓아줄 리가 없었던 손책은 줄곧 뒤를 쫓다가 마침내 평평한 개울까지 다다랐다. 이때 태사자가 말을 돌려 싸움이 붙었는데 다시 50합에 이르렀다. 손책이 냅다 창을 내지르자 태사자가 번개같이 피하면서 손책의 창대

왕굉희 그림

를 겨드랑에 꽉 끼웠다. 태사자가 내지르는 창을 손책 또한 슬쩍 피하며 상대의 창대를 꽉 끼어 버렸다. 두 사람은 힘을 쓰며 창대를 끌어당기다가 한꺼번에 말에서 굴러 떨어졌다. 말들은 어디로 사라졌는지 알 수가 없었다. 두 사람은 아예 창을 버리고 서로 맞붙어 치고 박으니 전포가 갈가리 찢어졌다. 손이 잽싼 손책이 태사자의 등에 꽂힌 단극을 뽑아 드니 태사자 역시 손책의 머리에 있는 투구를 벗겨 들었다. 손책은 단극으로 태사자를 찌르고 태사자는 투구를 들어 막았다.

그때 갑자기 등 뒤에서 함성이 일어나며 1천여 명이나 되는 유요의 군사들이 몰려왔다. 손책이 당황하고 있는데 정보 등 열두 장수가 돌격해 들어왔다. 손책과 태사자는 그제야 서로 손을 놓았다. 태사자가 군중에서 말 한 필과 창 한 자루를 얻어서 다시 싸우러 나왔다. 손책의 말을 정보가 붙들어 온 터라 손책도 창을 잡고 말에 올랐다. 유요의 1천여 군사와 정보의 열두 장수가 한데 어우러져 어지러이 싸우며 신정 고개 아래까지 이르렀을 때였다. 다시 함성이 일어나며 주유가 군사를 거느려 달려오고 유요 또한 친히 대군을 인솔하여 고개 위로부터 치고 내려왔다. 그러나 날이 이미 저물어 황혼이 가까운데다 비바람까지 세차게 몰아닥치는 바람에 양편은 각기 군사를 거두었다.

이튿날 손책이 군사를 거느리고 유요의 영채 앞으로 가자 유요 또한 군사를 거느리고 나와서 맞이했다. 양군이 진을 치고 나서 손책이 창끝에 태사자의 단극을 꿰어 들고 진 앞으로 나와서 군사들에게 외치게 했다.

"태사자가 재빨리 뺑소니치지 않았다면 이 극에 찔려 죽었을 것이다!"

태사자 또한 손책의 투구를 꿰어 들고 진 앞에서 군사들을 시켜 소리치게 했다.

"손책의 대가리가 여기 있다!"

양군이 일제히 고함을 지르며 한편에서 자기편이 이겼다고 자랑하면 반대편에서는 자기네가 더 강하다고 소리쳤다. 태사자가 말을 타고 나오며 손책에게 승부를 가르자고 하자 손책도 나가려고 했다. 그때 정보가 나섰다.

"주공께서 수고하실 필요가 없습니다. 제가 나가서 사로잡겠습니다."

정보가 진 앞으로 나가자 태사자가 소리쳤다.

"너는 내 적수가 아니다. 손책더러 나오라고 해라!"

크게 성이 난 정보가 창을 꼬나들고 곧바로 태사자에게 달려들었다. 두 필 말이 서로 어우러져 30합을 싸웠을 때 갑자기 유요가 징을 쳐서 군사를 거두었다. 태사자가 유요에게 물었다.

"제가 막 적장을 곧 사로잡을 판인데 어째서 군사를 거두셨습니까?"

유요가 대답했다.

"보고가 들어왔다. 주유가 군사를 거느리고 곡아를 습격했는데 진무陳武란 자가 주유를 성안으로 맞아들였다고 한다. 그자는 여강 송자松滋 태생으로 자는 자열子烈이라네. 우리 집안이 기반을 잃었으니 여기 오래 머무를 수가 없게 되었다. 속히 말릉秣陵으로 가서 설례, 착용의 군마와 합세하여 곡아의 군사를 후원해야겠다."

태사자는 유요를 따라서 퇴군했다. 손책도 구태여 뒤를 쫓지 않고 군사를 거두었다. 장사 장소가 계책을 올렸다.

"주유가 곡아를 습격하여 빼앗는 바람에 적병은 싸울 마음이 사라졌을 것이니 오늘밤에 야습을 하면 안성맞춤입니다."

손책도 그렇게 여겼다. 그날 밤 군사를 다섯 길로 나누어 거침없이 진군했다. 유요의 군사는 여지없이 패해서 산지사방으로 흩어지고, 태사자도 혼자 힘으로는 당할 길이 없어 10여 기만 거느리고 밤을 도와 경현涇縣으로 가 버렸다.

한편 손책은 이번 싸움에서 다시 진무陳武를 얻었다. 이 사람은 키가 7척에 얼굴빛은 누렇고 눈동자는 붉어 용모가 괴이했다. 손책은 그를 심히 존경하고 아껴 교위 벼슬을 내리고 선봉을 삼아 설례를 치게 했다. 진무가 단지 10여 기를 거느리고 적진으로 돌입하여 적의 머리 50여 급을 베어 버리니 설례는 성문을 굳게 닫은 채 감히 나오지 못했다. 손책이 막 성을 공격하려고 하는데 정찰병이 와서 유요가 착융과 합세해서 우저를 치러 갔다고 보고했다. 크게 노한 손책은 친히 대군을 거느리고 우저로 달려갔다. 유요와 착융 두 사람이 마주 나오자 손책이 유요를 꾸짖었다.

"내가 여기 왔는데 네 어찌 항복하지 않느냐?"

유요의 등 뒤에서 한 사람이 창을 꼬나들고 말을 달려 나오는데 바로 부장 우미于糜였다. 손책이 맞붙은 지 3합이 못 되어 우미를 사로잡고 말머리를 돌려 진으로 돌아왔다. 우미가 사로잡히는 걸 보고 유요의 장수 번능樊能이 창을 꼬나들고 뒤를 쫓았다. 번능의 창이 막 손책의 등판을 꿰뚫을 찰나였다. 손책의 진에서 군사들이 큰 소리로 외쳤다.

"등 뒤에서 노리는 놈이 있습니다!"

손책이 머리를 돌리니 번능의 말이 눈에 들어왔다. 손책은 크게 한 바탕 호통을 쳤다. 고함 소리는 마치 거대한 우렛소리 같았다. 질겁한 번능은 그대로 말에서 떨어지며 머리가 깨져 죽고 말았다. 문기 아래로 돌아온 손책이 겨드랑이에 끼고 온 우미를 땅에 던지고 보니 어느새 숨이 끊어져 있었다. 이렇게 잠깐 사이에 한 장수는 겨드랑이에 끼어서 죽이고 또 한 장수는 호통을 쳐서 죽이니, 이로부터 사람들은 손책을 '소패왕小覇王'이라고 불렀다.

이날 유요의 군사는 싸움에 크게 패하고 군사의 태반이 손책에게 항복했다. 적의 수급을 벤 것만도 1만여 급이었다. 유요는 유표에게 몸을 의탁하려고 착융과 함께 예장豫章으로 달아났다.

손책은 군사를 돌려서 다시 말릉을 치러 갔다. 친히 성 아래 해자 가로 다가가서 설례에게 항복을 권하는데 성 위에서 누군가 화살 한 발을 날렸다. 날아온 화살은 손책의 왼편 넓적다리에 꽂히고 손책은 몸을 뒤집으며 말에서 나가떨어졌다. 장수들이 급히 그를 구하여 영채로 돌아가 화살을 뽑고 상처에 금창약金瘡藥을 발랐다. 손책은 군중에 영을 내려 주장主將이 화살에 맞아서 죽었다는 헛소문을 퍼뜨리게 했다. 군사들은 슬피 울며 영채를 뽑아 일제히 떠났다. 손책이 죽었다는 소문을 들은 설례는 그날 밤으로 성중의 군사들을 모조리 일으켜 날랜 장수 장영, 진횡陳橫과 함께 성을 나와 적의 뒤를 추격했다. 그런데 별안간 사방에서 복병이 일어나더니 손책이 앞장서서 말을 몰아 나오며 소리쳤다.

"손랑孫郎이 여기 있다!"

군사들은 너무나 놀라 창과 칼을 내버리고 땅에 엎드려서 절을 올렸다. 손책은 그들을 한 명도 죽이지 못하게 했다. 장영은 말머리를 돌려 달아나다가 진무의 창에 찔려 죽고, 진횡은 장흠의 화살을 맞고 죽었다. 또 설례는 어지러운 군중에서 목숨을 잃고 말았다. 손책은 말릉에 들어가서 백성들을 위로하여 안정시킨 다음 다시 경현으로 군사를 옮겨 태사자를 잡으려 했다.

이때 태사자는 정예의 장정 2천여 명을 모아 수하 군사들과 아울러 거느리고 바야흐로 유요의 원수를 갚으러 오려던 참이었다. 손책은 주유와 함께 태사자를 사로잡을 계책을 의논했다. 주유는 경현을 삼면으로 포위하고 동문 하나만 남겨 두어 그들에게 도망할 길을 열어 주자고 했다. 그리고 성에서 25리 떨어진 곳에 세 길로 군사를 매복시켜서 태사자가 그곳에 이르러 사람과 말이 다 함께 지쳤을 때 사로잡을 계획이었다. 태사자가 불러 모은 군사는 태반이 산야에서 농사짓던 백성들이라 도무지 기율을 몰랐다. 게다가 경현의 성벽도 그다지 높지 않았다.

그날 밤 손책은 진무에게 간편한 옷차림으로 칼을 쥐고 먼저 성벽을 기어 올라가 성에 불을 지르게 했다. 성에서 불길이 일어나자 태사자는 말에 뛰어올라 동문으로 달아났다. 등 뒤에선 손책이 군사를 휘몰아 쫓아왔다. 태사자가 한창 말을 채찍질해 달아나고 있는데 30리쯤 지나자 뒤쫓던 군사들도 더 이상 추격하지 않았다. 그러나 태사자는 내처 50리를 달렸다. 사람과 말이 지칠 대로 지쳤을 때 갈대 숲에서 난데없는 함성이 일어났다. 태사자가 황급히 달아나려 하는데 양편에서 일제히 반마삭絆馬索을 뿌려 말을 걸어 넘어뜨리고 태사자를 사로잡아 본부 영채로 압송했다. 태사자가 잡혀 온 것을 알고 손책은 영채에서 나와 군사들을 꾸짖어 물리치고 손수 결박을 풀어 주었다. 그러고는 자신이 입고 있던 비단 전포를 벗어 태사자에게 입혀 주고 영채 안으로 맞아 들였다.

"나는 자의子義(태사자의 자)가 진짜 대장부라고 알고 있소. 멍청이 유요가 공을 대장으로 쓰지 않아서 패한 것이오."

태사자는 손책에게 후한 대접을 받게 되자 마침내 항복하겠다고 했다.

손책이 태사자의 손을 잡고 웃으며 말했다.

"신정에서 우리가 싸웠을 때 공이 나를 잡았다면 해쳤겠소?"

태사자도 웃으며 대답했다.

"글쎄 모르겠습니다."

손책은 호탕하게 웃으며 태사자를 군막 안으로 데리고 들어가 상좌에 앉히고 잔치를 베풀어 환대했다. 태사자가 말했다.

"이번에 유군劉君(유요)이 패해서 군사들의 마음이 그에게서 떠났습니다. 제가 가서 남은 무리를 수습하여 명공을 도울까 합니다. 저를 믿어 주시겠습니까?"

손책은 자리에서 일어나며 사례했다.

"이는 진실로 내가 원하던 바요. 이제 공과 약조를 정하겠는데 내일 정오까지는 돌아오도록 하시오."

태사자는 응낙하고 떠났다. 수하 장수들이 걱정했다.

"태사자가 이번에 가면 돌아오지 않을 것입니다."

그러나 손책은 자신했다.

"자의는 신의 있는 사람이오. 결코 나를 배신하지 않을 것이오."

그러나 여러 사람은 다들 그 말을 믿지 않았다.

이튿날 손책은 영문에 장대를 세워 놓고 해 그림자를 살폈다. 해가 하늘 한가운데쯤 이르렀을 때 태사자가 군사 1천여 명을 거느리고 영채로 돌아왔다. 손책은 크게 기뻐했고 사람들은 손책의 안목에 감복했다. 이에 손책이 수만 명을 거느리고 강동으로 내려가서 백성들을 위무하니 수많은 사람이 찾아왔다.

강동 백성들은 모두 손책을 '손랑孫郞'이라고 불렀다. 처음에 손랑의 군사가 온다는 것을 말로만 듣고 백성들은 모두 질겁해 달아났으나 막상 손책의 군사가 온 뒤에는 일절 노략질을 못하게 단속하니 닭이나 개조차도 놀라는 일이 없었다. 그제야 백성들은 기뻐하며 소를 잡고 술을 걸러 와서 군사들을 위로했다. 더구나 그 답례로 돈이며 피륙을 나누어 주니 백성들의 환호 소리가 들판에 울려 퍼졌다. 유요의 수하에 있었던 군사들도 종군을 원하는 자는 그대로 받아 주고 군사 되기를 원치 않는 자는 상을 주어 각자 고향으로 돌아가 농사를 짓게 해주었다. 강남의 백성들은 손책을 높이 우러러 이구동성으로 그의 덕을 칭송했고, 이로 말미암아 그의 병력은 크게 늘었다. 손책은 어머니와 숙부, 그리고 아우들을 모두 곡아로 돌아오게 하고, 큰아우 손권에게 주태와 함께 선성宣城을 지키도록 했다. 그리고 자신은 오군吳郡을 빼앗으러 다시 남으로 갔다.

이때 엄백호嚴白虎라는 자가 스스로 '동오덕왕東吳德王'이라고 칭하며 오군을 점거하고 부하 장수들을 보내 오정烏程과 가흥嘉興을 지키고 있었다. 엄백호는 이날 손책의 군사가 이르렀다는 말을 듣고 아우 엄여嚴興를 출병시켜 풍교楓橋(소주성蘇州城 밖에 있었던 다리)에서 맞아 싸우게 했다. 엄여는 칼을 비껴들고 다리 위에 말을 세우고 있었다. 군졸이 중군에 이 소식을 전하자 손책이 나가서 싸우려 했다.

장굉이 나서서 충고했다.

"무릇 주장主將이란 삼군의 목숨이 걸려 있는 몸인데 저런 조무래기와 경솔하게 싸워서는 안 됩니다. 바라건대 장군께선 자중하십시오."

손책은 사례하며 말했다.

"선생의 말씀은 실로 금석金石에 새겨 둘 훌륭한 말씀입니다. 그러나 내가 직접 화살과 돌을 무릅쓰고 싸우지 않으면 장사들이 영을 듣지 않을까 염려되어 그럴 뿐이지요."

결국 한당을 내보내 싸우도록 했다. 한당이 다리에 이르렀을 때였다. 장흠과 진무가 어느 틈에 작은 배를 몰고 강기슭을 따라 다리 밑을 지나가며 강기슭의 적병들에게 활을 마구 쏘아 부었다. 두 사람은 곧이어 언덕 위로 몸을 날려 닥치는 대로 적을 베어 죽였다. 엄여는 퇴각하여 달아났다. 한당이 군사를 이끌고 적을 무찌르며 오성吳城의 서문인 창문閶門 아래까지 쳐들어가자 적병은 모조리 성안으로 퇴각하고 말았다. 손책은 군사를 나누어 물과 뭍 양쪽으로 진격하여 오성을 에워쌌다.

그러나 사흘이나 포위하고 있는데도 성에서는 싸우러 나오는 자가 없었다. 손책이 군사를 이끌고 창문 밖에 이르러 적군에게 항복을 권했다. 그러자 성문 위에서 비장裨將 하나가 왼손으로는 들보를 짚고 바른손으로는 성 아래를 가리키며 크게 욕설을 퍼부었다. 말위에 있던 태사자가 즉시 활에다 살을 메기고 군사와 장수들을 돌아보며 말했다.

"저놈의 왼손을 맞출 테니 구경하시오!"

그 말이 미처 끝나기도 전에 시위 소리가 울리더니 과연 화살이 적중했다. 화살은 적장의 왼손을 뚫고 들어가 들보에 단단히 박혔다. 성 위와 아래에서 이 광경을 본 사람 치고 갈채를 보내지 않는 자가 없었다. 여러 사람이 그 비장을 구하여 성에서 내려갔다. 엄백호는 깜짝 놀랐다.

"적군 중에 이런 사람이 있으니 어찌 대적할 수 있겠느냐!"

마침내 강화를 요청하자는 의논이 이루어졌다. 이튿날 엄백호는 엄여를 보내 손책을 만나게 했다. 손책은 엄여를 군막으로 불러들여 함께 술을 마셨다. 어느덧 술이 거나하게 취한 손책이 엄여에게 물었다.

"그대 형님의 의향은 어떻게 하자는 것이오?"

엄여가 대답했다.

"장군과 강동을 똑같이 나누고자 하십니다."

손책은 크게 노했다.

"쥐새끼 같은 무리가 어찌 감히 나와 맞먹으려 든단 말이냐!"

손책은 엄여의 목을 베라고 명을 내렸다. 엄여가 검을 뽑으며 벌떡 일어서자 손책이 번개처럼 검을 날려 그를 찍었다. 엄여가 그 자리에서 넘어지자 손책은 그의 머리를 잘라 사람을 시켜 성안으로 들여보냈다. 엄백호는 도저히 대적할 수 없다는 걸 알고 성을 버리고 달아났다.

손책이 뒤를 추격했다. 황개가 가흥을 쳐서 뺏고 태사자는 오정을 함락시키니 여러 고을이 모두 평정되었다. 엄백호는 여항餘抗으로 달아나며 길에서 노략질을 하다가 그 고장 사람 능조凌操가 마을 사람들을 거느리고 와서 공격하는 바람에 여지없이 패하여 회계會稽를 향하여 달아났다. 능조 부자가 손책을 맞아들이자 손책은 능조를 종정교위從征校尉로 삼고 함께 군사를 거느리고 강을 건넜다. 엄백호는 도적들을 모아 서진西津 나루터에 진을 쳤으나 정보와 싸워 다시 크게 패하고 달아났다. 정보는 밤을 무릅쓰고 회계까지 추격했다.

이때 회계 태수 왕랑王朗이 군사를 거느리고 나가 엄백호를 구하려고 하는데 갑자기 한 사람이 나서며 말렸다.

"안 됩니다. 손책은 어질고 의로운 군사를 거느린 반면 엄백호는 포학한 무리이니 엄백호를 사로잡아다가 손책에게 바치는 것이 마땅합니다."

왕랑이 살펴보니 그는 바로 여요餘姚 사람 우번虞翻이었다. 우번은 자가 중상仲翔인데, 당시 군郡의 아전으로 있었다. 왕랑이 성을 내어 꾸짖자 우번은 길게 탄식하고 밖으로 물러났다. 왕랑은 군사를 거느리고 엄백호와 만나 함께 산음山陰의 벌판에 군사를 정렬했다. 양편의 진이 이루어지자 손책이 말을 타고 나와 왕랑에게 물었다.

"내가 인의의 군사를 거느리고 절강浙江을 안정시키려 하는데 그대는 어찌하여 도적을 돕는가?"

왕랑이 대뜸 욕을 했다.

"네놈의 탐심은 끝도 없구나! 이미 오군吳郡을 얻었으면 그만이지 다시 나의 경계까지 억지로 병탄하려 하다니! 오늘 엄씨를 위해서 원수를 갚아 주겠다!"

크게 화가 난 손책이 막 그와 싸우려 하는데 어느 틈에 태사자가 말을 달려 먼저 나갔다. 왕랑이 말을 후려치고 칼을 휘두르며 덤벼들었다. 태사자와 어울려 몇 합을 싸우지 않는데 왕랑의 수하 장수 주흔周昕이 달려 나와 싸움을 도왔다. 손책의 진중에서는 황개가 나는 듯이 말을 달려 주흔과 맞붙었다. 양편에서 북소리가 진동하고 장수들은 서로 맞붙어 치열한 싸움을 벌였다. 그때 갑자기 왕랑의 진 뒤쪽이 먼저 어지러워지더니 난데없이 한 떼의 군사가 등 뒤로부터 치고 들어왔다. 깜짝 놀란 왕랑이 급히 말머리를 돌려 그 편을 맞았다. 주유와 정보가 군사를 거느리고 옆으로부터 쇄도하며 앞뒤로 협공을 가한 것이다. 왕랑은 군사가 적어 손책의 대군을 당할 수 없게 되자 엄백호, 주흔과 함께 한 줄기 혈로를 뚫고 성으로 달아났다. 그러고는 조교를 끌어올리고 성문을 굳게 닫아 버렸다.

손책의 대군은 승세를 타고 성 아래까지 쫓아가서 군사를 나누어 네 대문을 들이쳤다. 성중에 있던 왕랑은 손책이 다급하게 공격하자 다시 한번 군사를 거느리고 나가 결사전을 벌여 보려 했다. 그러나 엄백호가 말렸다.

"손책 군사의 기세가 워낙 대단하니 족하께선 도랑을 깊이 파고 보루를 높이 쌓아 굳게 지키고 나가지 마시오. 한 달 안에 적군은 양식이 떨어져 저절로 물러날 것이오. 그때 빈틈을 노려 공격한다면 싸우지 않고도 적을 깨뜨릴 수 있을 것이오."

왕랑은 그 말대로 회계성을 굳게 지키며 나가지 않았다.

손책은 연거푸 며칠을 공격했지만 성공하지 못하여 장수들과 대책을 의논했다. 손책의 숙부 손정이 말했다.

"왕랑은 지금 성이 견고한 걸 믿고 지키고 있으니 급히 함락시키기는 어려울 것일세. 회계의 돈과 양식은 태반이 사독查瀆에 있는데, 여기서 수십 리밖에 되지 않으니 먼저 군사를 몰아 그곳부터 점령하는 것이 좋겠네. 이것이 이른바 '방비가 없을 때 공격하고 생각지 못할 때 행동한다'는 것일세."

손책이 크게 기뻐했다.

"숙부님의 묘계라면 적을 깨뜨리고도 남을 것입니다!"

손책은 즉시 명령을 내려 각 대문 앞에 화톳불을 붙이고 여기저기 깃발을 꽂아 군사들이 있는 것처럼 꾸미고는 그날 밤으로 성을 포위했던 군사들을 거두어 남쪽으로 갔다. 주유가 진언했다.

"주공의 대군이 일단 움직이면 왕랑은 반드시 성을 나와 뒤쫓을 것입니다. 이때 기습 작전을 쓰면 이길 수 있을 것입니다."

손책이 말했다.

"내 이미 준비해 놓았네. 성을 차지하는 건 오늘밤에 달렸네."

그러고는 즉시 군사들을 출발시켰다.

한편 왕랑은 손책의 군사가 물러갔다는 말을 듣자 친히 몇 사람을 데리고 성벽 위의 적루敵樓로 올라가 밖을 바라보았다. 성 아래선 연기와 불길이 오르고 깃발들이 정연하게 꽂혀 있었다. 왕랑은 의심이 들어 결단을 내리지 못하고 있는데 주흔이 말했다.

"손책은 달아났습니다. 저건 단지 우리를 속이려는 계교일 뿐입니다. 군사를 내서 습격해야 합니다."

엄백호는 한술 더 떴다.

"손책이 물러난 건 사독으로 가려는 게 분명합니다. 내 수하 군사들에게 주장군과 함께 적의 뒤를 쫓도록 하겠소.”

왕랑이 결단을 내렸다.

“사독에는 우리의 군량이 저장되어 있으니 반드시 지켜야 하오. 그대들은 군사를 거느리고 먼저 떠나시오. 내 뒤따라 후원하리다.”

엄백호는 주흔과 함께 군사 5천 명을 거느리고 성을 나서서 손책의 뒤를 쫓았다. 초경이 가까울 무렵 성에서 20여 리 떨어진 곳에 이르렀는데 갑자기 울창한 숲속에서 한바탕 북소리가 울리더니 일제히 횃불이 올랐다. 깜짝 놀란 엄백호가 급히 말을 세우고 뒤돌아 달아나려고 하는데 한 장수가 앞을 가로막았다. 불빛에 비친 모습을 보니 바로 손책이었다. 주흔이 칼을 휘두르며 덤벼들었으나 손책이 단창에 찔러 죽이고 말았다. 남은 무리들은 모조리 항복했다. 엄백호는 한줄기 혈로를 뚫고 여항을 바라고 달아났다. 왕랑은 앞선 군사가 패했다는 소식을 듣자 감히 성으로 돌아가지 못하고 부하들을 이끌고 해변 지방으로 달아났다. 손책은 다시 대군을 돌려 승세를 타고 성을 함락하고 백성들을 안정시켰다.

하루도 지나지 않아서 어떤 사람이 엄백호의 수급을 들고 와서 손책의 군영에 바쳤다. 손책이 그 사람을 살펴보니 신장은 8척이요 얼굴은 네모지고 입은 큼직했다. 회계 여요 사람으로 이름은 동습董襲이요 자는 원대元代라고 자신을 소개했다. 손책은 기뻐하며 그를 별부사마別部司馬로 삼았다. 이리하여 동쪽 길 일대는 모두 평정되었다. 손책은 숙부 손정에게 그곳을 지키게 하고, 주치를 오군 태수로 삼은 다음 자신은 군사를 수습하여 강동으로 돌아갔다.

한편 손권은 주태와 함께 선성宣城을 지키고 있었는데 갑자기 산적 떼가 사면으로 쳐들어왔다. 때는 깊은 밤이라 미처 막아 볼 겨를도 없었다. 주태가 손권을 안아서 말에 태웠다. 수십 명 도적 떼가 칼을 휘두르며 달려들었다. 주태는 옷도 걸치지 않은 알몸으로 걸으면서 칼을 휘둘러 연달아 10여 명을 찍어 넘겼다. 뒤에서 도적 하나가 창을 꼬나들고 말을 몰아 곧바로 주태에게 덤벼들었다. 주태가 손으로 그가 내지르는 창을 덥석 쥐고 잡아당기자 그자는 말 아래로 곤두박질쳤다. 주태는 그자의 창과 말을 뺏어 타고 한줄기 혈로를 뚫고 나가 손권을 구출했다. 나머지 도적들은 멀리 숨어 버렸다. 온몸에 열두 군데나 창상을 입은 주태는 상처가 부어올라 목숨이 경각에 달렸다. 손책은 이 말을 듣고 깜짝 놀랐다. 이때 막하의 동습이 말했다.

"제가 전에 해적들과 싸우다가 창에 맞아 상처를 입은 적이 있습니다. 그때 회계군의 아전 우번이 천거해 준 의원에게 치료를 받고 보름 만에 완쾌되었습니다."

손책이 물었다.

"우번이라면 혹시 우중상仲翔(우번의 자)이 아니오?"

동습이 대답했다.

"그렇습니다."

"그는 현명한 인재이지요. 내가 그를 등용할 것이오."

손책은 장소와 동습을 보내 우번을 초빙해 오게 했다. 우번이 오자 손책은 예를 갖추어 정중히 대접하고 공조功曹에 임명했다. 손책이 의원을 구하고 있다고 하자 우번이 말했다.

"그 사람은 패국 초군 사람 화타華陀로 자를 원화元化라고 하는데 참으로 당대의 신의神醫라 할 수 있습니다. 데리고 와서 뵙도록 하지요."

하루가 못 되어 우번이 화타를 데리고 왔다. 손책이 만나 보니 그 사람은 어린아이 같이 앳된 얼굴에 머리털은 학처럼 새하얀 것이 표연히 세속을 벗어난 신선의 자태를 하고 있었다. 손책은 화타를 상빈으로 대하며 주태의 상처를 보게 했다. 화타가 말했다.

"이 사람을 치료하는 건 쉬운 일입니다."

즉시 약을 쓰니 한 달 만에 완치되었다. 손책은 크게 기뻐하며 화타에게 후하게 사례했다. 그러고는 즉시 군사를 진군시켜 산적들을 소탕하니 강남 지방이 모두 평정되었다. 손책은 장병들을 분산시켜 각처의 요충지를 지키게 한 다음 조정에 표문을 올리고 조조와도 교분을 맺었다. 그리고 원술에게 사람을 보내 서신을 전하고 옥새를 찾아오도록 했다.

한편 원술은 남몰래 천자가 될 마음을 품고 있었다. 그래서 손책에게 옥새를 돌려보내는 대신 편지를 써서 적당히 둘러댔다. 그러고는 급히 장사長史 양대장楊大將과 도독都督 장훈張勳·기령·교유橋蕤, 상장 뇌박雷薄·진란陳蘭 등 30여 명을 모아 대책을 상의했다.

"손책이 우리 군사를 빌려 일을 시작하더니 오늘날 강동 땅을 모조리 수중에 넣었다는구려. 그럼에도 불구하고 나에게 보답할 생각은 않고 도리어 옥새를 달라고 하니 무례하기 짝이 없소. 어떤 계책을 써야 그자를 도모할 수 있겠소?"

장사 양대장이 소견을 말했다.

"손책은 장강의 험한 땅을 차지했으며 군사는 정예하고 양식이 넉넉하니 지금은 도모할 때가 아닙니다. 지금 형편으로는 먼저 유비를 처서 지난날 까닭 없이 우리를 공격한 원한부터 갚아야 합니다. 그런 다음 손책을 치더라도 늦지 않을 것입니다. 제가 유비를 당장에 사로잡을 수 있는 계책을 바치겠습니다."

바로 다음 대구와 같다.

강동으로 가서 호랑이는 치지 않고 /
도리어 서주로 와서 용과 싸우려 하네
不去江東圖虎豹　却來徐郡鬪蛟龍

그 계책이란 어떤 것인가, 다음 회를 보라.

16

색을 탐하다 아들과 조카를 죽이다

여봉선은 원문에서 화극을 쏘고
조맹덕은 육수에서 싸워 패하다
呂奉先射戟轅門　曹孟德敗師淯水

양대장이 유비를 깨뜨릴 계책이 있다고 하자 원술이 물었다.

"어떤 계책을 내려는가?"

양대장이 대답했다.

"소패에 있는 유비의 군사를 취하기는 쉬우나 서주에 호랑이처럼 웅크린 여포는 어찌하기가 어렵습니다. 지난번 우리가 황금과 비단, 양식과 말을 준다고 하고서 지금까지 주지 않았으므로 그가 유비를 도울 수도 있습니다. 여포에게 양식을 보내서 그의 마음을 묶어 두어 군사를 움직이지 못하게만 한다면 유비는 사로잡을 수 있습니다. 먼저 유비를 사로잡고 그런 뒤에 여포를 도모하면 서주도 얻을 수 있습니다."

원술은 기뻐하며 즉시 곡식 20만 섬을 마련하여 보내면서 한윤韓胤에게 밀서를 주어 여포에게 전하게 했다. 여포는 몹시 기뻐하며 한윤을 후히 대접했다. 한윤이 돌아가 원술에게 보고하자 원술은 드디어 기령을 대장으로 삼고 뇌박과 진란을 부장으로 삼아 수만 명의 대병을 거느리고 소패로 진격하게 했다. 이 소식을 듣고 현덕은 여러 사람을 모아 대책을 상의했다. 장비가 무조건 나가서 싸우려고 하자 손건이 반대했다.

"지금 소패는 군량이 적고 군사마저 미약한데 무슨 수로 적을 막겠습니까? 글을 보내 여포에게 위급함을 알리는 게 좋겠습니다."

장비가 퉁명스럽게 내뱉었다.

"그 자식이 오려고 하겠소!"

현덕은 신중했다.

"손건의 말이 옳다."

마침내 편지를 써서 여포에게 보냈는데 사연은 대강 다음과 같다.

엎드려 생각건대 장군께서 염려해 주시는 덕택으로 이 유비가 소패에 몸을 두고 지내게 되었으니 실로 하늘같은 은덕에 감사합니다. 이번에 원술이 사사로운 원수를 갚으려고 기령에게 군사를 이끌고 본 현을 치게 했습니다. 지금 이곳은 언제 망할지 모르는 다급한 형편인데 장군이 아니고서는 이 위급함을 구해 줄 사람이 없습니다. 바라건대 한 부대의 군사를 몰고 오서서 거꾸로 매달린 듯한 이 위급함을 구해 주신다면 더 이상 다행이 없겠나이다.

유비의 글을 본 여포는 진궁과 의논했다.

"전날 원술이 양식과 밀서를 보낸 것은 아마 내가 현덕을 구원하지 못하게 하려는 계략일 것이오. 그런데 지금 현덕이 구원을 청해왔구려. 내 생각에 현덕은 소패에 주둔하고 있더라도 결코 나에게 해가 되지는 않을 것이오. 그러나 원술이 현덕을 아우르는 날에는 북으로 태산에 있는 여러 장수들과 연계하여 나를 도모하려 들 것인데, 그리되면 나는 발을 뻗고 잘 수가 없을 것이오. 차라리 현덕을 구하는 편이 낫겠소."

그리하여 여포는 군사를 점검하여 길을 떠났다.

한편 군사를 일으켜 기세 좋게 전진하던 기령은 패현沛縣 동남쪽에 이르러 영채를 세웠다. 낮에는 벌려 세운 깃발들이 산천을 뒤덮고 밤이면 횃불을 켜고 북을 쳐 대니 천지가 진동하고 대낮처럼 밝았다. 현덕의 고을에는 겨우 5천여 명의 군사가 있을 따름이었으나 별 도리가 없이 그들만 거느리고 나가 진을 치고 영채를 세웠다. 그런데 여포가 군사를 인솔하여 소패에서 1리쯤 떨어진 서남쪽에다 영채를 세웠다는 보고가 들어왔다. 기령도 여포가 유비를 구원하기 위해 군사를 거느리고 왔다는 것을 알자 급히 글을 보내 그 신의 없음을 책망했다. 여포가 웃으며 말했다.

"나에게도 계책이 있지. 원씨와 유씨 모두 나를 원망하지 못할 계책이다."

그는 기령과 유비의 영채로 사자를 보내 두 사람을 연석으로 초대했다.

현덕이 여포의 초청을 받고 가려고 하는데 관우와 장비가 말렸다.

"형님께선 가서는 안 됩니다. 여포는 틀림없이 딴 마음을 품고 있을 것입니다."

현덕이 말했다.

"내가 자기를 박대하지 않았으니 자기도 나를 해치진 않을 걸세."

현덕이 말을 타고 나서자 관우와 장비도 따라나섰다. 여포의 영채에 이르러 안으로 들어가니 여포가 말했다.

"내 이번에 특별히 공의 위급함을 풀어 드릴 테니 훗날 뜻을 이루더라도 잊지나 마시구려!"

현덕이 감사했다. 여포가 현덕을 자리로 청하자 관우와 장비가 검을 잡은 채 현덕의 등 뒤에 시립했다. 그때 사람이 들어와서 기령이 당도했다고 보고했다. 현덕이 깜짝 놀라 몸을 피하려고 하자 여포가 말했다.

"내 특별히 두 분을 초청하여 함께 회의를 하려는 것이니 의심하지 마시오."

현덕은 그의 의도를 몰라 내심 불안했다. 이때 말에서 내려 영채로 들어오던 기령은 뜻밖에도 현덕이 군막에 앉아 있는 것을 보고 깜짝 놀라 몸을 되돌렸다. 여포의 측근들이 만류했으나 막을 수가 없었다. 여포가 나가서 기령을 덥석 잡아끌고 오는데 마치 어린아이를 다루는 것 같았다. 기령이 소리쳤다.

"장군은 이 기령을 죽이시려는 겁니까?"

"아니오."

기령이 다시 물었다.

"그럼 혹시 저 귀 큰 놈을 죽이려는 것이겠지요?"

"그것도 아니오."

기령은 궁금했다.

"그럼 어쩔 작정이시오?"

여포가 대답했다.

"현덕은 내 형제인데 지금 장군 때문에 곤경에 빠졌다기에 구원하러 온 것이오."

기령은 더욱 궁금했다.

"그렇다면 바로 나를 죽이겠다는 말씀 아닙니까?"

여포가 대답했다.

"그럴 리야 없지요. 나는 평생 싸움을 좋아하지 않고 오직 화해 붙이는 것만 좋아하오. 이번에도 두 집안을 화해시키려 하오."

기령이 말했다.

"화해시킬 방법을 묻고 싶소."

여포는 즉답을 피했다.

"나에게 방법이 하나 있긴 한데 결정은 하늘이 하실 것이오."

그러고는 기령을 끌고 군막으로 들어와서 현덕과 만나게 했다. 그러나 두 사람은 각기 의심이 들어 꺼림칙했다. 여포는 가운데 앉더니 기령을 왼편에, 현덕을 오른편에 앉혔다. 그러고는 잔치를 베풀고 술잔을 돌리게 했다.

술이 몇 순 돌자 여포가 입을 열었다.

"당신들 두 집에서는 내 체면을 보아 각기 군사를 물리시오."

현덕은 말이 없는데 기령이 반대했다.

"나는 우리 주공의 명을 받들어 오로지 유비를 잡으려고 10만 명이나 되는 군사를 이끌고 왔는데 어찌 그만 둘 수 있겠소?"

장비가 크게 성을 내며 검을 뽑아 들고 꾸짖었다.

"우리가 비록 군사는 적지만 너희를 농락하는 것쯤이야 아이들 장난일 뿐이야! 너는 그래, 1백만 황건군에 비교하면 어떻다고 생각하느냐? 네 감히 우리 형님을 해치겠단 말이냐?"

부백성 그림

관공이 급히 제지했다.

"일단 여장군이 어떻게 처리하는지 보고 나서 각기 영채로 돌아가서 싸워도 늦지 않을 것일세."

여포가 내뱉었다.

"내가 당신네 두 사람을 청한 것은 화해를 붙이기 위해서였소. 나는 반드시 당신들이 싸우지 못하게 할 것이오!"

이쪽에서는 기령이 분을 참지 못해 씩씩거리고, 저쪽에서는 장비가 금방이라도 달려들듯이 벼르고 있었다. 여포가 크게 노하여 좌우를 향해 소리쳤다.

"내 화극을 가져오너라!"

여포가 화극을 손에 집어 들자 기령과 현덕은 모두 낯빛이 변했다. 여포가 말했다.

"내가 당신네 두 사람에게 싸우지 말라고 권하는 것은 모두가 하늘이 명한 일이오."

말을 마치고 측근에게 화극을 건네주며 멀찍이 원문轅門(영채의 문) 밖에 가져다 꽂아 놓게 했다. 그러고는 기령과 현덕을 돌아보며 말했다.

"원문은 중군에서 1백 5십 보 떨어져 있소. 내가 활을 쏘아 한번에 화극의 작은 가지를 맞히면 당신들 두 사람은 군사를 물리고, 맞히지 못하면 각기 영채로 돌아가서 알아서들 싸우시오. 그러나 내 말에 따르지 않는 사람이 있으면 나는 그 반대쪽과 협력해서 그를 막겠소."

기령은 속으로 곰곰 생각해 보았다.

'화극은 1백 5십 보 밖에 있는데 어찌 곧바로 맞히겠는가? 우선은 응낙하고 맞히지 못하면 그때 내 맘대로 싸우면 되겠지.'

그래서 즉시 한마디로 허락했다. 현덕이야 애초부터 마다할 리가 없었다. 여포는 모두를 자리에 앉히고 다시 술을 한 잔씩 더 들게했다. 술이 끝나자 여포는 활과 화살을 가져오게 했다. 현덕은 남몰래 빌었다.

'제발 저 사람이 맞히게 해주소서!'

여포는 전포의 소매를 걷어 올리고 화살을 시위에 물리더니 보름달처럼 팽팽히 잡아당겼다. 그러고는 한순간 외마디 소리를 질렀다.

"맞아라!"

이야말로 다음 대구와 같다.

활이 가득히 당겨지니 가을달이 움직이는 듯 /
화살이 빛처럼 날아가니 유성이 떨어지는 듯.
弓開如秋月行天, 箭去似流星落地.

화살은 곧바로 날아가서 정확히 화극의 작은 가지를 맞추었다. 군막에 있던 장교들이 일제히 환성을 지르며 갈채를 터뜨렸다. 후세 사람이 시를 지어 찬탄했다.

귀신같은 온후의 활솜씨 세상에 짝이 없어 /
원문을 향해 혼자서 유비의 위기 구해 주네. //
해를 쏘아 떨어뜨린 후예도 눈 아래에 있고 /
원숭이 울린 명궁 양유기보다도 훨씬 낫구나.

호랑이 심줄 활시위 소리 푸르르 우는 곳 /

수리 깃처럼 날아간 화살 표적을 맞힌 때라. //

표범 꼬리 살 끝이 요동치며 화극을 꿰뚫자 /

기다리던 10만 웅병 갑옷을 벗고 돌아가네.

溫侯神射世間稀, 曾向轅門獨解危. 落日果然欺后羿,

號猿直欲勝由基. 虎筋弦響弓開處, 雕羽翎飛箭到時. 豹子尾搖穿畵戟, 雄兵十萬脫征衣.

화극의 작은 가지를 맞춘 여포는 호탕하게 껄껄 웃으며 활을 땅에
내던지고 기령과 현덕의 손을 덥석 잡으며 말했다.

"이것은 하늘이 당신네 두 사람에게 군사를 물리라고 하는 것
이오!"

그러고는 군사들에게 호령했다.

"술을 부어 오너라! 각기 큰 잔으로 한 잔씩 마셔야겠다."

현덕은 속으로 참으로 요행이라 여겼다. 기령은 한동안 말없이 있
다가 여포에게 말했다.

"장군의 말씀을 감히 듣지 않으려는 건 아니오만 이대로 돌아가면
우리 주공께서 내 말을 믿으려 하시겠소?"

여포는 대수롭지 않다는 듯 말했다.

"내가 편지를 써 주면 될 것이오."

다시 술이 몇 순 돌고, 기령이 여포에게 편지를 써 달라고 해서 먼
저 돌아갔다. 여포가 현덕에게 잔뜩 생색을 냈다.

"내가 아니었더라면 공은 위험할 뻔했소이다."

현덕은 사례하고 관우, 장비와 함께 돌아갔다. 다음날 세 곳의 군
마는 모두 흩어졌다.

현덕이 소패로 들어가고 여포가 서주로 돌아간 것은 말할 필요가 없다.

한편 회남으로 돌아가 원술을 만난 기령은 여포가 원문에서 화극을 쏘아 화해를 붙인 내막을 설명하면서 여포의 서신을 올렸다. 원술은 크게 노했다.

"여포가 그 많은 군량미를 받아먹고도 오히려 그따위 어린아이 장난 같은 짓을 해서 유비 편을 들었단 말이지? 내 직접 대군을 일으켜 유비를 치고 아울러 여포까지 토벌하리라!"

기령이 한 가지 계책을 올렸다.

"주공께서는 조급하게 움직이지 마십시오. 여포는 용맹과 힘이 남달리 뛰어난데다 서주까지 차지하고 있습니다. 만일 여포와 유비가 호응하여 서로 돕는다면 도모하기가 쉽지 않습니다. 듣자니 여포의 처 엄씨에게 딸이 하나 있는데 출가할 나이가 되었다고 합니다. 주공께는 아드님이 계시니 여포에게 사람을 보내 청혼을 해보시지요. 여포가 주공 댁에 딸을 시집보내기만 하면 그때는 반드시 유비를 죽일 것입니다. 이것이 소원한 사람이 친밀한 사람을 갈라놓지 못하게 하는 계책으로 '소불간친지계疏不間親之計'라고 합니다."

원술은 그 말에 따라 그날 당장 한윤을 중매인으로 삼아 예물을 가지고 서주로 가서 청혼토록 했다.

서주에 이른 한윤이 여포를 만나서 말했다.

"우리 주공께서 장군을 우러러 사모하여 장군의 따님을 며느리로 맞고자 하십니다. 옛날 춘추시대에 진秦나라와 진晉나라가 대를 이어 혼인하여 우호 관계를 맺었듯이 장군과 길이 우호를 맺고자 하는 것이지요."

여포는 안으로 들어가 아내 엄씨와 의논했다. 여포는 원래 처 둘과 첩 하나를 두었다. 먼저 엄씨를 본처로 맞아들였고 뒤에 초선을 첩으로 삼았는데, 소패에 살면서 다시 조표의 딸을 둘째 처로 맞아들였던 것이다. 조씨는 일찍 죽어 자식이 없고 초선 역시 자식을 낳지 못했는데 다만 엄씨의 몸에서 딸 하나를 낳아 여포가 애지중지하는 터였다. 엄씨가 여포에게 말했다.

"들자오니 원공로께선 오랫동안 회남을 차지하여 군사도 많고 식량도 넉넉하여 머지않아 천자가 될 것이라고 하더군요. 일이 성사되면 우리 딸은 장차 황후나 황비가 될 수도 있겠어요. 다만 그가 아들을 몇 형제나 두었는지 모르겠군요."

여포가 말했다.

"하나뿐이라 하오."

엄씨는 마음이 기울었다.

"그렇다면 즉시 허락해야지요. 설사 황후가 되지는 못한다 해도 우리 서주만큼은 아무 염려가 없을 테니까요."

여포는 마침내 뜻을 결단하고 한윤을 후히 대접하며 청혼을 허락했다.

한윤이 회남으로 돌아가 원술에게 고하자 원술은 즉시 청혼 예물을 갖추어 한윤을 다시 서주로 보냈다. 예물을 받은 여포는 연회를 배설하여 한윤을 대접하고 역관에 머물러 편안히 쉬게 했다.

이튿날 진궁이 역관으로 찾아가 한윤을 만났다. 인사가 끝나고 자리에 앉자 진궁이 주위 사람을 물리고 한윤에게 말했다.

"누가 이 계책을 생각해 냈습니까? 원공더러 봉선과 사돈을 맺게 한 건 유현덕의 머리를 취할 목적에서 나온 게 아닙니까?"

한윤은 소스라치게 놀라 자리에서 일어나 빌었다.

"공대公臺께선 부디 이 말을 누설하지 말아 주십시오!"

진궁이 말했다.

"나야 누설하지 않을 것이오만 오래 끌다가는 반드시 다른 사람이 알아차리게 되어 중도에 일이 틀어지지나 않을까 그게 걱정이오."

한윤이 물었다.

"그러면 어떻게 했으면 좋겠소? 공께서 좀 가르쳐 주시구려."

진궁이 제의했다.

"내가 봉선을 만나 당장 딸을 시댁으로 보내 혼례를 치르게 하면 어떻겠소?"

한윤은 크게 기뻐하며 감사했다.

"그렇게만 해주신다면 원공께서 공의 밝은 덕에 깊이 감사할 것이오!"

진궁은 한윤과 작별하고 나와서 그길로 여포를 찾아가 물었다.

"장군께서 따님을 원공로 댁에 출가시키기로 하셨다니 참으로 잘한 일입니다. 그런데 혼례는 어느 날 치르기로 정하셨는지요?"

여포가 대답했다.

"차차 의논해서 정할까 하오."

여포가 말했다.

"옛날에는 폐백을 받고 나서 혼례를 치르기까지의 기간이 신분에 따라 각기 다르게 정해져 있었습니다. 천자는 1년, 제후는 반 년, 대부는 석 달, 서민은 한 달이었지요."

여포가 물었다.

"원공로는 하늘이 국보를 내려 머지않아 제위에 오르게 될 것이니 천자의 예를 좇아서 하는 것이 어떻겠소?"

진궁이 반대했다.

"그건 안 됩니다."

여포가 다시 물었다.

"그러면 제후의 예를 좇을까요?"

"그것도 안 됩니다."

여포가 또 물었다.

"그러면 경대부卿大夫의 예를 좇을까요?"

"그 역시 안 됩니다."

여포는 어이가 없다는 듯 웃으며 물었다.

"그러면 공은 나더러 서민의 예로 하라는 것이오?"

"그도 아닙니다."

여포는 의아했다.

"그럼 공은 어떻게 하자는 말씀이오?"

진궁이 대답했다.

"지금은 천하의 제후들이 서로 자웅을 다투는 판입니다. 이제 장군께서 원공로와 사돈을 맺으시면 제후들 가운데 질투하는 자가 없을 것이라고 어떻게 장담할 수 있겠습니까? 혼례까지 날짜를 길게 잡았다가 혹시라도 누군가가 우리의 혼례일에 맞추어 군사를 매복시켜 신부라도 탈취해 간다면 어떻게 하시렵니까? 허락을 안 했다면 모르지만 이미 허락하신 이상 아직 제후들이 모르고 있는 사이에 따님을 수춘으로 보내시는 게 지금으로선 가장 좋은 방법입니다. 그곳에서 따로 별관에 거처하다가 후에 길일을 택해 혼례를 치르게 하신다면 만에 하나도 실수가 없을 것입니다."

여포는 기뻐하며 말했다.

"공대의 말씀이 매우 타당하오."

즉시 안으로 들어가 엄씨에게 말하고, 그날 밤으로 혼수를 장만하고 신부를 모셔 갈 준마와 화려한 수레를 준비하는 한편 송헌宋憲과 위속魏續에게 한윤과 함께 신부를 모시고 가도록 했다. 다음날 천지가 떠나갈 듯 풍악을 울리며 드디어 성을 떠나보냈다.

이때 진원룡의 부친 진규陳珪는 집안에서 노환을 치료하고 있었는데 풍악 소리를 듣고 좌우 사람들에게 무슨 일이냐고 물었다. 사람들이 까닭을 알려 주자 진규가 말했다.

"이것은 '소불간친지계'이다. 현덕이 위태롭게 되었구나."

진규는 즉시 병을 무릅쓰고 여포를 찾아갔다.

"대부께서 무슨 일로 오셨소?"

진규가 말했다.

"장군께서 돌아가시게 되었다고 하기에 특별히 조문하러 왔소이다."

여포는 깜짝 놀랐다.

"그게 무슨 말씀이오?"

진규가 설명했다.

"지난번 원공로가 공에게 황금과 비단을 보내며 유현덕을 죽이려 했으나 공께선 화극을 쏘아서 화해시켜 주셨소이다. 그런데 이번에 갑자기 공과 사돈을 맺자고 하니 그 뜻은 공의 따님을 볼모로 잡아 놓고 현덕을 쳐서 소패를 빼앗자는 것이지요. 소패가 망하면 서주가 위험해집니다. 게다가 저들은 양식을 꾸어 달라 군사를 빌려 달라 하며 여러 가지 요구를 하게 될 텐데 그 부탁을 들어 주려면 시키는 대로 따르느라 이쪽은 피폐해지고 다른 사람들과 원한을 맺게 될 것입니다. 또 들어 주지 않으면 친척의 의리를 저버리게 되어 싸울 꼬투리를 만들게 되겠지요. 더구나 원술은 황제가 될 뜻을 품고 있으니 이는 모반입니다. 저 사람이 만약 모반을 하면 공은 역적의 인척이 되는데 어떻게 천하에 용납되기를 바라겠소이까?"

이 말을 들은 여포는 크게 놀랐다.

"진궁이 나를 그르쳤구나!"

급히 장료에게 명하여 군사를 거느리고 30리 밖까지 쫓아가서 딸을 찾아오고 한윤도 함께 잡아 오게 해서 감금하고 돌려보내지 않았다. 원술에게는 사람을 보내 신부의 혼수가 아직 마련되지 않았으니 준비가 되는 대로 보낼 것이라는 회답을 전하게 했다. 진규는 또다시 한윤을 허도로 압송하라고 권했지만 여포는 머뭇거리며 결단을 내리지 못하고 있었다.

이러고 있을 때 갑자기 보고가 들어왔다.

"현덕이 소패에서 군사를 모집하고 말을 사들이고 있는데 무슨 뜻인지 모르겠습니다."

여포는 대수롭지 않게 여겼다.

"그야 장수 된 자의 본분인데 괴이할 게 무엇이냐?"

이렇게 말하고 있는 중에 송헌과 위속이 들어와서 여포에게 고했다.

"저희 둘은 명공의 명을 받들고 산동으로 가서 좋은 말 3백여 필을 샀습니다. 그런데 돌아오는 길에 패현 지경에 이르러 강도떼를 만나 절반을 강탈당하고 말았습니다. 알아보았더니 유비의 아우 장비가 산적으로 가장하고 말을 빼앗아 갔다고 합니다."

여포는 이 말을 듣자 크게 화가 났다. 즉시 군사를 점검하여 장비와 싸우려고 소패로 갔다.

여포가 온다는 소식을 들은 현덕은 놀라서 황망히 군사를 거느리고 마주 나갔다. 양군이 진을 치고 나자 현덕이 말을 타고 나가서 물었다.

"형장께선 무슨 까닭으로 군사를 거느리고 오셨습니까?"

여포는 손가락질을 하며 욕을 퍼부었다.

"나는 원문 밖의 화극을 쏘아 너의 큰 환난을 구해 주었거늘 너는 어찌하여 내 말을 빼앗아 갔느냐?"

현덕이 말했다.

"말이 모자라 사방으로 사람을 보내 말을 사들이고 있긴 합니다만 감히 형의 말을 뺏을 리가 있겠습니까?"

여포가 소리쳤다.

"네가 장비를 시켜서 좋은 말을 1백 50필이나 뺏어 가고도 발뺌하려 드느냐!"

장비가 창을 꼬나들고 말을 달려 나오며 외쳤다.

"그래, 내가 네놈의 좋은 말을 빼앗았다! 그래서 네가 지금 어쩌겠단 말이냐?"

여포도 욕을 했다.

"이 고리 눈깔의 도적놈아! 네가 몇 차례나 나를 깔보았겠다!"

장비도 지지 않았다.

"내가 네놈의 말을 좀 빼앗았다고 성질을 부린다만 네놈이 우리 형님의 서주를 빼앗은 일에 대해선 말이 없구나!"

여포가 화극을 꼬나들고 말을 몰아 장비에게 덤벼들자 장비 또한 장팔사모를 꼬나들고 맞섰다. 두 사람이 치열하게 싸워 1백여 합에 이르렀지만 승부가 나지 않았다. 현덕은 장비가 실수라도 하지 않

을까 염려되어 급히 징을 쳐서 군사를 거두어 성으로 들어갔다. 여포는 군사를 나누어 사면으로 성을 에워쌌다. 현덕이 장비를 불러서 책망했다.

"이 모든 게 네가 말을 빼앗았기 때문에 일어난 사단이로구나! 대체 말들은 어디에 있느냐?"

장비가 볼멘소리로 대답했다.

"여러 절간에 맡겨 두었소."

현덕은 사람을 성밖 여포의 영채로 보내 말을 돌려줄 테니 서로 군사를 물리자고 청하게 했다. 여포는 그 말을 들으려 했지만 진궁이 반대했다.

"지금 유비를 죽이지 않으면 뒤에 반드시 해를 입을 것입니다."

여포는 그 말을 듣고 유비의 청을 받아들이지 않고 더욱 다그쳐 성을 공격했다. 현덕이 미축, 손건에게 대책을 상의하니 손건이 말했다.

"조조가 미워하는 자는 여포입니다. 차라리 성을 버리고 허도로 가서 조조에게 의지하는 게 좋겠습니다. 조조에게 군사를 빌려 여포를 치는 것이 상책일 것 같습니다."

현덕이 물었다.

"누가 앞장서서 포위망을 뚫고 나갈 텐가?"

장비가 나섰다.

"이 아우가 죽을 각오로 싸워 보겠소!"

현덕은 장비를 앞세우고 운장을 뒤따르게 하고 자기는 가운데서 가족을 보호했다. 이날 밤 3경, 달이 훤하게 밝은 때를 이용하여 북문으로 나와 달아났다. 마침 송헌과 위속을 만났으나 익덕이 한바탕 싸워 물리치고 겹겹이 둘러싼 포위망을 뚫고 나갔다. 뒤쪽에서 장료가 쫓아왔으나 관공이 막았다. 여포는 현덕이 달아나는 것을 보고도 굳이 쫓지 않고 성으로 들어가서 백성들을 안정시킨 다음 고순에게 소패를 지키게 하고 자기는 그대로 서주로 돌아갔다.

한편 현덕은 허도로 도망쳐 와서 성밖에 영채를 세웠다. 그러고는 우선 손건을 조조에게 들여보내 여포의 핍박을 받아 몸을 의탁하러 왔다는 뜻을 전하게 했다. 조조가 말했다.

"현덕은 나와 형제나 다름없소."

그러고는 곧 현덕에게 성으로 들어와 만나자고 했다. 이튿날 현덕은 관우와 장비를 성밖에 남겨둔 채 손건과 미축을 데리고 들어가서 조조를 만났다. 조조는 그를 상빈上賓의 예로 대접했다. 현덕이 여포에게 당한 일을 자세히 이야기하며 하소연하자 조조가 말했다.

"여포는 의리 없는 무리이니 내 아우님과 힘을 합쳐 주멸해 버리리다."

현덕이 사례했다. 조조는 연회를 베풀어 대접하며 날이 저물어서야 보내 주었다. 순욱이 들어와서 조조를 뵙고 말했다.

"유비는 영웅입니다. 지금 일찌감치 도모하지 않으면 후일 반드시 걱정거리가 될 것입니다."

조조는 그 말에 대답하지 않았다. 순욱이 나가자 곽가가 들어왔다. 조조가 물었다.

"순욱이 나더러 현덕을 죽이라고 권하는데 어찌하면 좋겠소?"

곽가가 대답했다.

"안 됩니다. 주공께서 의로운 군사를 일으킨 것은 백성을 위해 포악한 무리를 제거하기 위해서이니 오직 신의로 준걸들을 받아들이시되 저들이 오지 않을까 두려워하듯이 하셔야 합니다. 현덕은 평소 영웅으로 이름난 사람인데 지금 곤궁하여 찾아온 그를 죽이는 건 현인賢人을 해치는 일입니다. 천하에 지모 있는 인사들이 그 소문을 들으면 스스로 의심하여 주공께로 오는 발걸음을 내딛지 않을 것입니다. 그리되면 주공께서는 대체 누구와 더불어 천하를 평정하시겠습니까? 한 사람에 대한 근심을 덜려고 하다가 천하의 소망을 막게 될 것이니 편안함과 위태로움의 계기를 자세히 살피셔야 합니다."

조조는 크게 기뻐했다.

"그대의 말이 바로 내 마음과 같소."

이튿날 즉시 표문을 올려 유비를 예주 목豫州牧으로 천거했다. 정욱이 들어와서 간했다.

"유비는 언제까지 남의 밑에 있을 사람이 아닙니다. 일찌감치 도모하시는 게 낫겠습니다."

조조가 말했다.

"지금은 바로 영웅을 등용해야 할 시기인데 한 사람을 죽여서 천하의 인심을 잃을 수는 없소. 이에 대해서는 곽봉효奉孝도 내 생각과 같소."

끝내 정욱의 말을 듣지 않고 군사 3천 명과 군량 1만 섬을 주고 현덕을 전송하며, 예주에 부임한 뒤 소패로 진군하여 흩어진 군사들을 모아 여포를 치라고 했다. 예주에 이른 현덕은 사람을 보내 조조와 만날 약속을 했다.

조조가 막 군사를 일으켜 친히 여포를 정벌하러 나서려 하는데 갑자기 유성마가 달려와 보고했다. 장제張濟가 관중에서 군사를 이끌고 남양을 치다가 날아오는 화살에 맞아 죽고 그 조카 장수張繡가 군사를 통솔하게 되었는데, 장수는 가후賈詡를 모사로 등용하여 유표와 손잡고 완성宛城에 주둔하면서 군사를 일으켜 궁궐을 침범하고 황제를 겁탈하려 한다는 내용이었다. 조조는 화가 나서 당장 군사를 일으켜 장수를 치고 싶었지만 여포가 허도를 침공하지나 않을까 걱정이 되었다. 이에 순욱에게 계책을 물으니 순욱이 대답했다.

"이는 쉬운 일입니다. 여포는 꾀가 없는 자라 이익을 보면 틀림없이 좋아할 것입니다. 명공께서는 서주로 사자를 보내어 여포의 벼슬을 높여 주고 상을 내리시며 현덕과 화해하라고 이르십시오. 여포는 좋아할 것이고 그러면 먼 앞일을 도모할 생각은 하지 못할 것입니다."

"좋소."

조조는 그의 말을 좇아 마침내 봉군도위奉軍都尉 왕칙王則에게 관직을 내리는 사령장과 화해를 권하는 서찰을 주어 서주로 떠나게 했다. 그러는 한편 15만 대군을 일으켜 친히 장수를 토벌하러 나섰는데 군사를 세 길로 나누어 나가게 하고 하후돈을 선봉으로 삼았다. 전군은 육수淯水에 이르러 영채를 세웠다.

가후가 장수에게 권했다.

"조조의 세력이 너무 커서 대적할 수 없습니다. 차라리 성을 들어 항복하는 편이 낫겠습니다."

장수는 그 말을 따르기로 하고 가후를 조조의 영채로 보내 항복할 뜻을 전하게 했다. 무엇을 물어도 흐르는 물같이 거침없이 대답하는 가후를 보고 조조는 매우 탐이 나서 그를 모사로 쓰고 싶었다. 그러나 가후는 사절했다.

"저는 지난날 이각을 따르면서 천하에 죄를 지었습니다. 지금은 장수를 따르는데 저의 말이라면 다 들어 주고 제가 내는 계책이면 다 써 주니 차마 버릴 수가 없습니다."

이에 하직을 고하고 돌아갔다. 이튿날 가후가 장수를 데리고 와서 조조에게 알현시켰다. 조조는 장수를 매우 후하게 대접했다. 조조는 군사를 일부만 거느리고 완성으로 들어가고 나머지 군사들은 성밖에 나누어 주둔시켰는데 그 영채와 목책이 10여 리나 이어졌다. 성안에 머무는 며칠 동안 장수는 매일같이 조조를 청하여 잔치를 베풀었다.

하루는 술에 취한 조조가 침소로 돌아와 곁에서 모시는 자들에게 가만히 물었다.

"이 성안에 기녀妓女가 있느냐?"

조조 형의 아들 조안민曹安民이 조조의 속뜻을 알아차리고 은밀히 대답했다.

"지난밤 제가 관사 곁을 엿보다 한 부인을 발견했는데 엄청난 미인이었습니다. 물어 보니 장수의 숙부인 장제의 처라고 하더이다."

조조는 듣고 나서 즉시 조안민에게 무장한 군사 50명을 거느리고 가서 그 여인을 잡아 오게 했다. 잠시 후 군중으로 잡아 왔는데 조조가 보니 과연 아름다웠다. 성을 묻자 부인이 대답했다.

"첩은 장제의 처 추씨鄒氏예요."

조조가 물었다.

"부인은 나를 아시오?"

추씨가 대답했다.

"승상의 위명威名을 들어온 지는 오래이오나 오늘밤에 다행히 우러러 뵙게 되었네요."

"내가 장수의 항복을 받아 준 것은 부인 때문이었소. 그렇지 않았다면 멸족시켰을 것이오."

이 말에 추씨는 절을 올리며 사례했다.

"살려주신 은혜에 정말 감사하나이다."

조조가 구슬렸다.

"오늘 부인을 만난 것은 하늘이 내린 행운이오. 오늘밤 나와 잠자리를 함께 하고 나를 따라 허도로 돌아가 편안히 부귀를 누리는 게 어떻겠소?"

추씨는 절을 올려 사례했다. 이날 밤 두 사람은 휘장 안에서 함께 잤다. 추씨가 말했다.

"성안에 오래 머물다가는 장수가 반드시 의심할 것이고 또 남들도 이러쿵저러쿵 할까 두려워요."

조조가 안심시켰다.

"내일 부인과 함께 영채로 나가서 지내기로 하겠소."

이튿날 조조는 성밖으로 처소를 옮겨 군영에서 지내면서 전위를 불러 중군 막사 밖에서 숙직을 서며 호위토록 하고, 다른 사람은 부르기 전엔 함부로 들어오지 못하게 엄명을 내렸다. 이로 인하여 안팎의 연락은 완전히 끊어지게 되었다. 조조는 매일 추씨와 즐기면서 돌아갈 생각을 하지 않고 있었다.

이때 장수의 집 하인이 이 사실을 장수에게 은밀히 알렸다. 장수는 크게 노했다.

"조조 도적놈이 나를 너무도 심하게 모욕하는구나!"

즉시 가후를 불러 대책을 의논하니 가후가 말했다.

"이 일이 새어나가면 안 됩니다. 내일 조조가 군막으로 나와서 업무 보기를 기다려 이러저러하게 하는 것이 좋겠습니다."

이튿날 조조가 군막에 나와 앉자 장수가 들어가서 청했다.

"새로 항복한 군사들 가운데 달아나는 자가 많으니 중군을 옮겨 주둔하게 해주십시오."

조조가 허락했다. 장수는 수하 군사들을 옮겨 네 개의 영채에 나누어 주둔시키고 기일을 정해 거사하기로 했다. 그러나 전위의 용맹이 두려워서 쉽게 접근할 수가 없었다. 그래서 편장 호거아胡車兒를 불러 의논했다. 호거아는 힘이 장사로 5백 근을 너끈히 짊어질 수 있고, 걸음이 빨라 하루에 7백 리를 걸을 수 있는 기인이기도 했다.

"전위가 두려운 것은 쌍철극을 쓰기 때문입니다. 주공께서 내일 그를 초대하여 술을 잔뜩 먹여서 돌려보내십시오. 그때 제가 그를 따라온 군사들 틈에 섞여 몰래 군막으로 들어가 우선 쌍철극부터 훔쳐내겠습니다. 그러면 이 사람을 두려워할 필요가 없을 것입니다."

장수는 대단히 기뻐하며 미리 활과 화살, 갑옷과 무기를 준비해 놓고 각 영채에 두루 알리게 했다. 때가 이르자 장수는 가후를 시켜 전위를 영채로 청해 오게 하여 정성스레 대접했다. 전위는 술을 마시다가 밤이 되어서야 취해서 돌아갔다. 호거아는 군사들의 대열에 섞여 곧장 조조의 큰 영채로 들어갔다. 이날 밤 조조가 군막 안에서 추씨와 술을 마시고 있는데 갑자기 군막 밖에서 사람 소리와 함께 말울음 소리가 들렸다. 사람을 내보내 알아보게 했더니 장수의 군사가 야간 순찰을 돌고 있다고 했다. 조조는 더 이상 의심하지 않았다. 그런데 2경이 가까워졌을 무렵 문득 영채 안에서 고함 소리가 일어나더니 말에게 줄 꼴을 실은 수레에서 불이 났다고 했다. 조조가 지시했다.

"군사들이 실수로 불을 낸 것 같으니 놀라지들 말라."

조금 지나자 사방에서 불길이 치솟았다. 조조는 그제야 사태의 심각성을 깨닫고 허둥거리며 다급하게 전위를 불렀다. 전위는 한창 술에 골아 떨어져 자고 있는 판인데 꿈결에 징소리, 북소리, 고함 소리가 요란하게 들려오는지라 자리에서 벌떡 몸을 일으켰다. 그러나 아무리 찾아보아도 쌍철극이 보이지 않았다. 적병은 이미 원문까지 들이닥쳤다. 전위는 급히 보졸이 차고 있던 칼을 뽑아 들었다. 원문 앞을 보니 무수한 군마가 저마다 긴 창을 꼬나들고 큰 영채 안으로 뚫고 들어오고 있었다. 전위는 힘을 떨쳐 앞으로 나아가며 연거푸 20여 명을 찍어 넘어뜨렸다. 기병이 겨우 물러나자 보병이 또 들이닥쳤다. 양편에 벌려 선 창들이 갈대숲 같았다.

갑옷 한 조각 걸치지 못한 전위는 아래위로 온몸에 수십 군데나 창에 찔렸지만 여전히 죽을힘을 다해 싸웠다. 칼날이 이가 다 빠져 쓸 수 없게 되자 칼을 내동댕이치고 한 손에 하나씩 군사 둘을 움켜쥐고 적을 맞받았다. 순식간에 8,9명을 쳐 죽이자 적군의 무리가 감히 접근하지 못했다. 그들은 다만 멀리서 활만 쏘아 댔다. 화살이 소낙비처럼 쏟아졌지만 그래도 전위는 결사적으로 영채 문을 막고 있었다. 그러나 어쩌하랴, 적군은 이미 영채 뒤쪽으로 들어와서 전위의 등에 한 창을 찔렀다. 등에 창을 맞은 전위는 마침내 큰소리로 몇 마디 비명을 지르더니 땅바닥에 홍건하게 피를 흘리며 죽었다. 하지만 죽은 지 한참이 지나도록 누구도 감히 앞문으로는 들어오지 못했다.

한편 조조는 전위가 영채 문을 막고 있는 사이에 영채 뒤로 빠져나와 말을 타고 달아났다. 오직 조안민이 두 발로 뛰며 뒤를 따를 뿐이었다. 조조는 오른팔에 화살 한 대를 맞았고 타고 있던 말도 세 군데나 화살을 맞았다. 다행히 그 말은 대완大宛(페르시아)에서 난 명마였기에 고통을 참고 빨리 달렸다. 육수 강변에 거의 이르렀을 때였다. 추격병이 쫓아와서 조안민을 찍어 넘겨 짓이겨 버렸다. 조조는 급히 말을 몰아 물결을 헤치고 강을 건넜다. 간신히 건너편 기슭에 오르자 적병이 쏜 화살이 정통으로 말의 눈알에 맞았다. 말은 그만 쓰러져 죽고 말았다. 조조의 맏아들 조앙曹昂이 즉시 자기가 타고 있던 말을 조조에게 바쳤다. 조조는 급히 말에 올라 달아났지만 조앙은 어지러이 날아오는 화살을 맞고 죽었다. 마침내 적의 추격권에서 벗어난 조조는 길에서 장수들을 만나 남은 군사들을 수습했다.

이때 하후돈이 거느린 청주의 군사들이 혼란한 틈을 타고 마을로 내려가 민가를 노략질했다. 평로교위平虜校尉 우금이 즉시 수하의 군사들을 데리고 가서 이들을 죽이고 백성들을 안심시켰다. 청주의 병사들은 돌아서 달아나다가 조조를 만나자 땅에 엎드려 울면서 우금이 모반해서 청주 군사를 죽였다고 했다. 조조는 깜짝 놀랐다. 조금 있으니 하후돈, 허저, 이전, 악진이 모두 당도했다. 조조는 우금이 반란을 일으켰으니 군사를 정돈해서 막으라고 분부했다.

이때 우금은 조조 등이 모두 당도한 것을 보고 즉시 군사를 지휘하여 사수射手들을 진의 모서리에 배치한 다음 참호를 파고 영채를 세웠다. 누군가 우금에게 물었다.

"청주병들이 장군께서 모반했다고 하더이다. 승상께서 벌써 와 계시는데 어찌 해명부터 하지 않고 영채를 먼저 세우십니까?"

우금이 대답했다.

"지금 적의 추격병이 뒤에 있어 불시에 들이닥칠 형편인데 미리 준비하지 않으면 어떻게 적을 막겠느냐? 해명하는 것은 작은 일이요 적을 물리치는 것은 큰일이다."

영채를 다 세우자마자 장수의 군사가 두 길로 쳐들어왔다. 우금이 앞장서서 영채를 나가 적을 맞아 싸우자 장수가 급히 군사를 뒤로 물렸다. 좌우의 장수들은 우금이 진격하는 광경을 보고 너도나도 군사를 이끌고 나가 적을 공격했다. 장수의 군사는 대패하고 조조의 군사는 그 뒤를 1백여 리나 추격하며 적군을 무찔렀다. 세력이 다하여 곤경에 빠진 장수는 마침내 패잔병을 이끌고 유표에게로 가 버렸다.

조조가 군사를 거두어 장수들을 점검할 때 우금이 들어와 뵈었다. 그는 비로소 청주병들이 함부로 노략질을 하여 백성들의 신망을 크게 잃었기에 자신이 죽인 사실을 자세히 이야기했다. 조조가 물었다.

"나에게 고하지 않고 영채부터 세운 것은 무슨 까닭이냐?"

우금은 앞서 부하에게 말한 대로 대답했다. 조조가 말했다.

"장군은 그처럼 다급한 가운데서도 군사를 정돈하고 보루를 튼튼히 했으며, 비방을 아랑곳하지 않고 수고를 아끼지 않아서 패전을 승전으로 바꾸어 놓았소. 비록 옛날의 명장인들 어찌 이보다 나을 수 있으리오!"

조조는 우금에게 황금 그릇 한 벌을 내리면서 익수정후益壽亭侯에 봉하는 반면 군사를 엄하게 다스리지 못한 하후돈을 책망했다. 또 제물을 갖추어 전위의 제사를 지내는데, 조조는 소리쳐 울며 직접 잔을 올리고 나서 여러 장수들을 돌아보며 말했다.

"나는 큰아들과 사랑하는 조카를 잃은 애통함은 그다지 크지 않소. 오직 전위를 위하여 이토록 소리 내어 운다오!"

사람들은 이 말을 듣고 모두 감탄했다. 이튿날 조조는 회군 명령을 내렸다.

조조가 허도로 회군한 것은 말할 필요가 없다. 한편 왕칙이 조서를 받들고 서주로 가자 여포가 부중으로 영접해 들였다. 조서를 펼쳐 보니 자신을 평동장군平東將軍으로 삼고 특별히 인수를 내린다는 내용이었다. 왕칙은 다시 조조의 사신私信을 꺼내 주며 여포의 면전에서 조공이 여포를 지극히 공경하고 있다는 뜻을 전했다. 여포는 이 말을 듣고 크게 기뻐했다. 이때 원술에게서 사람이 왔다는 보고가 들어왔다. 불러들여서 온 까닭을 물어 보니 사자가 대답했다.

"원공께서 조만간 황제의 자리에 올라 동궁東宮을 세우려 하시니 황비皇妃 될 분을 속히 회남으로 보내라고 재촉하십니다."

여포는 크게 노했다.

"반적이 어찌 감히 이럴 수가 있단 말이냐!"

즉시 사자를 죽이고 한윤에게도 칼을 씌웠다. 그러고는 진등에게 사은謝恩하는 표문을 주어 왕칙과 함께 한윤을 압송하여 허도로 올라가서 황제의 은혜에 사례하게 했다. 아울러 조조에게 답서를 보내어 정식 서주 목으로 제수해 달라고 청하게 했다. 여포가 원술에게 혼인을 거절한 것을 안 조조는 크게 기뻐하며 한윤을 거리로 끌어내어 목을 자르게 했다. 진등이 은밀히 조조에게 충고했다.

"여포는 승냥이나 이리 같은 무리입니다. 용맹하지만 꾀가 없고 행동거지가 경솔하니 일찌감치 도모해야 합니다."

조조도 같은 생각이었다.

"나도 평소에 여포가 이리 같은 야심을 품고 있어 실로 오래 두고 기르기가 어렵다는 것을 알고 있소. 그러나 공의 부자가 아니고서는 그 실정을 알아낼 길이 없으니 공은 부디 나를 위해 꾀를 내주시구려."

진등이 대답했다.

"승상께서 움직이신다면 제가 안에서 호응하리다."

조조는 기뻐하며 표를 올려 진규에게는 중中 2천 석*의 봉록을 내리고 진등은 광릉 태수廣陵太守로 삼게 했다. 진등이 하직을 고하자 조조는 그의 손을 잡고 말했다.

"동방의 일은 공에게 모두 부탁하오."

진등은 머리를 끄덕여 응낙하고 서주로 돌아와서 여포를 만났다. 여포가 그간의 사정을 묻자 진등이 대답했다.

"아버님은 봉록을 받으시고 저는 태수가 되었소이다."

이 말을 듣고 여포는 크게 노했다.

"너는 나를 위해 서주 목을 청하지는 않고 너희들의 벼슬과 녹봉만 구했구나! 너의 아비가 나더러 조공과 손잡고 원공로의 청혼을 거절하라고 하더니, 이제 내가 바라던 것은 끝내 하나도 얻지 못하고 너희 부자만 높고 귀하게 되었구나. 내가 너희 부자에게 팔린 꼴이 아니고 무엇이냐!"

마침내 검을 뽑아 들고 목을 치려고 했다. 그러자 진등이 껄껄 웃으며 대답했다.

"장군은 어찌 그리도 사리에 밝지 못하시오?"

여포가 물었다.

"내가 무엇이 밝지 못하단 말이냐?"

진등이 말했다.

"나는 조공을 만나 '장군을 기르는 것은 호랑이를 기르는 격이니

---

*중中 2천 석 | 한나라 관제官制에 중中 2천 석, 2천 석, 비比 2천 석 등 봉록의 등급이 있었다. 중 2천 석은 월봉 180섬의 양식을 받는 등급으로 상당히 높은 관직이다.

고기를 배불리 먹여야 합니다. 배를 채워 주지 않으면 사람을 잡아 먹을 것입니다'라고 말했소이다. 그랬더니 조공이 웃으며 대답하기를 '공의 말은 당치 않소. 나는 온후를 매 기르듯 대할 따름이오. 여우와 토끼가 아직 없어지지 않았는데 어찌 매의 배부터 불린단 말이오. 매란 주리면 쓸모가 있으나 배가 부르면 날아가 버리는 법이오.' 하더이다. 그래서 제가 '누가 여우고 토끼입니까?' 하고 물었더니, 조공이 '회남의 원술, 강동의 손책, 기주의 원소, 형양荊襄의 유표, 익주益州의 유장劉璋, 한중漢中의 장로張魯 등이 모두 여우요 토끼지요'라고 하더이다."

여포는 듣고 나서 검을 내던지며 웃었다.

"조공이 나를 알아주는구나!"

그런 이야기를 하고 있는데 원술이 서주로 쳐들어온다는 보고가 들어왔다. 여포는 그 말을 듣고 너무 놀란 나머지 얼굴빛이 변했다. 바로 다음 대구와 같다.

진진처럼 지내지 못하고 오월처럼 싸우니 /
혼사 일이 전쟁을 야기하고 말았구나
秦晉未諧吳越鬪　婚姻惹出甲兵來

결국 뒷일은 어찌될 것인가, 다음 회를 보라.

17

머리털을 잘라 머리를 대신하다

원공로는 일곱 길로 군사를 일으키고
조맹덕은 세 명의 장수와 회합하다
袁公路大起七軍 曹孟德會合三將

회남의 원술은 넓은 땅과 넉넉한 양식에다 손책이 맡긴 옥새까지 가지게 되자 마침내 황제가 될 야심을 품고 수하들을 모아 상의했다.

"옛적에 한고조는 사상泗上의 일개 정장亭長에 지나지 않았으나 천하를 수중에 넣었다. 그러나 4백 년이 지난 지금 그 운이 다하여 천하가 가마솥에서 끓는 물처럼 혼란스럽다. 나의 가문으로 말하면 4대에 걸쳐 삼공三公을 지낸 명문거족이라 백성들이 따르는 바다. 내 이제 하늘의 뜻에 응하고 사람들의 마음을 좇아 황제의 자리에 오르고자 한다. 여러분의 생각은 어떤가?"

주부 염상閻象이 나서서 말렸다.

"안 됩니다. 옛날 주나라는 시조 후직后稷*

때부터 덕을 쌓고 공을 세워 문왕 대에 이르러서는 천하의 3분지 2를 차지하고도 여전히 은殷나라에 복종하면서 그 왕조를 섬겼습니다. 명공의 가문이 비록 존귀하다고는 하지만 아직 주나라만큼 왕성하지 못하고, 한나라 황실이 쇠약했다고는 하지만 아직 은나라의 주왕紂王처럼 포학하지는 않습니다. 이는 결코 해서는 안 되는 일입니다."

원술이 벌컥 화를 냈다.

"우리 원씨 성은 본래 춘추 시대의 진陳나라에서 나왔다. 진은 순舜임금의 후예이다. 또 토土로 화火를 잇는 것은 천기의 운행에 순응하는 것이다. 또 예언에 '한을 대신할 자는 길에서 높은 이當塗高'라고 했는데, 내 자가 공로公路, 즉 길이라는 뜻이니 바로 그 예언과도 맞아떨어지는 것이다. 더욱이 전국옥새까지 가지고 있으면서 임금이 되지 않는다면 이는 하늘의 도를 어기는 것이다. 내 이미 뜻을 정했으니 다시 여러 말을 하는 자는 목을 치겠노라!"

원술은 마침내 연호를 중씨仲氏라 하고 상서대尚書臺와 성省을 비롯한 조정 부서를 만들었다. 황제가 타는 용과 봉이 그려진 수레를 타고 남쪽 교외로 나가서 하늘에 제사를 지내고 북쪽 교외로 나가서 땅에 제사를 지냈다. 풍방馮方의 딸을 세워 황후로 삼고 아들을 세워 동궁으로 삼았다. 그런 다음 여포의 딸을 동궁비로 삼으려고 사자를 보내 재촉했으나 여포가 이미 한윤을 허도로 압송해 조조의 손에 목이 잘렸다는 것이 아닌가? 이에 크게 노한 원술은 장훈을 대장군으로 삼아 20여만 대군을 통솔하여 일곱 길로 군사를 나누어 서주

*후직│주나라의 시조. 순임금을 섬기며 씨 뿌리고 경작하는 법을 가르쳤다고 한다.

를 치게 했다.

제1로 대장 장훈은 중앙을 맡고, 제2로 상장 교유橋蕤는 왼편에 위치하고, 제3로 상장 진기陳紀는 오른편에 위치하고, 제4로 부장 뇌박은 왼편에 위치하고, 제5로 부장 진란은 오른편에 위치하고, 제6로 항장降將 한섬은 왼편에 위치하고, 제7로 항장 양봉은 오른편에 위치했다. 이들은 각기 수하의 건장들을 거느리고 날짜를 정해 길을 떠났다. 원술은 연주 자사 김상金尙을 태위太尉로 삼아서 일곱 길의 부대에 돈과 양식을 운반하는 일을 감독케 했다. 그러나 김상이 듣지 않자 그를 죽이고 기령을 칠로도구응사七路都救應使로 삼고, 원술 자신은 친히 군사 3만 명을 거느리고 이풍李豊·양강梁剛·악취樂就를 진군을 독촉하는 최진사催進使로 삼아 일곱 길 군사들을 감독하며 지원토록 했다.

여포가 사람을 보내 적의 상황을 탐지하게 했더니, 장훈의 군사는 큰길로 곧장 서주로 오고, 교유의 군사는 소패를 치러 오고, 진기의 군사는 기도沂都를 치러 오고, 뇌박의 군사는 낭야를 치러 오고, 진란의 군사는 갈석碣石을 치러 오고, 한섬의 군사는 하비下邳를 치러 오고, 양봉의 군사는 준산浚山을 치러 오는데 일곱 길의 군사가 하루에 50리씩 행군하며 길에서 노략질을 하며 들어오고 있다고 했다. 여포는 급히 모사를 불러 모아 대책을 상의했다. 진등과 진규 부자도 왔는데 진궁이 말했다.

"서주의 화는 진규 부자가 불러온 것입니다. 이 사람들이 작위와 녹을 구하려고 조정에 아첨하는 바람에 오늘날 장군께 화를 옮겼으니 두 사람의 머리를 베어 원술에게 바치면 그 군사는 저절로 물러갈 것입니다."

여포는 이 말을 듣고 즉시 진규와 진등을 잡아내리라고 명령했다. 진등이 껄껄 웃음을 터뜨렸다.

"어찌하여 이리도 겁이 많으십니까? 제 눈에는 일곱 길의 군사가 일곱 개의 썩은 풀더미로 보이는데 개의할 게 무엇입니까!"

여포가 말했다.

"너에게 적을 깨뜨릴 계책이 있다면 너의 죄를 용서하겠다."

진등이 말했다.

"장군께서 이 늙은이의 말대로만 하시면 서주는 아무 염려가 없을 것입니다."

여포가 지시했다.

"말해 보라."

진등이 설명했다.

"원술의 군사는 숫자만 많을 뿐 모두가 오합지졸이고 평소 자기네끼리도 서로 믿지 못합니다. 그러니 우리가 정예병으로 지키고 기병奇兵을 내어 공격하면 성공하지 못할 리가 없습니다. 다시 한 가지 계책이 있는데 그대로만 하신다면 서주를 보전하는 데서 그치지 않고 원술까지 사로잡을 수 있을 것입니다."

여포가 물었다.

"어떤 계책이오?"

진등이 설명했다.

"한섬과 양봉은 본래 한나라의 옛 신하로서 조조가 두려워 달아났다가 몸을 의탁할 곳이 없어 잠시 원술에게 간 사람들입니다. 원술은 필시 그들을 깔보고 그들 역시 원술에게 이용되는 것을 달가워하지 않을 것입니다. 글을 보내어 그들이 안에서 호응하게 하고 다시 유비와 연결하여 외부에서 지원하게 한다면 틀림없이 원술을 사로잡을 수 있을 것입니다."

여포가 말했다.

"그러면 그대가 직접 가서 한섬과 양봉에게 글을 전하라."

진등이 응낙했다.

여포는 곧 표문을 지어 허도로 올려 보냄과 동시에 예주로 편지를 보냈다. 그러고는 진등에게 기병 몇 기를 거느리고 하비로 통하는 길가에서 한섬을 기다리게 했다. 한섬이 군사를 거느리고 와서 영채를 세우자 진등이 그 영채로 들어갔다. 한섬이 물었다.

"그대는 여포 수하의 사람이 아니오? 여기는 왜 왔소?"

진등이 웃으며 대답했다.

"저로 말하면 대 한나라의 공경公卿인데 어째서 여포 수하의 사람이라 하시오? 장군이야말로 지난날 한나라의 신하였던 분이 오늘날 역적의 신하가 되다니요. 앞서 관중에서 천자를 보호하신 공로가 사라지게 되었으니 이는 장군께서 취하지 않을 바라고 생각하오. 더구나 원술은 의심이 많으니 장군께선 뒷날 반드시 그의 손에 해를 입을 것이오. 지금 일찌감치 손을 쓰지 않는다면 후회해도 미치지 못하리다!"

한섬이 탄식하며 말했다.

"나도 한나라로 돌아가고 싶으나 길이 없는 것이 한이오."

진등은 즉시 여포의 서신을 내놓았다. 한섬이 읽고 나서 말했다.

"알았으니 공께선 먼저 돌아가시오. 내 양장군과 함께 창날을 돌려 원술을 치겠소. 불길이 일어나는 것을 신호로 온후께서 군사를 거느리고 후원하러 오시면 되겠소."

한섬과 작별한 진등은 급히 돌아와 여포에게 고했다.

여포는 즉시 군사를 다섯 길로 나누었다. 고순은 한 떼의 군사를 거느리고 소패로 나아가 교유를 대적하고, 진궁은 한 떼의 군사를 거느리고 기도로 나아가 진기를 대적하며, 장료와 장패는 한 떼의 군사를 거느리고 낭야로 나가서 뇌박을 대적하고, 송헌과 위속은 한 떼의 군사를 거느리고 갈석으로 나가서 진란을 대적하고, 여포 자신은 한 떼의 군사를 거느리고 큰길로 나가서 장훈을 대적하기로 했다. 이들이 각각 1만 명의 군사를 거느리고 나머지 군사들은 성을 지키게 했다. 여포는 성에서 나가 30리 밖에 영채를 세웠다. 장훈의 군대가 도착했으나 여포를 대적하지 못할 걸 알고 20리를 물러가 주둔하고 사방의 군사들이 와서 후원해 주기를 기다렸다.

이날 밤 2경쯤 한섬과 양봉이 군사를 나누어 곳곳에 불을 지르고 여포의 군사를 영채로 들어오게 했다. 그 바람에 장훈의 군사는 대혼란에 빠지고 말았다. 여포가 기세를 몰아 들이치자 장훈은 패해서 달아났다. 날이 훤히 밝을 무렵까지 뒤쫓던 여포는 마침 후원하러 오던 기령과 맞닥뜨렸다. 양군이 막 싸우려 할 때 한섬과 양봉의 군사가 두 길로 쇄도했다. 기령이 크게 패해서 달아나자 여포가 군사를 이끌고 뒤를 몰아쳤다. 이때 산 뒤에서 한 떼의 군사가 나타났다. 진문의 깃발이 갈라지면서 한 부대의 군마가 모습을 드러냈다. 용과 봉, 해와 달을 수놓은 용봉일월기번龍鳳日月旗幡과 깃대에 오색 깃털을 드리우고 북두성을 다섯 방위로 수놓은 사두오방정치四斗五方旌幟를 휘날리고, 참외 모양의 금과金瓜, 은도끼인 은부銀斧, 금칠한 도끼 황월黃鉞, 깃대에 얼룩소 꼬리를 단 백모白旄를 들었는데, 누런 비단에 금실을 둘러 해를 가리는 황라쇄금산개黃羅鎖金傘蓋 아래에 원술이 있었다. 금빛 갑옷을 입고 팔목에 두 자루 칼을 건 원술이 진 앞으로 나서며 큰소리로 욕을 퍼부었다.

"여포, 이 주인을 배반한 종놈아!"

화가 난 여포가 화극을 꼬나들고 앞으로 향하자 원술의 장수 이풍이 창을 꼬나들고 맞받아 나왔다. 그러나 서로 어울린 지 3합이 못 되어 여포의 화극에 손이 찔린 이풍은 그대로 창을 내던지고 달아났다. 여포가 군사를 휘몰아 들이치자 원술의 군사가 크게 어지러워졌다. 여포는 그들을 뒤쫓아 추격하면서 말과 갑옷을 무수히 노획했다. 원술이 패군을 이끌고 달아나는데 몇 리도 못 가서 산 뒤에서 한 떼의 군사가 나타나 길을 가로막았다. 앞장선 대장은 관운장이었다.

운장이 소리를 질렀다.

"반적! 아직도 죽음을 곱게 받지 않으려느냐?"

원술이 황망히 달아나자 나머지 군사들은 사방으로 흩어져 바삐 달아났다. 관운장이 한바탕 몰아쳤다. 패군을 수습한 원술은 허둥지둥 회남으로 돌아가 버렸다.

여포는 싸움에 이기고 운장과 양봉, 한섬 등의 일행을 서주로 청해서 크게 잔치를 베풀어 대접하고, 군사들에게도 상을 내리고 배불리 먹였다. 이튿날 운장은 작별을 고하고 돌아갔다. 여포는 자신이 보증하여 한섬을 기도 목沂都牧으로, 양봉을 낭야 목으로 삼고, 두 사람을 서주에 머물러 있게 하려고 상의했다. 그러자 진규가 나섰다.

"아니 되오이다. 한섬과 양봉이 산동을 차지하고 있으면 1년이 못 되어 산동의 모든 성이 장군 휘하에 들어올 것입니다."

여포는 그 말을 옳게 여겨 두 장수를 기도와 낭야로 보내 잠시 군사를 주둔시키며 조정의 명을 기다리도록 했다. 진등이 부친에게 가만히 물었다.

"어째서 두 사람을 서주에 남겨 여포를 죽일 근거로 삼지 않으셨습니까?"

진규가 대답했다.

"만약 두 사람이 여포를 돕기라도 한다면 도리어 호랑이에게 발톱과 이빨을 달아 주게 되지 않느냐?"

진등은 부친의 고견에 탄복했다.

한편 패주하여 회남으로 돌아간 원술은 강동의 손책에게 사람을 보내 원수를 갚도록 군사를 빌려 달라고 했다. 손책이 노해서 말했다.

"네가 내 옥새를 믿고 멋대로 황제라 일컬으며 한나라 조정을 배반했으니 대역무도하다! 내 그러지 않아도 군사를 일으켜 죄를 물으려고 하던 참인데 어찌 도리어 역적을 돕는단 말이냐?"

그러고는 글을 지어 원술의 청을 거절했다. 사자가 손책의 편지를 가지고 돌아가서 원술에게 보였다. 원술은 편지를 읽고 화가 나서 말했다.

"젖비린내도 가시지 않은 어린놈이 어찌 감히 이런단 말이냐! 내 이놈부터 칠 것이다!"

그러나 장사 양대장이 극력 간해서 겨우 그만두었다.

한편 손책은 답서를 보낸 뒤 원술의 군사가 들이닥칠 것에 대비해 군사를 점검하여 장강 어귀를 지키고 있었다. 그때 조조의 사자가 당도하여, 손책을 회계 태수會稽太守에 제수하니 즉시 군사를 일으켜 원술을 치라는 명령을 전했다. 손책은 여러 사람과 의논하여 즉시 군사를 일으키려고 했다. 장사 장소가 말했다.

"원술이 비록 이번 싸움에서 패했지만 군사가 많고 양식이 넉넉하니 함부로 대적해서는 안 됩니다. 차라리 조조에게 글을 보내 남쪽을 정벌하라고 권하고 우리는 뒤에서 호응하는 것이 좋겠습니다. 양군이 서로 도우면 원술의 군사를 깨뜨릴 수 있을 것입니다. 만에 하나 실수가 생기더라도 조조의 원조를 기대할 수 있습니다."

손책은 그의 말을 받아들여서 조조에게 사자를 보내 이런 뜻을 전하게 했다.

한편 허도로 돌아간 조조는 전위를 생각하며 사당을 세워 제사하고, 그의 아들 전만典滿을 중랑中郎으로 삼아 승상 부중에 데려다 길렀다. 바로 이러한 때 손책의 사자가 서찰을 가지고 당도했다. 조조가 편지를 다 읽었을 때 다시 사람이 들어와 양식이 떨어진 원술이 진류로 나가 노략질을 하고 있다고 보고했다. 조조는 원술의 빈틈을 타서 공격하려고 작정하고 마침내 군사를 일으켜 남쪽 정벌에 나서기로 했다. 조인에게 허도를 지키게 하고 나머지는 모두 종군토록 하니 기병과 보병이 17만이요, 양식과 군수품을 실은 수레가 천 대가 넘었다. 한편으로 손책과 유비, 여포에게 사람을 보내 만날 약속을 정했다.

조조의 군사가 예주 경계에 이르자 현덕이 일찌감치 군사를 거느리고 나와서 그를 영접했다. 조조는 유비를 영채로 청해 들였다. 인사를 마치자 현덕이 수급 두 덩이를 바쳤다. 조조가 깜짝 놀라 물었다.

"이게 대체 누구의 수급이오?"

현덕이 대답했다.

"이는 양봉과 한섬의 수급입니다."

조조가 다시 물었다.

"어떻게 얻으셨소?"

현덕이 대답했다.

"여포가 이 두 사람을 임시로 기도와 낭야에 가 있게 했는데, 뜻밖에도 두 사람이 군사를 풀어 백성들을 노략질하는 바람에 백성들 사이에 원성이 자자했습니다. 그래서 제가 연회를 베풀고 의논할 일이 있다는 핑계로 이들을 초청했습니다. 술을 마시는 도중 잔을 던져 두 아우에게 신호를 보내 이들을 죽이고 군사들의 항복을 받았습니다. 그래서 지금 특별히 와서 벌을 청하는 바입니다."

조조가 말했다.

"그대가 나라를 위해서 해를 제거했으니 이것은 크나큰 공이거늘 어찌 죄라고 말씀하시오!"

조조는 현덕을 두터이 위로하고 군사를 합쳐 서주 경계로 들어갔다. 여포가 영접하러 나오자 조조는 좋은 말로 위로하며 좌장군左將軍에 봉하고 허도로 돌아가면 인수를 바꾸어 주겠다고 했다. 여포는 대단히 기뻐했다. 조조는 여포의 군사를 좌익, 현덕의 군사를 우익으로 삼고 자기는 몸소 대군을 거느려 중군이 되고 하후돈과 우금을 선봉으로 삼았다.

원술은 조조의 군사가 이른 것을 알고 대장 교유에게 군사 5만 명을 이끌고 선봉으로 나서게 했다. 양쪽 군사들은 수춘 경계로 들어가는 입구에서 만났다. 교유가 먼저 말을 달려 하후돈과 싸웠으나 불과 3합이 못 되어 창에 찔려 죽었다. 원술의 군사는 대패해서 달아나 성으로 돌아갔다. 그때 보고가 연달아 들어왔다. 손책은 배를 띄워 장강 서쪽을 공격하고, 여포는 군사를 거느려 동쪽을 공격하며, 유비와 관우·장비는 군사를 몰아 남쪽을 공격하고, 조조는 직접 17만 대병을 인솔하여 북쪽을 공격한다는 것이었다. 원술은 크게 놀라 급히 문무백관을 모아 대책을 의논했다. 양대장이 나서서 말했다.

"수춘은 해마다 수해와 한해를 입어 백성들은 먹을 것이 없는데 지금 또 군사를 움직여 백성들을 소란스럽게 하면 백성들의 원망이 높아져서 군사가 이르더라도 적을 막아 싸우기 어려울 것입니다. 차라리 군사를 수춘에 머물러 두고 싸우지 않는 게 낫겠습니다. 그러면 적은 군량이 떨어져 반드시 변고가 생길 것입니다. 폐하께서는 잠시 어림군御林軍을 거느리고 회수淮水를 건너가서 첫째로는 익은 곡식을 얻고, 둘째로는 잠시 적의 예기를 피하소서."

원술은 그 말을 받아들였다. 그리하여 이풍, 악취, 양강, 진기 네 장수에게 군사 10만 명을 나누어 주어 수춘성을 굳게 지키게 하고, 그 밖의 장병들을 데리고 창고에 소장했던 금과 옥을 비롯한 온갖 보물을 모두 수습해서 회수를 건너갔다.

한편 조조 수하의 군사 17만 명은 날마다 소비하는 식량이 엄청나게 많은데다 여러 고을에도 가뭄이 심해서 양식을 제때 대지 못하는 형편이었다. 조조는 군사를 재촉해서 빨리 결판을 내려 했지만 이풍의 무리는 성문을 굳게 닫은 채 싸우러 나오지 않았다. 조조의 군사는 한 달이 넘게 적과 대치하다 보니 군량이 바닥날 판이었다. 손책에게 편지를 보내 양곡 10만 섬을 얻어 왔으나 그것으로도 군사들을 골고루 먹이기에는 부족했다. 식량 관리관 임준任俊 수하에서 양곡 창고를 관리하는 왕후王垕가 들어와서 조조에게 형편을 보고하며 물었다.

"군사는 많고 양식은 적으니 어찌하오리까?"

조조가 대답했다.

"작은 됫박으로 나누어 주어 우선 급한 불을 끄도록 하라."

왕후가 다시 물었다.

"군사들이 원망하면 어찌하오리까?"

조조가 대답했다.

"그 일은 나에게 대책이 있느니라."

왕후는 명령대로 용기를 줄여 작은 됫박으로 식량을 나누어 주었다. 조조가 가만히 사람을 시켜 각 영채의 동정을 살피게 했더니 모두들 승상이 대중을 속였다며 원망을 하더라는 것이었다. 조조는 은밀히 왕후를 불러들였다.

"내 너에게 물건 하나를 빌려 그것으로 군심을 진정시켜 보려 한다. 너는 아까워하지 말아라."

왕후가 물었다.

"승상께서는 어떤 물건을 쓰려 하십니까?"

조조가 대답했다.

"너의 머리를 빌려 대중에게 보여 주려고 한다."

왕후는 소스라치게 놀랐다.

"저는 정말 아무 죄도 없습니다!"

조조가 말했다.

"나 역시 너에게 죄가 없는 줄을 안다. 그러나 너를 죽이지 않으면 병사들이 변고를 일으킬 게 틀림없다. 네가 죽은 뒤 너의 처자식은 내가 직접 돌볼 터이니 너는 걱정 말라."

왕후가 다시 무슨 말을 하려고 하는데 조조가 어느새 도부수를 불러 끌고 나가게 했다. 그러고는 단칼에 목을 베어 장대 끝에 매달고는 방을 붙여 알렸다.

왕후가 됫박을 줄여 군량을 도적질했기로 삼가 군법에 따라서 처단한다.

이리하여 조조를 향하던 군사들의 원망이 해소되었다.

이튿날 조조는 각 영채의 장령들에게 명령을 전했다.

"사흘 안으로 힘을 다하여 성을 깨뜨리지 못하면 모두 목을 치겠다!"

그러고는 직접 성 밑으로 나가 흙과 돌을 날라다 해자를 메우고 도랑을 막는 일을 감독했다. 성 위에서 화살과 돌이 비 오듯 쏟아지자 비장神將 두 명이 겁을 집어먹고 돌아섰다. 조조는 검을 들어 성 아래서 그들의 목을 친 다음 즉시 말에서 뛰어내려 몸소 흙을 날라다 구덩이를 메웠다. 이 광경을 목격한 장수와 병졸들은 지위 고하를 막론하고 앞으로 나서지 않는 자가 없었다. 군사의 위세가 크게 떨쳤다. 성 위에서는 이 기세를 막아 낼 수 없었다. 조조의 군사들이 앞 다투어 성을 넘어 들어가 성문 빗장을 깨뜨리자 대부대의 군마가 물밀듯이 안으로 몰려 들어갔다. 이풍, 진기, 악취, 양강은 생포되어 저잣거리에서 목이 잘렸다. 원술이 모방해서 지은 궁궐이며 불법적으로 만든 황제의 전용물들은 모두 불살랐고 수춘 성내는 약탈로 말미암아 텅 비게 되었다. 조조는 그대로 군사를 진격시켜 회수를 건너 원술을 추격할 일을 상의했다. 순욱이 간했다.

"몇 년째 가뭄으로 흉년이 들어 양식을 구하기 어려운데 다시 군사를 진격시키면 군사들도 고생이요 백성들도 피해를 입을 테니 반드시 유리하지만은 않을 것입니다. 잠시 허도로 돌아가 내년 봄에 밀이 익기를 기다려 군량을 넉넉히 준비한 다음에 적을 도모하는 편이 나을 것입니다."

조조가 결단을 내리지 못하며 주저하고 있을 때였다. 갑자기 소식을 나르는 파발마가 들이닥치며 급보를 올렸다.

"유표에게 의탁해 있던 장수가 다

시 날뛰고 남양과 강릉江陵의 여러 현도 다시 배반했습니다. 조홍 장군이 막아 내지 못하고 연거푸 몇 차례나 싸움에 패하여 위급을 고하러 왔습니다.”

조조는 즉시 손책에게 서신을 띄워 장강을 건너가 진을 쳐서 군사를 일으킬 수도 있다는 암시를 하여 유표가 함부로 움직이지 못하게 해 달라고 부탁했다. 그리고 자신은 그날로 회군하여 따로 장수를 칠 일을 의논하기로 했다. 떠나기에 앞서 조조는 현덕에게 전처럼 소패에 주둔하면서 여포와 형제의 의를 맺고 서로 구원하며 다시는 침범하는 일이 없도록 하라고 일렀다. 여포가 군사를 거느리고 서주로 돌아가자 조조가 은밀히 현덕에게 말했다.

“내가 그대를 소패에 주둔하게 하는 것은 함정을 파 놓고 호랑이를 기다리는 ‘굴갱대호지계掘坑待虎之計’요. 공은 진규 부자와 상의해서 실수가 없도록 하시오. 나도 마땅히 밖에서 공을 도와 드리도록 하리다.”

말을 마치고 두 사람은 헤어졌다.

조조가 군사를 거느리고 허도로 돌아오니 단외段煨가 이각을 죽이고 오습伍習이 곽사를 죽여 그 수급을 바치러 왔다는 보고가 들어왔다. 단외는 이각의 일가 노소 2백여 명까지 모조리 잡아서 허도로 압송해 왔다고 했다. 조조는 그들을 각 성문에서 나누어 목을 치게 하고 그 수급을 여러 곳으로 돌려서 사람들에게 보이게 했다. 백성들은 모두가 통쾌하게 여겼다. 천자는 정전에 올라 문무백관을 모아 놓고 태평연을 베풀었다. 단외를 탕구장군蕩寇將軍으로, 오습을 진로장군殄虜將軍으로 삼아 각각 군사를 거느리고 장안을 지키게 했다. 두 사람은 은혜에 감사하고 물러갔다. 조조는 천자에게 장수가 난을 일으켰으니 군사를 일으켜 정벌해야 한다고 아뢰었다. 천자는 친히 난가를 움직여 출병하는 조조를 전송했다. 때는 건안建安 3년 여름 4월이었다.

조조는 순욱을 허도에 남겨서 장병들을 지휘하게 하고 친히 대군을 거느리고 진군했다. 행군하면서 보니 연도에는 밀이 누렇게 익었는데, 백성들은 군사가 이르는 것을 보고 피해 달아나고 감히 밭에 들어가 밀을 베지 못했다. 조조는 사람을 시켜 원근 부락의 어른들과 각 지역을 지키는 관리들에게 두루 알리게 했다.

"나는 천자의 조서를 받들고 역적을 토벌하여 백성의 해를 없애려고 출병했다. 바야흐로 지금 밀이 한창 무르익은 시기에 부득이 군사를 일으켰으나, 장군으로부터 병사에 이르기까지 밀밭을 지나면서 함부로 밟는 자가 있으면 모두 목을 벨 것이다. 군법이 매우 엄중하니 너희 백성들은 놀라거나 의심하지 말라."

이 소식을 들은 백성들은 모두들 조조를 칭송하며 멀리 군사들이 일으키는 먼지만 보고도 길을 막고 절을 했다. 관군들도 밀밭을 지날 때면 모두들 말에서 내려 손으로 밀 이삭을 헤쳐 잡아 서로 넘겨주며 지나갔고, 어느 누구도 감히 발로 밟는 자가 없었다.

조조가 한참 말을 타고 가는데 별안간 밭 가운데서 비둘기 한 마리가 푸드덕 날아올랐다. 이에 놀란 조조의 말이 그대로 밭으로 뛰어들며 밀밭 한 뙈기를 온통 짓밟아서 결딴을 내어놓았다. 조조는 곧 종군하는 주부主簿를 불러 밀을 밟은 자신의 죄를 따져 보라고 했다. 주부가 아뢰었다.

"승상을 어찌 논죄할 수 있겠나이까?"

조조가 말했다.

"내 스스로 법을 정해 놓고 내 스스로 범했으니 어떻게 여러 사람을 복종시킨단 말이냐?"

그러고는 즉시 차고 있던 검을 뽑아서 자기 목을 베려 들었다. 여러 사람이 급히 달려들어 말렸다. 곽가가 말했다.

"『춘추春秋』의 뜻에 '법은 존귀한 이에게는 쓰지 않는다法不加於尊'고 되어 있습니다. 승상께서는 대군을 통솔하고 계신 터에 어찌 스스로 몸을 해치려 하십니까?"

한동안 잠자코 있던 조조가 입을 열었다.

"『춘추』에 이미 '법은 존귀한 이에게는 쓰지 않는다'는 대목이 있다면 내 잠시 죽음은 피하겠노라."

그는 칼을 들어 자신의 머리카락을 싹둑 잘라 땅에 내던졌다.

"머리카락을 베어 잠시 목을 대신하기로 한다."

그러고는 그 머리카락을 삼군에 돌려 보이게 했다.

"승상께서 밀을 밟았다. 마땅히 목을 베어 돌려 보여야 하나 머리카락을 베어 대신한다."

이에 삼군이 모두 두려워 떨며 누구 하나 군령을 지키지 않는 자가 없었다. 후세 사람이 시를 지어 이 일을 평했다.

군사가 십만이면 마음도 십만 가지니 /
한 사람 호령으로 규제하기 어렵다네. //
머리털을 칼로 잘라 수급을 대신하니 /
조만의 깊은 속임수 여기서 보겠구나.

十萬貔貅十萬心, 一人號令衆難禁. 撥刀割髮權爲首, 方見曹瞞詐術深.

왕굉희 그림

한편 장수는 조조가 군사를 거느리고 온 것을 알고 급히 유표에게 글을 띄워 후원을 요 청했다. 그러는 한편 뇌서雷敍와 장선張先 두 장수와 함께 군사를 거느리고 성을 나가 적을 맞았다. 양쪽 군사가 진을 치고 나자 장수가 말을 몰고 나가 조조를 가리키며 욕설을 퍼부었다.

"너는 입으로만 인의를 떠드는 염치없는 놈이니 금수와 다를 게 무엇이냐!"

조조는 크게 노해서 허저를 내보냈다. 장수는 장선에게 맞아 싸우라고 했다. 그러나 3합 만에 허저가 장선을 베어 말 아래로 떨어뜨렸다. 장수의 군사는 크게 패하고 말았다. 조조는 군사를 휘몰아 남양성 아래까지 뒤쫓아 갔다. 장수는 성으로 들어가 성문을 닫아걸고 나오지 않았다.

조조는 성을 에워싸고 공격을 퍼부었다. 그러나 해자가 너무 넓고 물도 깊어 성벽에 다가가기가 어려웠다. 조조는 군사들에게 흙을 날라다 해자를 메우고 흙을 담은 자루와 땔나무, 풀단 등을 섞어 성벽 옆에 층계를 만들게 했다. 거기다 다시 구름사다리를 세우고 그 위에 올라가서 성안을 들여다보게 했다. 조조 자신은 직접 말을 타고 성을 돌며 두루 살펴보았다. 그렇게 사흘 동안 관찰하고 나서 군사들에게 서문 모퉁이에다 나뭇단을 쌓아 올리게 하고, 장수들을 모아서는 그곳으로 해서 성을 타고 올라가려 했다. 성 위에서 이 광경을 보고 있던 가후가 장수에게 말했다.

"저는 이미 조조의 속셈을 알았습니다. 이제 그 계책을 거꾸로 이용하는 장계취계將計就計를 쓰는 게 좋겠습니다."

이야말로 다음 대구와 같다.

강한 자 가운데 더 강한 자가 있게 마련이니 /
속임수를 쓰다간 그걸 또 아는 자를 만나네
强中自有强中手　用詐還逢識詐人

그 계책이란 어떤 것인가, 다음 회를 보라.

18

곽가의 십승십패론

가문화는 적을 헤아려 승리를 정하고
하후돈은 화살에 뽑힌 눈알을 삼키다
賈文和料敵決勝　夏侯惇拔矢啖睛

조조의 속셈을 알아차린 가후가 그의 계책을 역이용할 생각으로 장
수에게 말했다.

"제가 성 위에서 보니 조조가 사흘 동안이나 성을 돌며 살펴보더
이다. 그가 성 동남쪽에 새 벽돌과 낡은 벽돌이 섞여 빛깔이 고르지
못하고 녹각鹿角*이 태반이나 망가진 곳을
보았을 것이니 그곳으로 쳐들어올 게
분명합니다. 그러면서도 짐짓 서북쪽
에 풀단을 쌓아 그곳을 칠 듯이 허세를
부리는 건 우리를 속여 군사를 옮겨 서북쪽
을 지키게 해 놓고 자기들은 어둠을 타고 동
남쪽으로 성을 넘어 들어오려는 수작입니다."
장수가 물었다.

---

*녹각ㅣ가지 달린 나무를 뾰족하게 깎아서 영채 주위나 왕래하는 길목에 꽂아 놓아 적의 군마가 들어오지
못하도록 막는 장애물.

"그렇다면 어떻게 해야겠소?"

가후가 대답했다.

"이는 쉬운 일입니다. 내일 건장한 군사들을 배불리 먹인 뒤 가벼운 차림으로 동남쪽에 있는 집 안에 숨어 있게 하고, 백성들을 군사로 위장시켜 서북쪽을 지키게 하는 것입니다. 밤에 적이 동남쪽으로 성을 넘어 들어오도록 내버려 두었다가 그들이 성을 다 넘어올 때를 기다려 일성 포향과 함께 복병이 일제히 일어난다면 조조를 사로잡을 수 있을 것입니다."

장수는 기뻐하며 그 계책을 따르기로 했다. 어느새 정찰병이 와서 장수가 군사를 모조리 거두어 서북쪽에 배치하여 함성을 지르며 성을 지키게 하고, 동남쪽은 비어 있다고 보고했다. 조조는 쾌재를 불렀다.

"내 계책에 걸려들었군!"

마침내 군중에 영을 내려 비밀리에 삽이며 곡괭이 등 성을 기어오르는 데 쓸 기구들을 준비하게 했다. 낮에는 군사를 지휘하여 서북쪽만 치다가 밤 2경쯤 해서 정예 군사를 거느리고 동남쪽 귀퉁이의 해자를 넘어 들어가서 녹각을 찍어 내며 길을 열었다. 성안은 쥐 죽은 듯 고요해 아무런 동정도 없었으므로 모든 군사들이 일제히 안으로 몰려 들어갔다. 이때 난데없이 '쾅!' 하는 포 소리와 함께 사방에서 복병이 일어났다. 조조가 급히 군사를 뒤로 물리는데 배후에서 장수가 직접 용감한 장사들을 몰고 들이닥쳤다. 대패한 조조의 군사들은 성밖으로 뛰쳐나가 수십 리나 달아났다. 장수는 줄곧 추격하다가 날이 훤히 밝을 무렵에야 군사를 거두어 성으로 들어갔다. 조조가 패잔병을 점검해 보니 죽은 군사가 5만 명이 넘었고 잃어버린 치중도 부지기수였다. 여건과 우금도 각기 상처를 입고 있었다.

한편 가후는 조조가 패하여 달아나자 장수에게 권하여 급히 유표에게 글을 띄우게 했다. 군사를 일으켜 조조의 도망할 길을 끊게 하라는 것이었다. 유표가 글을 보고 즉시 군사를 일으키려고 할 때였다. 정찰병이 와서 손책이 호구湖口(소호巢湖 입구)에 군사를 주둔시켰다고 보고했다. 괴량이 말했다.

"손책이 호구에 군사를 주둔시킨 것은 조조의 계책입니다. 지금 조조가 패한 이 기회에 그를 치지 않는다면 후에 반드시 걱정거리가 될 것입니다."

유표는 황조에게 요충지를 굳게 지키라고 하고, 자신은 직접 군사를 거느리고 안중현安衆縣으로 가서 조조의 퇴로를 끊었다. 그러는 한편 장수와 만날 약속을 했다. 유표가 이미 군사를 일으킨 사실을 알고 장수는 즉시 가후와 함께 군사를 거느리고 조조를 습격했다.

한편 조조는 서서히 퇴군하여 양성襄城에 당도하여 육수 가에 이르렀다. 그때 갑자기 말 위에서 대성통곡을 했다. 여러 사람이 깜짝 놀라 까닭을 물었다. 조조가 대답했다.

"내가 지난 해 이곳에서 대장 전위를 잃은 생각을 하다가 나도 모르게 울었을 뿐이다."

그러고는 즉시 군사를 멈추어 주둔하라고 명하더니 크게 제물을 갖추어 전위의 혼령에게 제사를 지냈다. 조조가 직접 향을 사르고 통곡하면서 절을 올리니 온 군중에 감탄하지 않는 사람이 없었다. 전위의 제사를 지내고 나서 조카 조안민과 맏아들 조앙의 제사를 지내고 아울러 전사한 군사들의 제사도 지냈다. 그리고 다시 당시 화살에 맞아 죽은 대완마大宛馬의 혼령에까지 빠짐없이 제사를 지내 주었다.

이튿날 순욱이 사람을 보내 보고를 올렸다.

"유표가 장수를 도와 안중에 주둔하면서 우리의 퇴로를 끊으려 합니다."

조조는 순욱에게 답장을 보냈다.

내가 하루에 몇 리밖에 행군하지 않는 것은 적이 우리 뒤를 쫓는 것을 몰라서가 아니오. 나의 계획은 이미 정해졌으니 안중에 이르기만 하면 반드시 장수를 격파할 것이오. 그대들은 아무것도 의심하지 마시오.

곧바로 군사를 재촉하여 안중현에 이르렀다. 유표의 군사는 이미 요충지를 지키고 있었고 장수는 뒤를 따라 군사를 이끌고 쫓아왔다. 조조는 군사들에게 명하여 한밤중에 험한 곳에 길을 뚫게 하고 몰래 기병奇兵을 매복시켰다.

날이 훤히 밝을 무렵 유표와 장수의 군사가 한 곳에 모여 바라보니 조조군의 숫자는 매우 적었다. 그들은 조조가 달아났다고 생각하고 군사를 거느리고 험한 곳으로 뛰어들며 공격을 감행했다. 그때 조조가 기습군을 풀어 일시에 장수와 유표의 군사를 크게 깨뜨렸다. 조조의 군사는 안중의 요충지를 빠져나와 요충지 밖에다 영채를 세웠다. 유표와 장수는 각기 패잔병을 정돈하여 만났다. 유표가 말했다.

"오히려 조조의 간계에 빠질 줄이야 어찌 알았으랴!"

장수가 위로했다.

"다시 손을 써 보십시다."

이리하여 양군은 안중에 집결했다.

한편 순욱은 원소가 군사를 일으켜 허도를 침범하려 한다는 사실을 탐지하고 밤낮으로 말을 달려 조조에게 서찰을 전하여 보고하도록 했다. 편지를 받은 조조는 마음이 급해져 그날로 회군하려고 했다. 첩자가 이 사실을 장수에게 보고하자 장수가 뒤를 추격하려고 했다. 가후가 말렸다.

"추격해서는 안 됩니다. 추격하면 반드시 패합니다."

유표가 말했다.

"지금 추격하지 않으면 앉아서 기회를 놓치게 될 것이오."

유표가 적극적으로 권하는 바람에 장수는 군사 1만여 명을 거느리고 유표와 함께 조조를 추격했다. 대략 10여 리쯤 달렸을 때 조조의 후미 부대를 따라잡을 수 있었다. 그러나 조조의 군사들이 힘을 다해서 싸우는 바람에 장수와 유표의 군사들은 크게 패해서 돌아왔다. 장수가 가후에게 말했다.

"공의 말을 듣지 않다가 결국 이렇게 패하고 말았소."

가후가 말했다.

"이제 군사를 정돈해서 다시 추격하십시오."

장수와 유표는 다 함께 겁을 집어먹었다.

"방금 패한 터에 어찌 다시 쫓으란 말이오?"

가후가 장담했다.

"이번에 추격하면 틀림없이 크게 승리하실 것입니다. 내 말이 틀리면 목을 자르십시오."

장수는 그의 말을 믿었으나 유표는 미심쩍어서 함께 가기를 꺼렸다. 그래서 장수 혼자 한 떼의 군사를 거느리고 뒤를 쫓았다. 조조의 군사는 과연 크게 패해서 군마와 치중을 모두 길에다 내버린 채 달아났다. 장수가 막 그 뒤를 쫓으려는데 갑자기 산 뒤에서 한 떼의 군사가 쏟아져 나왔다. 장수는 감히 더 이상 추격하지 못하고 군사를 수습해서 안중으로 돌아왔다. 유표가 가후에게 물었다.

"앞서는 정예병을 거느리고 퇴각하는 군사를 쫓았지만 공이 반드시 패할 거라고 했고, 뒤에는 패잔병으로 승전군을 쫓았으나 공은 반드시 이긴다고 하셨소. 결국 두 번 다 공의 말씀대로 되었는데 대체 어찌하여 상반되는 말이 다 맞은 것이오? 확실히 알아듣도록 설명해 주시오."

가후가 설명했다.

"이는 알기 쉬운 일입니다. 장군께서 비록 용병을 잘하신다지만 조조의 적수는 되지 못합니다. 조조의 군사가 비록 패했다지만 반드시 강한 장수를 후미에 두어 추격병을 방비할 것이니 우리 군사가 아무리 날카롭다 해도 당해 낼 도리가 없었던 것입니다. 그래서 우리가 반드시 패할 줄 알았던 것입니다. 무릇 조조가 서둘러서 퇴군하는 것은 필시 허도에 변고가 있기 때문입니다. 그러니 우리의 추격병을 격파한 뒤에는 가벼운 수레를 몰고 속히 돌아가느라 더 이상 방비하지 않았을 것이고 우리가 그런 틈을 타고 다시 뒤쫓은 까닭에 이길 수 있었던 것입니다."

유표와 장수는 가후의 높은 식견에 탄복했다. 가후는 유표에게 형주로 돌아가고, 장수는 양성을 지키면서 입술과 이처럼 서로 도우는 관계를 유지하라고 권했다. 그리하여 양군은 각기 흩어졌다.

한편 조조는 한창 행군하는 중에 후군이 장수의 추격을 받았다는 보고를 받았다. 급히 수하 장수들을 이끌고 군사를 돌려 구원에 나섰다. 그러나 장수의 군사는 이미 물러가고 패잔병이 돌아와 보고를 올렸다.

"만약 산 뒤에서 한 떼의 군사가 나와서 중간에 적을 막아 주지 않았다면 저희들은 모두 적에게 사로잡혔을 것입니다."

조조가 어떤 사람이냐고 묻는데 그 사람이 창을 움켜잡고 말에서 내리더니 조조에게 절을 올렸다. 그는 진위중랑장鎭威中郞將 이통李通이었다. 이통은 강하江夏 평춘平春 사람으로 자가 문달文達이었다. 조조가 어떻게 왔느냐고 묻자 이통이 대답했다.

"근래 여남을 지키고 있었는데 승상께서 장수·유표와 싸우신다는 말을 듣고 특별히 응원하러 온 길입니다."

조조는 기뻐하며 그를 건공후建功侯에 봉하고 여남의 서쪽 경계를 지키며 유표와 장수를 막으라고 했다. 이통은 절하여 감사하고 물러났다.

허도로 돌아온 조조는 손책에게 공이 있다고 표문을 올려 토역장군討逆將軍으로 임명하고 오후吳侯라는 작위를 내리게 했다. 그리고는 강동으로 사자를 보내 손책에게 유표를 방어하다가 기회를 보아 토벌하라는 조서를 전하게 했다. 조조가 승상부로 돌아오니 모든 관원들이 차례로 나와서 인사를 했다. 인사가 끝나자 순욱이 물었다.

"승상께서는 천천히 행군하시면서 안중까지 이르셨는데 어떻게 반드시 이길 것을 아셨습니까?"

조조가 대답했다.

"적은 물러가려 해도 돌아갈 길이 없었으니 죽기로써 싸우지 않으면 안 될 형편이었소. 그래서 나는 서서히 그들을 유인하면서 몰래 손을 쓴 것이오. 이 때문에 반드시 우리가 이길 줄 알았던 것이지요."

순욱은 절을 올리며 탄복했다.

이때 곽가가 들어왔다. 조조가 물었다.

"공은 어찌하여 늦었소?"

곽가는 소매 속에서 서찰 한 통을 꺼내며 말했다.

"원소가 사람을 시켜 승상께 편지를 보냈습니다. 군사를 출동시켜 공손찬을 치려고 특별히 양식과 군사를 빌리러 왔다고 합니다."

조조가 말했다.

"내가 듣기로는 원소가 허도를 도모하려 한다더니 이제 내가 돌아온 것을 알고는 또 다른 궁리를 하는구면."

조조가 편지를 뜯어보니 그 말투가 대단히 교만했다. 조조가 곽가에게 물었다.

"원소가 이토록 무례하니 생각 같아서는 토벌하고 싶소. 그러나 한스럽게도 힘이 모자라는구려. 어떻게 하면 좋겠소?"

곽가가 말했다.

"힘으로는 유방이 항우의 적수가 되지 못했던 것은 주공께서도 아시는 바입니다. 고조께서는 오직 지혜로 이기셨으니 항우가 비록 강했지만 마침내 사로잡히고 말았던 것입니다. 지금 원소에게는 열 가지 패할 조건이 있고 주공께는 열 가지 이길 조건이 있으니 비록 원소의 군사가 강성하다고 하나 두려워할 것이 없습니다. 원소는 예절과 격식이 번잡하지만 주공께선 자연스럽게 행하시니, 이는 도道로 이기신 것입니다. 원소는 천자의 뜻을 거스르며 움직이지만 주공께선 매사에 천자의 뜻을 좇아 천하를 인솔하시니, 이는 의義로 이기신 것입니다. 환제와 영제 이래 정치가 잘못된 것은 지나치게 느슨했기 때문입니다. 그런데 원소는 그걸 다시 느슨함으로 제도하려 하지만 주공께선 맹렬함으로 바로잡으시니, 이는 다스림治으로 이기신 것입니다. 원소는 겉으로는 관대한 척하나 속으로는 투기가 많아 친척들에게 일을 많이 맡기지만 주공께선 겉으로는 간결하지만 속으로는 명철하시어 사람을 씀에 오직 그 재주만 보시니, 이는 헤아림度으로 이기신 것입니다. 원소는 꾀가 많은 반면 결단력이 부족하지만 주공께서는 계책을 얻으시면 즉시 행하시니, 이는 계책謨으로 이기신 것입니다. 원소는 오로지 명성 있는 자만 거두어들이지만 주공께선 지극한 정성으로 사람을 대하시니, 이는 덕德으로 이기신 것입니다. 원소는 가까운 사람만 보살피고 먼 사람은 소홀히 대하지만 주공께선 생각이 널리 미쳐 염려하지 않음이 없으시니, 이는 인仁으로 이기신 것입니다. 원소는 참소하는 말을 믿거나 혹하여 어지럽지만 주공께선 마치 습기가 물체에 서서히 스며들듯 알아서 하시니, 이는 밝음明으로 이기신 것입니다. 원소는 옳고 그름을 뒤섞어 버리지만 주공께선 법도가 엄명하시니, 이는 문文으로 이기신 것입니다. 원소는 허세를 좋아하여 병법의 요체를 모르지만 주공께선 적은 수로 많은 수를 이기며 군사를 부림이 귀신과 같으시니, 이는 무武로 이기신 것입니다. 주공께서는 이렇듯 십승十勝의 장점이 있으시니 원소를 이기기는 어렵지 않습니다."

들고 난 조조는 웃었다.

"공의 말씀이 어찌 내게 합당하겠소!"

순욱도 거들었다.

"곽봉효의 십승십패지설十勝十敗之說은 제 생각과도 같습니다. 원소에게 군사가 많다고는 하나 두려워할 것이 없습니다!"

곽가가 다시 입을 열었다.

"서주의 여포가 실제로는 심복心腹의 우환 거리입니다. 이제 원소가 북으로 공손찬을 치러 간다고 하니 우리는 그가 멀리 나간 틈을 이용하여 먼저 여포를 치는 게 좋겠습니다. 동남 지방을 깨끗이 소탕한 후에 원소를 도모하는 것이 상책입니다. 그러지 않고 우리가 원소를 공격하면 여포는 틀림없이 우리의 빈틈을 타고 허도를 침범할 것입니다. 그리되면 그 해가 적지 않을 것입니다."

그 말을 옳게 여긴 조조는 마침내 동으로 여포를 치러 갈 일을 의논하기로 했다. 순욱이 말했다.

"먼저 유비에게 사자를 보내 약속을 정하고 회답을 기다려서 군사를 움직이시는 것이 좋겠습니다."

그 말을 좇아 조조는 현덕에게 글을 띄우는 한편 원소의 사자를 후히 대접해 보내면서 천자께 아뢰어 원소를 대장군에 태위太尉로 임명하고 기주, 청주, 유주, 병주 등 네 고을의 도독을 겸하게 했다. 그러고는 밀서로 답을 보냈다.

'공께서 공손찬을 토벌하시오. 내 마땅히 도와 드리리다.'

조조의 글을 받은 원소는 크게 기뻐하며 공손찬을 공격하기 위해 진군했다.

한편 서주에 있던 여포는 종종 손님들을 모아 잔치를 벌였다. 진규 부자는 그때마다 입에 침이 마르도록 여포의 덕을 칭송했다. 이것을 불쾌하게 여기던 진궁이 틈을 보아 조용히 여포에게 알렸다.

"진규 부자가 장군의 면전에서 아첨을 떠는데 그 속뜻을 알 길이 없습니다. 미리 대비하는 것이 좋을 것 같습니다."

그러나 여포는 도리어 화를 내며 꾸짖었다.

"그대는 어찌하여 까닭 없이 남을 헐뜯어 좋은 사람을 해치려 드는 게요?"

진궁의 입에서는 저절로 탄식이 흘러나왔다.

"충언이 귀에 들어가지 않으니 우리는 반드시 재앙을 받고야 말 겠구나!"

마음 같아서는 여포를 버리고 다른 데로 가고 싶었지만 차마 그럴 수가 없었고 또한 남의 비웃음을 살 것이 두려워 온 종일 우울하게 지냈다. 그러던 어느 날 진궁은 맺힌 심사도 풀 겸해서 수하 군사 몇 명을 데리고 소패로 사냥을 나갔다. 그런데 관용 도로인 큰길로 공문을 나르는 역마驛馬 하나가 나는 듯이 달려가고 있었다.

의심이 든 진궁이 사냥을 그만두고 수하 군사들을 이끌고 지름길로 뒤쫓아서 따라잡았다.

"너는 어느 곳의 사자냐?"

사자는 그가 여포의 수하 사람임을 알고 당황해서 대답을 못했다. 진궁은 그의 몸을 뒤져 현덕이 조조에게 회답하는 밀서 한 통을 찾아냈다. 진궁은 즉시 그자를 잡아다가 편지와 함께 여포에게 보였다. 여포가 까닭을 묻자 사자가 대답했다.

"조승상의 분부로 유예주께 편지를 가지고 왔다가 회답을 받아 돌아가는 길입니다. 답서 중에 무슨 사연이 적혀 있는지는 모릅니다."

여포가 편지를 뜯어 살펴보니 대략 다음과 같은 사연이었다.

여포를 도모하라는 명공의 분부를 받들었으니 어찌 감히 깊은 밤중이라도 마음을 쓰지 않겠사옵니까. 그러나 이 유비는 군사와 장수가 적어서 감히 경솔하게 움직이지 못하고 있습니다. 승상께서 대군을 일으키신다면 이 유비는 마땅히 선봉이 되오리다. 삼가 군사를 정비하여 오로지 명령이 있기만을 고대하나이다.

여포는 욕설을 퍼부었다.

"조조 도적놈이 어찌 감히 이럴 수 있단 말이냐!"

여포는 즉시 사자의 목을 베었다. 그러고는 먼저 진궁과 장패에게 태산의 도적패인 손관孫觀, 오돈吳敦, 윤례尹禮, 창희昌豨 등과 손잡고 동으로 산동과 연주의 여러 군을 치라고 하고, 고순과 장료에게는 패성沛城으로 쳐들어가 현덕을 공격토록 하며, 송현과 위속에게는 서쪽으로 나아가 여남과 영천을 치게 하고, 여포 자신은 중군을 거느리고 세 길의 군사들을 후원키로 했다.

한편 고순 등이 군사를 거느리고 서주를 나서서 소패로 접근하는데 이 소식을 현덕에게 알린 사람이 있었다. 현덕이 급히 여러 사람을 모아 대책을 의논했다. 손건이 말했다.

"조조에게 빨리 알리시지요."

현덕이 말했다.

"누가 허도로 가서 위급을 알리겠소?"

계단 아래서 한 사람이 나섰다.

"제가 가겠습니다."

소리 나는 곳을 보니 그는 현덕과 같은 고향 사람인 간옹簡雍이었다. 간옹은 자가 헌화憲和로, 이때 현덕의 막하에 참모로 있었다. 현덕은 즉시 간옹에게 편지를 주어 밤낮을 가리지 말고 허도로 달려가 구원을 청하게 했다. 그러는 한편 성을 지킬 병기들을 정돈하여 현덕 자신은 남문을, 손건은 북문을, 운장은 서문을, 장비는 동문을 지키고, 미축은 아우 미방糜芳과 함께 중군을 지키며 가족을 보호하게 했다. 미축에게는 누이가 하나 있었는데, 그가 현덕에게 시집을 가 두 번째 아내가 되었다. 현덕이 그들 형제와 처남 매부가 된 까닭에 그들에게 중군을 지키며 가족을 보호하게 한 것이다. 고순의 군사가 이르자 현덕이 적루敵樓에서 내려다보며 물었다.

"내가 봉선과 틈을 벌인 일이 없거늘 무슨 까닭으로 군사를 끌고 여기까지 왔소?"

고순이 소리쳤다.

"네가 조조와 결탁하여 우리 주공을 해치려 하지 않았느냐. 이제 일이 탄로 났는데 어찌 오라를 받지 않느냐!"

말을 마치자 곧바로 군사를 몰아 성을 들이쳤다. 현덕은 성문을 닫고 나가지 않았다.

이튿날 장료가 군사를 거느리고 와서 서문을 공격했다. 운장이 성 위에서 내려다보며 물었다.

"공은 의표儀表가 속되지 않은데 어쩌다가 도적에게 몸을 빠뜨리셨소?"

장료는 머리를 숙이고 대꾸하지 않았다. 운장은 그 사람에게 충의의 기개가 있음을 알고 더 이상 나쁜 말을 하지 않고 나가서 싸우려고도 하지 않았다. 장료가 군사를 이끌고 동문으로 물러가자 장비가 맞받아 싸우러 나갔다. 누군가 이 사실을 관공에게 알렸다. 관공이 급히 동문으로 달려가 보니 장비는 방금 성을 나갔는데 장료의 군사는 이미 물러간 뒤였다. 장비가 그 뒤를 추격하려고 서두르는 것을 본 관공은 급히 성으로 불러들였다. 장비가 투덜댔다.

"저자가 겁이 나서 달아나는데 어째서 쫓지 말라는 거요?"

관공이 말했다.

"저 사람의 무예는 자네나 나보다 못하지 않네. 내가 바른 말로 타이르자 자못 뉘우치는 마음이 생겨 우리와 싸우지 않는 것이라네."

장비는 그제야 깨닫고 군사들에게 성문을 굳게 지키게 하고 다시는 나가 싸우려 하지 않았다.

한편 허도에 이른 간옹은 조조를 만나 앞에서 일어난 사정을 자세히 말했다. 조조는 곧 모사들을 모아 대책을 의논했다.

"여포를 치고 싶은데 원소가 방해할 것은 근심이 되지 않으나 다만 유표와 장수가 우리의 뒤를 노리지나 않을까 염려되는구려."

순유가 말했다.

"그 두 사람은 패한 지 얼마 되지 않은 터라 감히 함부로 움직이지는 못할 것입니다. 그러나 여포는 날래고 용맹합니다. 만약 원술과 손을 잡고 회수淮水와 사수泗水 일대에서 횡행하게 되면 급히 손을 쓰기가 어려울 것입니다."

곽가도 권했다.

"지금 처음으로 반기를 들었으니 여러 사람의 마음이 아직은 그를 따르지 않을 것입니다. 이 틈을 타서 속히 치십시오."

조조는 그 말을 따르기로 했다. 즉시 하후돈에게 하후연, 여건, 이전과 더불어 군사 5만 명을 거느리고 앞서 떠나라고 명했다. 그리고 자신은 친히 대군을 통솔하여 뒤를 이어 진군하는데 간옹도 함께 수행했다. 어느새 정찰병이 이 사실을 탐지하여 고순에게 알리고 고순은 다시 나는 듯이 여포에게 보고했다. 여포는 우선 후성, 학맹, 조성에게 2백여 명의 기병을 거느리고 고순과 호응하여 소패성에서 30리 떨어진 곳으로 가서 조조의 군사를 맞으라고 했다. 그리고 자신도 대군을 거느리고 뒤따라가 지원하기로 했다.

소패성의 현덕은 고순이 물러가는 것을 보고 조조의 군사가 당도한 사실을 알았다. 즉시 손건을 남겨 성을 지키게 하고 미축과 미방에게 가솔을 맡긴 다음 관우·장비와 함께 모든 군사를 거느리고 성 밖으로 나가서 영채를 세우고 조조의 군사와 호응하기로 했다.

한편 하후돈은 군사를 이끌고 전진하다가 고순의 군사와 맞닥뜨렸다. 그는 창을 꼬나들고 말을 몰아 싸움을 걸었다. 고순이 마주 덤벼들었다. 두 필의 말이 서로 어우러져서 싸운 지 4,50합이 지나자 마침내 당해 내지 못한 고순이 패해서 자기네 진으로 달아났다. 하후

진명대 그림

돈이 말을 놓아 뒤를 쫓자 고순은 진을 감싸고돌며 달아났다. 하후돈
역시 놓칠세라 진을 감싸고돌며 추격했다. 이때 진 안에 있던 조성
이 그 광경을 보고 몰래 활에다 살을 메겼다. 실눈을 뜨고 잔뜩 겨누
었다 날린 화살은 정통으로 하후돈의 왼쪽 눈에 적중했다. 하후돈이
외마디 고함을 지르며 급히 손으로 화살을 뽑았다. 그러나 뜻밖에도
눈알이 함께 뽑혀 나왔다. 하후돈은 큰소리로 부르짖었다.

"아버님의 정기요 어머님의 피니 버릴 수가 없다!"

마침내 눈알을 입에 넣더니 그대로 삼켜 버렸다. 그러고는 다시 창
을 꼬나들고 말을 달려 그대로 조성에게 덤벼들었다. 조성은 미처 막
을 사이도 없이 어느새 날아든 창에 얼굴이 관통되어 그대로 말 아래
떨어져 죽고 말았다. 이 광경을 보고 있던 양편 군사들 중 놀라지 않는
자가 없었다. 하후돈이 조성을 죽이고 말을 달려 돌아가자 고순이 그
배후를 추격하며 군사를 휘몰아 일제히 덮쳐들었다. 이에 조조의 군
사는 대패하고 말았다. 하후연은 자신의 형을 구하여 달아나고 여건
과 이전이 패군을 수습해서 제북濟北으로 물러나 영채를 세웠다. 싸
움에 이긴 고순은 군사를 돌려 현덕을 치러 갔다. 때마침 여포의 대군
도 당도했다. 여포는 장료·고순과 더불어 군사를 세 길로 나누어 현
덕·관우·장비의 세 영채를 치러 갔다. 이야말로 다음 대구와 같다.

눈알 삼킨 맹장이 제아무리 잘 싸워도 /
화살 맞은 선봉은 오래 버티기 어렵네
啖睛猛將雖能戰　中箭先鋒難久持

현덕의 승부는 어떻게 될 것인가, 다음 회를 보라.

19

천하 영웅 여포의 최후

하비성에서 조조는 격렬하게 싸우고
백문루에서 여포는 최후를 맞이하다
下邳城曹操鏖兵 白門樓呂布殞命

고순은 장료를 데리고 관공의 영채를 치고 여포는 몸소 장비의 영
채를 공격했다. 관공과 장비가 각기 나와서 맞받아 싸우고, 현덕은
군사를 거느리고 두 길로 나아가 아우들을 후원했다. 그러나 여포
가 군사를 나누어 배후로부터
들이치는 바람에 관공과 장비
의 양군이 모두 무너지고 현덕은
수십 명의 기병만 거느리고 소패성
으로 돌아가려고 달아났다. 여포가
뒤를 쫓아오자 현덕은 성 위에 있
는 군사에게 급히 조교를 내리라
고 소리쳤다. 여포도 어느새 뒤따라 도
착했다. 성 위에서는 활을 쏠 기회를 노렸
지만 현덕이 맞지나 않을까 두려워 쏠 수가
없었다. 여포는 그 기세를 타고 성문으로 돌

진해 들어갔다. 문을 지키던 장병들이 막아 내지 못하고 모두 사방으로 흩어졌다. 여포는 군사들을 성안으로 불러들였다. 현덕은 형세가 급하게 되자 집에도 들릴 겨를이 없었다. 하는 수 없어진 그는 가족을 내버려둔 채 그대로 성안을 가로질러 서문으로 빠져나간 다음 필마단기로 난을 피해 달아났다. 여포가 현덕의 집까지 쫓아가자 미축이 나와서 맞이하며 말했다.

"듣자오니 대장부는 남의 처자를 죽이지 않는다고 하더이다. 이제 장군과 더불어 천하를 다툴 자는 조공이 있을 따름입니다. 현덕은 항상 원문 밖의 화극을 쏘아 맞추신 장군의 은혜를 생각하며 감히 장군을 배반하려 하지 않았습니다. 이번에 사세가 부득이해서 조공의 편이 된 것이니 장군께서는 부디 가엽게 여겨 주십시오."

여포가 말했다.

"현덕은 나의 오랜 친구인데 어찌 차마 그의 처자를 해치겠는가."

여포는 미축에게 현덕의 가족을 보호하여 서주에 가 있게 하라고 명했다. 그리고 자신은 직접 군사를 이끌고 산동 연주 경계로 가면서 고순과 장료를 남겨 소패를 지키도록 했다. 이때 손건은 이미 성밖으로 도망쳐 나왔고 관공과 장비 두 사람 역시 얼마간의 군사를 수습하여 산속으로 가서 머물고 있었다.

한편 필마단기로 난을 피해 달아난 현덕이 한창 말을 달려가고 있는데 등 뒤에서 웬 사람 하나가 쫓아왔다. 살펴보니 바로 손건이었다. 현덕이 물었다.

"지금 두 아우는 죽었는지 살았는지도 모르고 가족들조차 흩어졌으니 이를 어찌하면 좋겠소?"

손건이 말했다.

"차라리 잠시 조조에게 몸을 의탁하시고 후일의 계책을 도모하시는 게 좋겠습니다."

현덕은 그 말을 따르기로 하고 샛길을 찾아 허도로 떠났다. 가는 도중 양식이 떨어져 촌락으로 먹을 것을 구하러 들어갔다. 이르는 곳마다 유예주란 이름만 듣고도 모두들 다투어 음식을 대접했다. 하루는 어느 집에서 하룻밤 묵게 되었는데 그 집 젊은이가 나와서 절을 올렸다. 현덕이 그의 이름을 물으니 사냥꾼 유안劉安이라고 했다. 유안은 예주 목이 자기 집에 왔다는 말을 듣고 들짐승을 잡아 대접하고 싶었으나 갑자기 구할 수가 없었다. 그래서 자기 아내를 죽여 그 고기를 대접했다. 현덕이 물었다.

"이건 무슨 고기인가?"

유안이 대답했다.

"이리 고기입니다."

현덕은 조금도 의심하지 않고 저녁 한 끼를 배불리 먹은 다음 날이 저물어 잠자리에 들었다. 새벽에 길을 떠나려고 말을 가지러 뒤뜰로 갔는데 웬 부인이 부엌에 죽어 있는 모습이 눈에 들어왔다. 팔에 붙은 살은 이미 다 베어 내고 없었다. 깜짝 놀란 현덕이 유안에게 물었다. 그제야 어젯저녁에 먹은 음식이 바로 그의 아내의 고기였음을 알게 되었다. 현덕은 슬픔과 감동을 이기지 못하여 눈물을 뿌리며 말에 올랐다. 유안이 현덕에게 말했다.

"본래 사군을 따라 떠나고 싶었지만 늙은 어머님이 집에 계시므로 감히 멀리 가지 못하겠습니다."

현덕은 고맙다는 인사를 건네고 작별한 다음 길을 잡아 양성梁城으로 떠났다. 얼마쯤 갔을 때 갑자기 흙먼지가 해를 가리며 한 떼의 대군이 다가왔다. 현덕은 그것이 조조의 군사임을 알아보고 곧바로 손건과 함께 중군 깃발 아래로 가서 조조를 만났다. 현덕이 소패성을 잃은 것부터 두 아우와 헤어지고 가족들마저 적의 수중에 떨어진 일들을 빠짐없이 이야기하자 조조도 눈물을 흘렸다. 현덕이 또 유안이 자신의 아내까지 죽여 가며 고기를 대접한 일을 말하자 조조는 즉시 손건에게 명하여 황금 1백 냥을 유안에게 하사하라고 분부했다.

조조의 대군이 제수濟水 북쪽에 이르자 하후연이 다른 장수들과 함께 나와서 영채로 영접해 들였다. 그러고는 자기 형 하후돈이 한쪽 눈을 잃고 병상에 누워 있는데 아직 완쾌되지 않았다는 이야기를 자세히 들려주었다. 조조는 하후돈의 병상으로 가서 병세를 살펴본 다음 먼저 허도로 돌아가서 조리하라고 명했다. 그러는 한편 사람을 시켜 여포가 현재 어디에 있는가를 탐지해 오도록 했다. 정찰병이 돌아와서 보고했다.

"여포는 진궁, 장패와 더불어 태산의 도적들과 손을 잡고 연주의 여러 군을 공격하고 있습니다."

조조는 즉시 조인에게 3천 명의 군사를 이끌고 가서 소패성을 치라고 명하고, 자신은 직접 대군을 이끌고 현덕과 함께 여포와 싸우러 나갔다. 산동에 이르러 소관蕭關 가까운 길로 다가가니 때마침 태산의 도적들인 손관, 오돈, 윤례, 창희가 3만 명이 넘는 군사를 거느리고 길을 막고 있었다. 조조가 허저에게 출전을 명하자 네 명의 장수가 한꺼번에 말을 달려 나왔다. 허저가 힘을 떨쳐 죽기를 각오하고 싸우니 네 장수는 당해 내지 못하고 각자 패해서 달아났다. 조조는 이긴 기세를 몰아 그들의 뒤를 무찌르며 소관까지 쳐들어갔다. 정찰병이 나는 듯이 이 소식을 여포에게 알렸다.

이때 이미 서주로 돌아가 있던 여포는 진등과 함께 소패성을 구하러 가기 위해 진규에게 서주성을 지키게 했다. 진등이 길을 떠나려 할 때 진규가 아들에게 당부했다.

"전날 조공께서 동방의 일은 모두 너에게 맡긴다고 하셨다. 이제 여포가 곧 패망하게 되었으니 손을 쓰는 게 좋겠다."

진등이 말했다.

"바깥일은 제가 알아서 하겠습니다. 만약 여포가 패해서 돌아오면 아버님께선 미축을 불러 함께 성을 지키며 여포를 들이지 마십시오. 저는 스스로 몸을 뺄 계책이 있습니다."

진규가 물었다.

"여포의 가족들이 여기에 있는데다 심복들도 자못 많으니 어찌하면 좋겠느냐?"

진등이 대답했다.

"그 역시 저에게 계책이 있습니다."

진등은 그 길로 여포를 만나 보았다.

"서주는 사면이 모두 적의 공격을 당할 만한 곳이니 조조는 반드시 전력을 다해서 공격할 것입니다. 그러니 우리는 먼저 퇴각할 길을 생각해 두어야 합니다. 돈과 양식을 하비로 옮겨다 놓으면 설사 서주가 포위당하더라도 하비에 식량이 있으니 구할 수 있을 것입니다. 주공께서는 어째서 빨리 계책을 쓰지 않는지요?"

여포가 말했다.

"원룡元龍의 말이 참으로 옳소. 내 가족도 함께 그곳으로 옮겨야겠소."

마침내 송헌과 위속에게 분부하여 자기 가족을 보호하여 돈, 식량과 함께 하비로 옮기게 했다. 그러는 한편 자신은 군사를 거느리고 진등과 함께 소관을 구하러 떠났다. 길을 반쯤 가다가 진등이 말했다.

"제가 먼저 소관으로 가서 조조의 허실을 알아보겠습니다. 그런 다음 주공께서 움직이는 것이 좋겠습니다."

여포가 허락했다.

진등이 먼저 소관에 도착하니 진궁 등이 맞아들였다. 진등이 말했다.

"온후께서는 공들이 앞으로 나가 싸우려 하지 않는 것을 매우 괴이쩍게 여기고 계십니다. 여기 오시면 책임을 물어 벌을 주려고 하더이다."

진궁이 말했다.

"지금 조조의 군세가 워낙 커서 함부로 나가 싸울 수가 없소. 우리는 관을 굳게 지키고 있을 테니 주공께서도 소패성을 잘 보전하시는 게 상책이라고 권해 주시오."

진등은 그렇게 하마고 건성으로 대답했다. 저녁이 되어 관 위로 올라가 바라보았다. 조조의 군사는 바로 관 아래까지 바싹 다가와 있었다. 진등은 어둠을 타고 연달아 편지 세 통을 화살에 매달아 관 밑으로 쏘아 보냈다. 이튿날 진궁과 작별한 진등은 나는 듯이 말을 달려 여포에게로 돌아왔다.

"관 위에 있는 손관의 무리는 관을 조조에게 바치려고 하더이다. 그래서 제가 진궁에게 그곳에 남아 단단히 지키라고 일러두었으니 장군께서는 황혼 때쯤 구원하러 가시는 게 좋겠습니다."

여포가 말했다.

"공이 아니었으면 이 관은 끝장날 뻔했구려."

여포는 진등더러 나는 듯이 말을 타고 한 걸음 먼저 소관으로 가서 진궁과 내응할 약속을 정하고 불을 질러 군호로 삼도록 했다. 진등은 그길로 곧장 진궁에게 달려가서 알렸다.

"조조의 군사가 이미 샛길을 질러 관 안으로 들이닥쳤으니 서주를 잃지나 않을까 걱정이오. 공들은 급히 서주로 되돌아가야겠소."

진궁이 마침내 무리를 이끌고 소관을 버린 채 달아났다. 진등은 즉시 관 위로 올라가 불을 놓았다. 여포가 어둠을 타고 군사를 몰고 들이닥쳐서 진궁의 군사와 여포의 군사가 캄캄한 어둠 속에서 서로 치고 받고 싸웠다. 조조의 군사들도 신호의 불길을 보자 일제히 쇄도하며 기세를 타고 공격했다. 이 바람에 소관의 군사들은 사방으로 뿔뿔이 흩어져 달아나 버렸다.

여포는 날이 훤히 밝을 때까지 싸우고 나서야 겨우 계책임을 알았다. 급히 진궁과 함께 서주로 돌아왔다. 성벽 가까이 이르러 문을 열라고 소리치자 성 위에서 어지러이 화살이 쏟아졌다. 미축이 적루 위에서 호통을 쳤다.

"네가 우리 주인의 성을 빼앗았으니 이제 마땅히 우리 주인께 돌려 드려야 한다. 너는 다시는 이 성에 들어올 수 없느니라."

여포는 크게 노했다.

"진규는 어디에 있느냐?"

미축이 대꾸했다.

"내가 이미 죽였다."

여포가 진궁을 돌아보고 물었다.

"진등은 어디에 있소?"

진궁이 대답했다.

"장군께선 아직도 깨닫지 못하고 그 아첨꾼 놈을 찾으십니까?"

여포가 온 군중을 샅샅이 뒤지게 했지만 진등은 보이지 않았다. 진궁이 여포더러 급히 소패로 가자고 권하자 여포는 그 말을 따랐다. 길을 반쯤 갔을 때였다. 문득 한 떼의 군사가 질풍같이 달려왔다. 살펴보니 바로 고순과 장료였다. 여포가 어찌된 일이냐고 물으니 이렇게 대답했다.

"진등이 와서 주공께서 포위당했다며 저희들더러 급히 가서 구원하라고 시켰습니다."

진궁이 말했다.

"이 또한 그 아첨꾼 놈의 계략입니다."

여포는 노했다.

"내 이 도적놈을 기어코 죽이고 말리라!"

급히 말을 몰아 소패에 이르니 성 위에는 온통 조조군의 깃발들이 꽂혀 있었다. 조조가 어느새 조인을 시켜 소패성을 습격하고 군사를 거느리고 지키도록 했던 것이다. 여포가 성 아래서 큰소리로 진등에게 욕설을 퍼부었다. 진등이 성 위에서 여포를 손가락질하며 마주 욕했다.

"나는 바로 한나라의 신하이다. 어찌 너 같은 반적을 섬긴단 말이냐?"

머리끝까지 화가 치민 여포가 막 성을 치려고 할 때였다. 갑자기 등 뒤에서 함성이 크게 일어나더니 한 무리의 인마가 들이닥쳤다. 앞장 선 장수는 바로 장비였다. 고순이 나가서 맞받아 싸웠지만 이길 수가 없었다. 여포가 직접 나서서 접전을 벌였다. 한창 싸우는 사이에 다시 진 밖에서 함성이 일어나며 조조가 친히 대군을 통솔하고 들이닥쳤다. 대적하기 어려울 것을 짐작한 여포는 군사를 이끌고 동쪽으로 달아났다. 조조의 군사가 그 뒤를 따라 추격했다. 여포는 달아나느라 사람과 말이 다 함께 지칠 대로 지쳤다. 그때 별안간 다시 한 떼의 군사가 번개처럼 나타나더니 앞길을 가로막았다. 앞장 선 장수가 말을 세운 채 청룡도를 비껴들고 큰소리로 호통 쳤다.

"여포는 달아나지 말라! 관운장이 여기에 있노라!"

여포가 허둥지둥 맞붙어 싸우는데 등 뒤에서 장비가 쫓아왔다. 더 이상 싸울 마음이 없어진 여포는 진궁의 무리와 함께 적을 무찌르며 한줄기 길을 열고 곧장 하비성으로 달아났다. 때마침 후성이 군사를 이끌고 후원하러 왔다.

관우와 장비는 서로 만나 각기 눈물을 뿌리며 헤어진 뒤의 일을 이야기했다. 운장이 말했다.

"나는 그간 해주海州의 길가에 머물고 있다가 이번에 소식을 듣고 이곳으로 왔다네."

장비도 말했다.

"이 아우는 그동안 망탕산芒碭山에 머물고 있었는데 오늘에야 다행히 형님을 만났구려."

말을 마친 두 사람은 군사를 거느리고 함께 현덕을 찾아가서 소리 내어 울며 절을 올렸다. 희비가 교차한 현덕은 두 사람을 데리고 가서 조조를 만나 보게 한 다음 곧 조조를 따라서 서주성으로 들어갔다. 미축이 나와서 영접하며 가족은 아무런 탈이 없다고 하자 현덕은 매우 기뻐했다. 진규 부자 역시 조조를 찾아뵈었다. 조조는 크게 연회를 베풀고 여러 장수들의 수고를 위로했다. 한가운데 앉은 조조

는 진규를 바른편에 앉히고 현덕을 왼편에 앉힌 다음 그 밖의 장수들
도 차례에 따라 자리를 잡게 했다. 잔치가 끝난 뒤 조조는 진규 부자
의 공로를 가상하게 여겨 열 개 현의 녹祿을 더해 주고 진등을 복파
장군伏波將軍으로 임명했다.

　서주를 얻은 조조는 매우 기뻐하며 군사를 일으켜 하비를 칠 일을
의논했다. 정욱이 계책을 말했다.

　"지금 여포에게는 하비성 하나가 남았을 뿐입니다. 너무 급하게
몰아붙이면 반드시 죽기로써 싸우다 원술에게 갈 것입니다. 여포가
원술과 합하면 그 형세는 공격하기 어려워질 것입니다. 지금은 유능
한 사람을 시켜 회남으로 통하는 길을 지키면서 안으로는 여포를 방
비하고 밖으로는 원술을 막게 하십시오. 더구나 지금 산동에서는 장
패와 손관의 무리가 아직도 귀순하지 않고 있습니다. 그들을 방비하
는 대책 역시 소홀히 할 수 없는 일입니다."

　조조가 부탁했다.

　"나는 직접 산동의 여러 길을 맡을 것이니 회남으로 통하는 길을
현덕이 좀 담당해 주시지요."

　현덕이 대답했다.

　"승상의 장령을 어찌 감히 어기겠습니까?"

　다음날 현덕은 미축과 간옹을 서주에 남겨 두고 손건, 관우, 장비
와 함께 군사를 이끌고 회남으로 통하는 길을 지키러 갔다. 조조는
직접 군사를 인솔하여 하비성을 공격했다.

　한편 하비성에 있던 여포는 양식 준비가 넉넉한데다 사수泗水라는
험한 지형을 믿고 마음을 놓고는, 지키고만 있어도 보전할 수 있을
거라며 걱정 없이 지내고 있었다. 진궁이 계책을 올렸다.

"지금 조조의 군사가 막 도착했으니 미처 영채와 목책을 세우지 못한 틈을 타고 쳐야 합니다. 편안히 쉰 군사를 이끌고 나아가 먼 길에 지친 적군을 쳐서 이기지 못한 사람은 없습니다."

여포가 대꾸했다.

"내가 요즈음 여러 차례 패한 터라 가벼이 나가서는 안 되겠소. 그들이 와서 성을 치기를 기다렸다가 맞받아친다면 모조리 사수에 떨어지고 말 것이오."

여포는 끝내 진궁의 말을 듣지 않았다. 며칠이 지나자 조조의 군사는 영채를 완전히 세웠다. 조조는 수하의 장수들을 거느리고 성 아래로 와서 크게 소리쳤다.

"여포는 나와서 응답하라!"

여포가 성 위에 올라서자 조조가 말했다.

"듣자니 봉선이 다시 원술과 사돈을 맺으려 한다기에 내가 군사를 거느리고 예까지 온 것이오. 원술로 말하면 반역의 대죄를 범한 자이나 공은 동탁을 토벌한 공이 있는데 어찌하여 이전의 공로를 버리고 역적을 좇으려는 게요? 성이 한번 깨지는 날에는 후회해도 늦을 것이오. 일찌감치 항복하여 나와 함께 황실을 돕는다면 봉해진 제후의 자리만큼은 잃지 않을 것이오."

여포가 대답했다.

"승상께선 잠시 물러가 계시오. 아직 좀 상의해 봐야겠소."

그때 곁에 있던 진궁이 조조를 향해 큰소리로 욕을 했다.

"간사한 역적놈!"

그러고는 화살 한 대를 쏘아 조조가 받고 있던 해 가리개를 맞추었다. 조조는 손가락으로 진궁을 가리키며 이를 갈았다.

"내 맹세코 네놈을 죽이고야 말리라!"

마침내 조조는 군사를 이끌고 성을 공격하기 시작했다.

진궁이 여포에게 계책을 올렸다.

"조조는 먼 길을 왔으므로 형세로 보아 오래 지탱할 수 없을 것입니다. 장군께서 보병과 기병을 거느리고 성밖으로 나가 주둔하고 계시면 저는 나머지 군사를 데리고 안에서 성문을 닫고 굳게 지키겠습니다. 그래서 조조가 장군을 공격하면 제가 군사를 이끌고 나가 그 배후를 치고, 또 성을 공격하면 장군께서 뒤에서 구원해 주기로 하는 것입니다. 그러면 불과 열흘도 못 가서 조조는 군량이 떨어질 것이고 우리는 북 한번 울리는 사이에 단숨에 조조를 깨뜨릴 수 있을 것입니다. 이것이 바로 기각지세犄角之勢입니다."

여포가 말했다.

"공의 말씀이 지극히 옳소."

여포는 곧 부중으로 돌아가서 갑옷 따위 군복을 수습하는데 때는 마침 추운 겨울이라 하인에게 솜옷을 많이 준비하라고 분부했다. 여포의 아내 엄씨가 이 소식을 듣고 나와서 물었다.

"영감께선 어디를 가시려고 합니까?"

여포가 진궁의 계책을 말해 주니 엄씨가 싫어했다.

"영감께서 성을 통째로 남에게 맡기고 아내와 자식까지 버려둔 채 외로운 군사로 멀리 나가셨다가 하루아침에 무슨 변고라도 생기면 첩이 어찌 장군의 아내로 남아 있을 수 있겠어요?"

그 말을 들은 여포는 주저하며 결단을 내리지 못한 채 사흘 동안이나 밖에 나가지 않았다. 그러자 진궁이 들어와 뵙고 말했다.

"조조의 군사가 사면으로 성을 에워싸고 있습니다. 일찌감치 나가지 않으셨다간 반드시 곤경에 빠지고 말 것입니다."

여포가 말했다.

"내 생각에는 멀리 나가느니 차라리 안에서 굳게 지키는 게 나을 것 같소."

진궁이 말했다.

"요즈음 듣자니 조조가 군량이 모자라 사람을 허도로 보내 가져 오게 했다는데 조만간 그것이 도착할 것입니다. 장군께서는 정예병을 이끌고 적의 군량 수송로를 끊도록 하십시오. 이건 아주 절묘한 계책입니다."

그 말을 옳게 여긴 여포는 다시 안으로 들어가 엄씨에게 이 내용을 이야기했다. 엄씨는 눈물을 흘리면서 말렸다.

"장군께서 나가시고 나면 진궁과 고순 따위가 어떻게 성을 지켜내겠어요? 만일 실수라도 하는 날이면 후회해도 소용이 없게 되오리다. 첩은 지난날 장안에 있을 때도 장군께 한번 버림을 받았으나 요행히 방서龐舒가 숨겨 주어 다시 장군을 만날 수 있었지요. 그런데 이제 또 장군께서 첩을 버리고 가실 줄이야 누가 알았겠어요? 장군께서는 앞길이 구만리 같으시니 부디 첩 같은 것은 마음에 두지도 마시구려!"

말을 마치자 그대로 통곡을 했다. 이 말을 듣고 여포는 다시 우울하고 답답하여 결단을 내리지 못했다. 이번에는 초선의 방으로 들어가서 이 일을 이야기했다. 초선도 말렸다.

"장군께서는 첩의 신세를 생각하여 경솔히 나가 싸우지 마세요."

여포가 위로했다.

"너는 아무 염려 말아라. 나에게 방천화극과 적토마가 있는데 누가 감히 나에게 접근하겠느냐?"

그러고는 밖으로 나와 진궁에게 말했다.

"조조의 군량이 온다는 말은 속임수일 것이오. 조조는 간사한 꾀가 많은 놈이니 아직 섣불리 움직여서는 아니 될 것이오."

진궁은 밖으로 물러나 탄식했다.

"이제 우리는 죽어도 장사지낼 땅조차 없게 되었구나!"

이로부터 여포는 종일 밖으로 나오지 않고 오직 엄씨와 초선을 상대로 술만 마시며 답답한 심사를 풀고 있었다. 모사 허사 許汜와 왕해王楷가 들어와서 여포에게 계책을 올렸다.

"지금 원술은 회남에서 명성과 세력을 크게 떨치고 있습니다. 장군께서는 전날 그와 혼인을 약속했으니 지금 다시 한번 그 일을 진척시켜 보시지요. 그의 군사가 이르러 안팎으로 협공한다면 조조를 깨뜨리기는 어렵지 않을 것입니다."

여포는 그 계책에 따라 그날 즉시 편지를 써서 두 사람에게 주고 떠나게 했다. 허사가 말했다.

"한 떼의 군사가 길을 뚫고 인도해 주는 게 좋겠습니다."

여포는 장료와 학맹 두 장수에게 군사 1천 명을 인솔하고 그들을 험한 길목 밖까지 호송하게 해주었다. 이날 밤 2경 장료가 앞서고 학맹이 뒤를 받치며 허사와 왕해를 보호하여 쏜살같이 성밖으로 돌격해 나오더니 방향을 급히 바꾸어 현덕의 영채 곁으로 지나갔다. 여러 장수들이 뒤쫓았지만 따라잡기도 전에 이미 주요 길목을 빠져나갔다. 학맹이 5백 명의 군사를 이끌고 허사와 왕해를 따라가고 장료는 남은 군사 절반을 데리고 되돌아왔다. 예의 주요 길목에 이르자 운장이 길을 막고 있었다. 그러나 미처 싸움이 붙기도 전에 고순이 구원병을 이끌고 성에서 달려 나오더니 장료를 맞이하여 성안으로 들어가 버렸다.

한편 허사와 왕해는 수춘에 이르러 원술을 알현하고 여포의 서신을 올렸다. 글을 보고 난 원술이 말했다.

"지난번에 내 사자를 죽이고 혼인을 거절하더니 이제 다시 와서 혼인 의사를 묻는 건 무슨 까닭인가?"

허사가 대답했다.

"그때는 조조의 간계에 걸려 일을 그르친 것이오니 원컨대 명상明上(황제에 대한 존칭)께서는 부디 통촉하여 주소서."

원술이 말했다.

"그대의 주인이 조조의 군사 때문에 곤경에 빠지지 않았다면 어찌 내게 딸을 보내려 했겠는가?"

이번에는 왕해가 대답했다.

"명상께서 지금 저희들을 구해 주지 않으시면 입술이 없어지면 이가 시리듯 명상께도 복이 되지는 않을 것이옵니다."

원술이 말했다.

"봉선은 이랬다저랬다 믿을 수가 없으니 먼저 그쪽에서 딸을 보내온다면 내 군사를 일으키겠노라."

허사와 왕해는 하는 수 없어 하직을 고하고 학맹과 함께 귀로에 올랐다. 현덕의 영채 가까이에 이르자 허사가 말했다.

"낮에는 이곳을 지나갈 수 없을 것이오. 밤중에 우리 두 사람이 먼저 지나갈 테니 학장군께선 뒤를 끊어 주시오."

이렇게 의논을 정하고 그날 밤 현덕의 영채를 지나갔다. 허사와 왕해가 먼저 지나가고 뒤를 따라 학맹이 지나가려는데 장비가 영채에서 나와 길을 가로막았다. 서로 말을 어울린 지 단 1합 만에 학맹은 장비의 손에 사로잡혔다. 수하의 5백 군사는 모조리 살해되거나 흩어졌다. 장비가 학맹을 끌고 가 현덕에게 보이니 현덕은 다시 그를 본부 영채로 압송하여 조조에게 보였다. 학맹은 여포가 원술에게 구원을 청하기 위해 다시 딸을 주기로 언약한 일을 빠짐없이 불었다. 조조는 크게 노하여 곧바로 군영의 문에서 학맹의 목을 치고 여러 영채에 각별히 단단히 방비하라고 일렀다. 만약 여포나 그의 군사를 놓쳐 보내는 자가 있으면 군법에 따라 죄를 다스리겠다고 엄명을 내렸다. 명을 받은 각 영채의 장병들은 모두들 두려워 떨었다.

영채로 돌아온 현덕은 관우와 장비에게 분부했다.

"우리 영채가 바로 회남으로 통하는 요충지에 있으니 두 아우는 부디 조심하여 조공의 군령을 범하는 일이 없도록 하게."

장비가 투덜거렸다.

"적장 하나를 사로잡아다 바쳤건만 조조는 상줄 생각은 않고 도리어 사람을 을러대기만 하다니 이게 어떻게 된 거요?"

현덕이 달랬다.

"아닐세. 조조는 많은 군사를 통솔하고 있는데 군령이 아니고서야 어떻게 사람들을 복종시키겠는가? 아우들은 군령을 범하지 말게."

그제야 관우와 장비가 응낙하고 물러갔다.

한편 허사와 왕해는 여포에게로 돌아가 원술이 우선 신부부터 얻어야 군사를 일으켜 구원하겠다고 한다는 말을 전했다. 여포가 물었다.

"어떻게 보낸단 말이오?"

허사가 대답했다.

"이번에 학맹이 잡혔으니 조조가 반드시 우리 사정을 알아차리고 미리 준비하고 있을 것입니다. 장군께서 친히 나서서 호송하지 않으신다면 누가 능히 겹겹의 포위망을 뚫고 나가겠습니까?"

여포가 말했다.

"그럼 오늘 바로 보내는 것이 어떠하겠소?"

허사가 대답했다.

"오늘은 흉살凶殺(흉신)이 든 날이라 가면 안 됩니다. 내일이 길하니 술시(밤 8시 전후)나 해시(밤 10시 전후)를 이용하는 게 좋겠습니다."

여포는 장료와 고순에게 명했다.

"3천 명의 군마를 인솔하고 작은 수레 한 채를 준비하라. 내 친히 2백 리 밖까지 호송해 줄 터이니 그 다음은 자네들 둘이서 호송토록 하라."

이튿날 밤 2경쯤 여포는 딸을 솜으로 둘둘 감고 다시 갑옷으로 덮어서 들쳐 업은 다음 화극을 들고 말에 올랐다. 성문을 열고 여포가 앞장서고 장료와 고순이 그 뒤를 따랐다. 막 현덕의 영채 앞에 이르렀을 때였다. 한바탕 북소리가 울리더니 관우, 장비 두 사람이 내달아 길을 가로막으며 큰소리로 외쳤다.

"달아나지 말라!"

싸울 마음이 없었던 여포는 오로지 길을 앗아 달리려 했으나 현덕이 한 떼의 군사를 이끌고 쏟아져 나오는 바람에 양군은 어우러져 싸우게 되었다. 여포가 아무리 용맹하다지만 결국 딸을 업고 있는 몸, 행여 딸이 다치기라도 할까 걱정되어 감히 겹겹이 에워싼 포위망을 뚫을 수가 없었다. 그런 판에 뒤에서 서황과 허저까지 쏟아져 나오며 여러 군사들이 큰소리로 외쳤다.

"여포를 놓치지 말라!"

조조의 군사들이 급하게 밀려오자 여포는 그대로 물러나 성으로 들어가는 수밖에 도리가 없었다. 현덕이 군사를 거두자 서황의 패거리도 각각 영채로 돌아갔다. 이래서 여포의 군사는 결국 한 명도 빠져나가지 못했다. 성으로 돌아온 여포는 마음이 우울하고 답답해서 술만 마셔 댔다.

한편 조조는 성을 공격한 지 두 달이 되었는데도 함락하지 못하고 있었다. 이때 갑자기 보고가 들어왔다.

"하내 태수 장양張楊이 동시東市로 군사를 출병시켜 여포를 구하려고 하는 걸 부장 양추楊醜가 죽였습니다. 양추가 그 수급을 승상께 바치려고 했으나 장양의 심복 장수 휴고眭固에게 죽임을 당했습니다. 휴고는 지금 견성犬城으로 갔습니다."

이 소식을 들은 조조는 즉시 사환史渙을 시켜 휴고를 추격하여 목을 베라고 했다. 그런 다음 장수들을 모아 놓고 말했다.

"장양은 다행히 자멸했지만 북쪽에는 원소가 있고 동쪽에는 유표와 장수가 있어서 걱정이오. 더구나 하비성을 오랫동안 에워싸고 있지만 함락시키지 못하고 있소. 여포를 버려두고 허도로 돌아가 잠시 싸움을 쉴까 하는데 어떻겠소?"

순유가 급히 말렸다.

"안 됩니다. 여포는 여러 번 패해서 이미 예기가 꺾인 상태입니다. 군사란 장수를 위주로 하는데 장수의 예기가 꺾이면 군사들은 싸울 마음을 잃는 법입니다. 진궁이 제 아무리 꾀가 있다 해도 이제는 늦었습니다. 지금 여포는 기운을 회복하지 못했고 진궁은 계책을 아직 정하지 못하고 있습니다. 이때 빨리 치면 여포를 사로잡을 수 있을 것입니다."

곽가가 나서며 말했다.

"저에게 당장 하비성을 깨뜨릴 계책이 하나 있는데 2십만 명의 군사보다 나을 것입니다."

순욱이 끼어들었다.

"혹시 기수沂水와 사수泗水의 물을 터뜨리자는 게 아니오?"

곽가가 웃으며 대답했다.

"바로 그 뜻이오."

조조는 크게 기뻐하며 즉시 군사들에게 두 강의 제방을 터뜨리게 했다. 조조의 군사들은 모두 높은 언덕에 자리를 잡고 앉아서 하비가 물에 잠기는 모습을 구경했다. 하비성은 오직 동문에만 물이 없고 그 밖의 각 성문은 모두 물에 잠기고 말았다. 군사들이 나는 듯이 여포에게 이 사실을 보고했다. 그러나 여포는 아직도 헛소리를 하고 있었다.

"내 적토마는 강물을 평지처럼 건너는데 무엇이 두렵단 말이냐!"

그리고는 날마다 처첩들과 술만 퍼마셨다. 그러다 보니 술과 색에 골아 얼굴이 반쪽이 되었다. 하루는 거울에 얼굴을 비춰 보고 깜짝 놀랐다.

추지굉 그림

"내가 주색에 몸을 망쳤구나. 오늘부터는 술을 끊으리라."

여포는 즉시 성내에 명을 내려 술을 마시는 자가 있으면 목을 베겠다고 선포했다.

이때 후성에게 말 열다섯 필이 있었는데 말을 돌보던 마부가 그것을 훔쳐 현덕에게 갖다 바치려고 했다. 이 사실을 안 후성이 뒤를 쫓아가 마부를 잡아 죽이고 말을 도로 빼앗아 왔다. 장수들이 와서 치하하자 후성은 담가 놓은 술 대여섯 섬을 걸러 장수들과 모여서 한잔 마시려고 했다. 그러나 여포에게 벌 받을 것이 두려운 나머지 술 다섯 병을 들고 먼저 여포의 부중으로 가서 양해를 구했다.

"장군의 호랑이 같은 위엄에 힘입어 잃었던 말을 도로 찾아오니 여러 장수들이 축하하러 왔습니다. 얼마간의 술을 빚었으나 감히 함부로 마실 수가 없어서 특별히 먼저 장군께 바쳐 미약한 저의 성의를 표하는 바입니다."

여포는 크게 노했다.

"내 방금 술을 금하라고 영을 내린 터에 너희들이 술을 빚어서 함께 마시려 들다니 모두들 공모하여 나를 해치려는 게 아니냐?"

즉시 끌어내어 목을 베라고 명했다. 송헌과 위속을 비롯한 장수들이 모두 들어와서 용서를 빌었다. 그러자 여포가 말했다.

"고의로 내 명령을 어겼으니 이치로 따지면 마땅히 목을 잘라야 한다. 그러나 오늘만큼은 여러 장수들의 낯을 보아 살려주겠다. 대신 곤장 1백 대를 치도록 하라!"

장수들이 다시 애걸복걸했으나 결국엔 후성의 등에 곤장 5십 대를 치게 한 다음에야 놓아주었다. 장수 치고 의욕을 상실하지 않은 사람이 없었다. 송헌과 위속이 후성의 집으로 문안을 가자 후성이 눈물을 흘리며 말했다.

"공들이 아니었으면 나는 죽었을 것이오!"

송헌이 분함을 털어놓았다.

"여포는 제 처자만 생각하고 우리 따위는 지푸라기처럼 취급하고 있소이다."

위속도 불평을 늘어놓았다.

"적군은 성을 에워싸고 강물은 해자 옆까지 감도니 우리가 죽을 날도 멀지 않았구려."

송헌이 제의했다.

"여포는 어진 구석도 없고 의리도 없으니 그를 버리고 달아나는 게 어떻겠소?"

위속이 대답했다.

"그것은 장부가 할 일이 아니지요. 차라리 여포를 사로잡아 조공께 바치는 게 낫겠소이다."

후성도 찬성했다.

"나는 잃은 말을 찾아왔다가 곤장을 맞았소. 여포가 믿는 것이라곤 적토마요. 두 분이 과연 여포를 사로잡고 성을 바치려 하신다면 내가 먼저 말을 훔쳐 가서 조공을 만나 보겠소."

세 사람은 의논이 정해졌다. 이날 밤 후성은 몰래 마구간으로 들어가서 적토마를 훔쳐내어 나는 듯이 동문으로 달아났다. 위속은 즉시 성문을 열어 내보내 주고는 짐짓 뒤를 쫓는 시늉을 했다. 조조의 영채로 가서 말을 바친 후성은 송헌과 위속이 백기를 꽂아서 신호를 보내고 성문을 열기로 준비하고 있다는 사정을 자세히 이야기했다. 조조는 자신의 이름으로 서명한 방문 수십 장을 화살에 묶어 성안으로 쏘아 보냈다. 방문에는 다음과 같은 내용이 적혀 있었다.

대장군 조조는 특별히 밝은 조칙을 받들어 여포를 정벌한다. 만약 대
군에 항거하는 자가 있으면 성을 깨뜨리는 날 멸문의 화를 당하리라.
위로는 장교에서부터 아래로는 서민에 이르기까지 여포를 사로잡아

진명대 그림

바치거나 그 수급을 바치는 자가 있으면 큰 벼슬을 주고 후한 상금을
내리리라. 이 방문으로 널리 알리니 각자는 알아둘지어다.

이튿날 날이 밝자 성밖에서 함성이 천지를 진동했다. 깜짝 놀란
여포는 화극을 들고 성으로 올라가 각 성문을 살펴보았다. 위속이
후성을 놓쳐 적토마를 잃어버린 일을 꾸짖고 그 죄를 다스리려고 했
다. 그러나 성 아래 조조의 군사들이 성 위의 백기를 보고는 있는 힘
을 다해 공격하는 바람에 여포 자신이 나서서 막지 않을 수 없었다.
새벽부터 시작한 싸움이 한낮까지 이어졌다. 한낮이 되어 조조의 군
사들이 조금 물러난 틈에 여포는 문루에서 잠시 쉰다는 것이 자신도
모르게 의자에 앉은 채 깜빡 잠이 들고 말았다. 이때 송헌이 여포의
곁에 있던 자들을 물리치고 우선 화극부터 훔친 다음 위속과 함께 손
을 놀려 여포가 꼼짝할 수 없도록 밧줄로 단단히 결박해 버렸다. 꿈
속에 빠졌다가 소스라쳐 깨어난 여포는 급히 측근을 불렀다. 그러나
달려오던 사람들은 모두 송헌과 위속에게 피살되거나 쫓겨났다. 두
사람이 백기를 들고 크게 휘두르자 조조의 군사들이 일제히 성 아래
로 몰려들었다. 위속이 큰소리로 외쳤다.

"여포를 이미 사로잡았소!"

하후연은 그래도 믿지 못했다. 성 위의 송헌은 여포의 화극을 밑으
로 던진 다음 성문을 활짝 열어젖혔다. 조조의 군사들이 물밀 듯 성
안으로 몰려들었다. 고순과 장료는 서문을 지키고 있었는데 물에 막
혀 나가지 못하고 조조의 군사들에게 사로잡혔다. 진궁은 남문으로
달아나다가 서황의 손에 붙잡히고 말았다.

조조는 성으로 들어오자 즉시 터놓았던 강물을 다시 막으라고 명

하고 방을 붙여 백성들을 안정시켰다. 그러고는 현덕과 함께 서쪽 백문루白門樓에 자리를 잡고 앉았다. 관우와 장비는 그 곁에 모시고 섰다. 사로잡힌 일당들이 모두 끌려왔다. 여포는 기골이 장대했지만 동그랗게 밧줄로 묶여 꼼짝도 할 수 없었다. 여포가 소리를 질렀다.

"묶은 게 너무 죄니 좀 늦추어 주시오!"

조조가 대꾸했다.

"호랑이를 묶으면서 단단히 묶지 않아서는 안 되지."

여포는 후성, 위속, 송헌이 모두 조조 곁에 서 있는 것을 보고 말했다.

"내가 여러 장수들을 과히 박대하지 않았는데 너희들이 어떻게 나를 배신한단 말인가?"

송헌이 반박했다.

"처첩의 말만 듣고 장수들의 계책은 듣지도 않고선 어찌 박대하지 않았다고 하는 거요?"

여포는 묵묵히 말이 없었다. 잠시 후 군사들이 고순을 끌고 들어왔다. 조조가 물었다.

"그대는 무슨 할 말이라도 있는가?"

고순이 아무 대답이 없자 조조가 화를 내며 목을 치라고 분부했다.

서황이 진궁을 압송해 왔다. 조조가 인사를 건넸다.

"공대는 헤어진 이후 무탈하셨소?"

진궁이 대꾸했다.

"그대의 심보가 바르지 않았기에 내가 그대를 버렸노라!"

조조가 물었다.

"내 마음이 바르지 않았다면서 공은 어찌 유독 여포 같은 자를 섬겼는가?"

진궁이 반박했다.

"여포는 비록 꾀는 없지만 당신처럼 그렇게 간사하거나 음험하지는 않다."

조조가 비꼬았다.

"공은 스스로 지모가 풍부하다고 자부하더니 지금은 결국 어떻게 되었는가?"

진궁이 여포를 돌아보며 말했다.

"이 사람이 내 말을 들어주지 않은 것이 한스러울 따름이다! 내 말만 들었더라면 사로잡히지는 않았을 것이다."

조조가 물었다.

"오늘의 일은 어떻게 했으면 좋겠는가?"

진궁은 큰소리로 대답했다.

"오늘은 죽음이 있을 뿐이다!"

조조가 다시 물었다.

"공이 그리되면 공의 노모와 처자식은 어떻게 되겠소?"

이 말에 진궁의 태도가 달라졌다.

"듣건대 효로써 천하를 다스리는 사람은 남의 어버이를 해치지 않고 천하에 어진 정사를 베푸는 사람은 남의 제사를 끊지 않는 법이라고 하오. 노모와 처자식의 목숨은 명공의 처분에 달렸을 따름이오. 나는 이미 사로잡힌 몸이니 개의치 마시고 즉시 죽이시오."

조조에게는 아직 미련이 남아 있었지만 진궁은 곧장 걸음을 옮겨 문루 아래로 내려갔다. 좌우에 있던 사람들이 잡아당겼지만 말릴 수가 없었다. 조조가 일어나서 눈물을 흘리며 배웅했지만 진궁은 고개조차 돌리지 않았다. 조조는 따르는 자를 불러 분부했다.

"공대의 노모와 처자를 즉시 허도로 모시고 가 부양토록 하라. 태만히 하는 자는 목을 치겠노라."

진궁은 그 말을 듣고도 역시 입 한번 열지 않고 목을 늘여 형을 받았다. 사람들이 모두 눈물을 흘렸다. 조조는 관곽을 갖추어서 그의 시신을 담고 허도에서 장사지내 주었다. 후세 사람이 시를 지어 탄식했다.

> 살아서나 죽어서나 두 마음 없으니 /
> 장부가 더 이상 무엇을 장하다 하리! //
> 금석같이 귀한 계책을 따르지 않아 /
> 헛되이 대들보 재목만 버려 놓았네.

> 주인을 섬길 때는 공경을 다하였고 /
> 가족 두고 떠나는 모습 너무 애달파. //
> 백문루에서 당당하게 처형당하던 날 /
> 누가 있어 공대와 같이 서슴없을까! //
> 生死無二志, 丈夫何壯哉! 不從金石論, 空負棟梁材.
> 輔主眞堪敬, 辭親實可哀. 白門身死日, 誰肯似公臺!

조조가 진궁을 배웅하느라 문루를 내려갔을 때 여포가 현덕에게 말했다.

"공은 높은 자리의 손님이 되었고 이 여포는 계단 밑의 죄수가 되었구려. 어찌하여 관대하게 처분하라는 말씀 한마디를 아니하시오?"

현덕은 머리만 끄덕였다. 이윽고 조조가 문루로 올라오자 여포가 큰소리로 외쳤다.

"명공의 근심거리가 여포보다 더한 자가 없었는데 지금 여포는 이미 굴복했소. 공께서는 대장이 되시고 이 여포가 부장이 된다면 천하를 평정하기는 어렵지 않으리다."

조조가 현덕을 돌아보며 물었다.

"어떻게 하면 좋겠소?"

현덕이 대답했다.

"공께서는 정건양과 동탁의 일을 보지 못하셨습니까?"

여포는 현덕을 돌아보며 소리쳤다.

"귀 큰 녀석아! 원문 밖의 화극 쏘던 일을 잊었느냐!"

그때 갑자기 한 사람이 고함을 질렀다.

"여포 필부야! 죽으면 죽는 게지 무엇을 두려워하느냐!"

모두들 보니 도부수들이 장료를 에워싸고 들어오는 중이었다. 조조는 여포를 목 졸라 죽이게 하고 그 머리를 잘라 장대 끝에 높이 매달아 여러 사람에게 보이도록 했다. 후세 사람이 시를 지어 탄식했다.

넘실대는 큰 홍수가 하비성을 삼키던 날 /
그때가 바로 천하의 여포 사로잡힌 때라네. //
하루 천리 달리는 적토마도 헛되이 남았고 /
서슬 푸르던 방천화극도 쓸모가 없어졌네.

묶인 줄 늦춰 달라는 호랑이 모습 나약하니 /

배 곯린 매가 쓸모 있다는 옛말이 틀림없네. //

처첩과의 정 때문에 진궁의 말 듣지 않더니 /

엉뚱하게 유비더러 은혜 모른다 욕하누나.

洪水滔滔淹下邳, 當年呂布受擒時. 空餘赤兎馬千里, 漫有方天戟一枝.

縛虎望寬今太儒, 養鷹休飽昔無疑. 戀妻不納陳宮諫, 枉罵無恩大耳兒.

또한 현덕을 논한 시가 있다.

사람 깨무는 주린 범은 단단히 죄어 묶어야지 /

동탁과 정원이 흘린 피 아직 마르지 않았으니 //

현덕 이미 아비 잡아먹는 여포 버릇 알았다면 /

어찌 살려 두어 조조를 해치게 하지 않았던가?

傷人餓虎縛休寬. 董卓丁原血未乾. 玄德既知能啖父, 爭如留取害曹瞞?

이때 무사들이 장료를 끌고 왔다. 조조가 손가락질을 하며 말했다.

"이 사람은 매우 낯이 익구나."

장료가 대꾸했다.

"복양성에서 만난 적이 있는데 어찌 잊어버렸겠소?"

조조가 웃으며 말했다.

"허허, 그대 또한 기억하고 있었구나!"

장료가 말했다.

"다만 애석할 따름이오!"

조조가 물었다.

"무엇이 그토록 애석하단 말이냐?"

장료가 대꾸했다.

"그날 불길이 더 크게 일어나지 못하여 너 같은 국적을 태워 죽이지 못한 것이 아깝단 말이다!"

조조는 크게 노했다.

"패전한 장수 놈이 어찌 감히 나를 모욕한단 말이냐!"

검을 뽑아 손에 들고 직접 장료를 죽이려고 나섰다. 그러나 장료는 전혀 두려워하는 기색도 없이 목을 늘이고 죽여주기를 기다렸다. 이때 조조의 등 뒤에서 한 사람은 검을 든 팔을 붙들고, 다른 한 사람은 조조의 앞으로 나와 무릎을 꿇었다.

"승상께선 잠시 손을 멈추어 주소서!"

바로 다음 대구와 같다.

살려 달라 애걸하던 여포는 구할 사람이 없고 /

국적이라며 욕설을 퍼붓던 장료는 살게 되네

乞哀呂布無人救　罵賊張遼反得生

결국 장료를 구한 사람은 누구인가, 다음 회를 보라.

20

옥대 속에 숨겨진 비밀 조서

조아만은 허전에서 사냥을 벌이고
동국구는 공신각에서 조서를 받다
曹阿瞞許田打圍 董國舅內閣受詔

조조가 검을 들어 장료를 죽이려 하자 현덕이 조조의 팔을 붙잡고 운장은 조조의 면전에 꿇어앉았다. 현덕이 말했다.

"이런 진심을 가진 사람은 마땅히 살려 두어 쓰는 게 옳소이다."

운장도 부탁했다.

"관 아무개는 평소 문원文遠(장료의 자)이 충성스럽고 의로운 사람임을 잘 알고 있습니다. 제가 목숨을 걸고 이 사람을 보증하겠습니다."

조조는 검을 내던지며 껄껄 웃었다.

"나 역시 문원의 충의를 잘 알고 있소. 일부러 장난을 쳐본 것뿐이오."

조조는 친히 결박을 풀어 주고 자신이 입고 있던 옷을 벗어 장료에게 입히고 상석으로 청해 앉혔다. 그 성의에 감격한 장료는 마침내 항복했다. 조조는 장료를 중랑장으로 삼고 관내후關內侯의 작위를 내린 다음 장패를 설득하여 귀순시키도록 했다. 여포가 이미 죽고 장료마 저 투항했다는 말을 들은 장패는 그 역시 수하의 군사를 거느리고 와 서 항복했다. 조조는 장패에게 후한 상을 내렸다. 장패는 다시 손관, 오돈, 윤례를 설득하여 투항시켰는데 유독 창희만은 귀순하려 들지 않았다. 조조는 장패를 낭야 상으로 삼고, 손관 등에게도 각각 벼슬 을 주어 청주와 서주 등의 연해 지방을 지키도록 했다. 조조는 여포 의 처와 딸을 수레에 싣고 허도로 돌아오면서 삼군에게 크게 음식을 내려 위로하고 영채를 거두어 회군했다. 도중에 서주를 지나는데 백 성들이 길가에 나와 향을 피우고 절하며 유사군을 서주 목으로 남겨 달라고 간청했다. 조조가 말했다.

"유사군께선 공로가 크니 천자를 배알하고 작위를 받은 뒤에 돌아 오시더라도 늦지 않을 것이다."

백성들이 머리를 조아리며 감사했다. 조조는 거기장군 차주車冑를 불러 임시로 서주를 맡아 다스리게 했다. 군사를 이끌고 허창으로 돌 아온 조조는 출정한 인원들에게 벼슬과 상을 내리고, 현덕을 승상부 왼편 가까운 저택에서 쉬게 했다.

그 이튿날 헌제가 조회를 열자 조조는 표문을 올려 현덕의 군공을 아뢰고 현덕을 이끌어 천자를 배알토록 했다. 현덕은 조복朝服을 갖 추어 입고 대전 앞 붉은 돌층계 아래에 엎드려 절을 올렸다. 헌제는 현덕을 어전으로 불러올리고는 물었다.

"경의 조상은 어떤 사람이오?"

현덕이 아뢰었다.

"신은 중산정왕의 후예이자 효경孝景황제 각하의 현손이며 유웅劉

雄의 손자이자 유홍劉弘의 아들이옵니다."

헌제는 종족세보宗族世譜(족보)를 가져다 찾아보고 읽게 했다. 종정경宗正卿이 낭독했다.

효경황제께서는 열네 분의 아드님을 낳으셨는데 일곱 번째 아드님이 중산정왕 유승劉勝입니다. 승이 육성정후陸城亭侯 유정劉貞을 낳고, 정이 패후沛侯 유앙劉昻을 낳고, 앙이 장후漳侯 유록劉祿을 낳고, 녹이 기수후沂水侯 유련劉戀을 낳고, 연이 흠양후欽陽侯 유영劉英을 낳고, 영이 안국후安國侯 유건劉建을 낳고, 건이 광릉후廣陵侯 유애劉哀를 낳고, 애가 교수후膠水侯 유헌劉憲을 낳고, 헌이 조읍후祖邑侯 유서劉舒를 낳고, 서가 기양후祁陽侯 유의劉誼를 낳고, 의가 원택후原澤侯 유필劉必을 낳고, 필이 영천후潁川侯 유달劉達을 낳고, 달이 풍령후豊靈侯 유불의劉不疑를 낳고, 불의가 제천후濟川侯 유혜劉惠를 낳고, 혜가 동군 범령東郡范令 유웅劉雄를 낳고, 웅이 유홍劉弘을 낳았는데, 홍은 벼슬을 하지 않았으며 유비가 바로 유홍의 아들입니다.

헌제가 세보를 근거로 항렬을 따져 보니 현덕은 황제의 아저씨뻘이었다. 헌제는 몹시 기뻐하며 현덕을 편전偏殿(임금의 평상시 거처)으로 청해 들여 숙질간의 예를 베풀었다. 헌제는 속으로 가만히 생각했다.

'조조가 권력을 주무르니 국사가 짐의 주장대로 되지 않는다. 이제 이토록 영웅다운 숙부를 얻었으니 짐에게는 도움이 되리라.'

마침내 현덕을 좌장군 의성정후宜城亭侯로 봉하고 잔치를 베풀어 환대했다. 잔치가 끝나자 현덕이 황제께 사은하고 퇴궐했다. 이로부터 사람들은 현덕을 유황숙劉皇叔이라고 불렀다.

조조가 승상부로 돌아오자 순욱을 비롯한 모사들이 들어와서 말했다.

"천자께서 유비를 숙부로 인정하신 일이 명공께는 도움이 안 될 듯하여 염려되옵니다."

조조가 대답했다.

"그가 이미 황숙으로 인정을 받은 마당이니 내가 천자의 조서로 명을 내리면 더욱 복종하지 않을 수 없을 것이오. 더구나 내가 그를 허도에 붙잡아 두고 있으니 명색은 임금 가까이 있다고 하나 실제로는 나의 손아귀에 들어 있는 셈이오. 그러니 내가 무엇을 두려워하겠소? 내가 염려하는 자는 태위 양표楊彪요. 양표는 원술의 친척이니 만약 그가 원소, 원술과 연결하여 안에서 호응한다면 해가 적지 않을 것이오. 즉시 제거하는 것이 마땅하겠소."

조조는 은밀히 사람을 시켜 양표가 원술과 내통하고 있다고 모함하게 해서 마침내 옥에 가두고 만총에게 그의 죄를 다스리게 했다. 이때 허도에 와 있던 북해 태수 공융이 간했다.

"양공은 4대를 내려오며 청렴하기로 이름난 가문 출신인데 어찌 원씨로 인해 죄를 준단 말입니까?"

조조는 발뺌했다.

"이는 조정의 뜻이오."

공융이 핵심을 찔렀다.

"성왕成王이 소공召公(주무왕의 동생이자 성왕의 숙부)을 죽이려 하는데 주공周公(소공의 형)이 모른다고 말할 수 있겠소이까?"

조조는 부득이 양표의 관직을 거두고 시골로 추방하는 것으로 그쳤다. 의랑 조언趙彥이 조조의 횡포에 분개해서 상소문을 올려 조조가 황제의 칙명을 받들지도 않고 함부로 대신을 잡아 가둔 죄를 탄핵했다. 크게 노한 조조가 즉시 조언을 잡아다 죽이니 모든 백관이 무서워 떨었다. 모사 정욱이 조조에게 권했다.

"지금 명공의 위엄스런 명성이 날로 커 가는데 어찌하여 이때를 타서 황제가 되려 하지 않으십니까?"

조조가 대답했다.

"조정에는 아직도 황제의 팔다리 같은 신하股肱之臣가 많으니 경솔하게 움직여서는 아니 될 것이오. 내가 천자를 모시고 사냥을 하면서 여러 사람의 동정을 살펴보리다."

그리하여 조조는 좋은 말, 이름난 매, 뛰어난 개를 고르고, 활과 화살을 구비하여 군사를 성밖에 모은 다음 궁중에 들어가서 천자께 사냥을 나가자고 청했다. 헌제는 심드렁했다.

"사냥은 임금이 행할 정도正道가 아닐 것이오."

조조가 말했다.

"옛 제왕들께선 춘수春蒐, 하묘夏苗, 추선秋獮, 동수冬狩라 하여 계절마다 교외에 나가서 천하에 무위武威를 보이셨습니다. 지금은 천하가 한창 어지러우니 마땅히 사냥으로 무력을 연마하셔야 하옵니다."

헌제는 감히 그 말을 따르지 않을 수가 없었다. 소요마逍遙馬를 타고 화려한 보조궁寶雕弓과 금촉 박은 금비전金鈚箭 등 천자의 행차를 갖추어 성을 나섰다. 현덕 또한 관우, 장비와 함께 활과 화살을 지니고 겉옷 속에 엄심갑掩心甲을 입고 손에 무기를 들고 수십 명의 기병을 거느리며 천자의 행차를 따라 허창을 나섰다. 이날 조조는 노란

발굽에 번개처럼 빨리 달린다는 조황비전마爪黃飛電馬를 타고 10만 명이나 되는 무리를 거느리고 천자와 함께 허전許田에서 사냥을 했다. 군사들이 벌려 서서 사냥터를 둘러쌌는데 그 둘레가 2백여 리나 되었다. 조조는 천자와 말을 나란히 몰고 가며 겨우 말머리 하나쯤의 차이를 두었다. 그 뒤로는 죄다 조조의 심복 장교들이 따르고, 문무백관은 멀찌감치 모시며 따를 뿐 누구도 감히 가까이 오지 못했다. 헌제가 말을 달려 허전에 당도하니 유현덕이 길가에서 인사를 했다.

"짐은 오늘 황숙의 사냥 솜씨를 보고 싶구려."

현덕은 명을 받들어 말에 올랐다. 갑자기 풀숲에서 토끼 한 마리가 쫓겨 나와 달아났다. 현덕은 활을 당겨 단번에 토끼를 맞혔다. 이를 본 헌제는 소리를 지르고 손뼉을 치며 칭찬했다. 산비탈을 돌아가는데 별안간 가시덤불 속에서 큼직한 사슴 한 마리가 뛰쳐나왔다. 헌제는 연거푸 화살 세 대를 쏘았지만 맞히지 못했다. 헌제는 조조를 돌아보며 말했다.

"경이 한번 쏘아 보오."

조조는 즉시 천자의 보조궁과 금비전을 달라고 하여 시위를 가득히 당겨 쏘았다. 화살은 정통으로 사슴의 등에 꽂혔고 사슴은 풀밭에 쓰러졌다. 여러 신하와 장교들은 금비전을 보자 천자가 쏘아 맞힌 것으로만 여기고 좋아 날뛰며 황제를 향해 만세를 불렀다. 이때 조조가 곧바로 말을 달려 나오더니 천자의 앞을 가로막고 서서 그 환호를 받았다. 사람들은 모두 낯빛이 변했다. 현덕의 등 뒤에 있던 운장이 크게 노해 누에 눈썹을 곤두세우고 봉의 눈을 부릅뜨더니 청룡도를 들고 바로 말을 채쳐 나가 조조의 목을 베려고 했다. 이것을 본 현덕은 황망히 손을 저으며 눈짓을 보냈다. 형의 눈짓을 받은 관공은 감히 행동으로 옮기지 못했다. 현덕이 조조를 향해 몸을 굽히며 축하 인사를 했다.

"승상의 귀신같은 활 솜씨는 세상에서 따를 자가 없겠소이다."

조조는 웃으며 대답했다.

"이는 천자의 크나큰 복일 따름이지요."

그러고는 말을 돌려 천자께 치하하는 말을 했지만 끝내 보조궁은 돌려주지 않고 자신이 갖고 말았다. 사냥이 끝나고 허전에서 잔치가 벌어졌다. 잔치가 끝난 뒤 어가는 허도로 돌아오고 사람들은 각기 집으로 돌아가 휴식을 취했다.

운장이 현덕을 보고 물었다.

"조조 역적놈이 임금을 능멸하기에 내 그놈을 죽여 나라의 해악을 제거하려 했는데 형님께선 어째서 제지하셨습니까?"

현덕이 대답했다.

"쥐를 잡으려다 독을 깨뜨리지나 않을까 염려되어 그리했네. 조조는 황제와 말머리 하나 정도 떨어져 있었고 그의 심복들이 주위를 둘러싸고 있었네. 아우님이 일시의 분노를 참지 못하고 경솔하게 움직였다가 만에 하나 일은 성사시키지 못하고 천자께서 다치시기라도 한다면 그 죄는 모두 우리에게 미칠 것이 아니겠는가?"

운장이 못내 아쉽다는 투로 말했다.

"오늘 이 역적을 죽이지 못했으니 훗날 반드시 화가 될 것입니다."

현덕은 신중했다.

"잠시 비밀로 붙여 두게. 함부로 말을 해서는 아니 되네."

한편 황궁으로 돌아온 헌제는 복황후에게 울면서 말했다.

"짐이 즉위한 이래 간웅들이 한꺼번에 일어나 먼저는 동탁의 재앙을 입었고 후에는 이각과 곽사의 난리를 만났소. 이 바람에 보통 사람이라면 당해 보지도 못할 괴로움을 우리 두 사람이 당했구려. 그 뒤 조조를 얻어 사직을 지켜 줄 신하라 믿었더니 나라의 권력을 틀어쥐고 주무르면서 제멋대로 위세를 부릴 줄 누가 알았겠소? 짐은 매양 그를 볼 때마다 등에 가시를 짊어진 듯 마음이 편치 않았는데 오늘 사냥터에서 신하들의 환호를 자기가 나서서 받으니 무례함이 극에 달했소. 조만간 반드시 다른 음모가 있을 것이니 우리 부부는 어디서 죽을지도 모르게 되었소이다!"

복황후가 물었다.

"조정에 가득한 공경들이 모두 한나라의 녹을 먹는 터에, 그래 국난을 구할 자가 한 사람도 없단 말씀이오니까?"

말이 미처 끝나기도 전이었다. 갑자기 웬 사람이 들어오며 아뢰었다.

"폐하와 황후께서는 근심하지 마옵소서. 신이 한 사람을 천거하겠사옵니다. 그 사람이라면 나라의 화를 제거할 수 있을 것이옵니다."

헌제가 보니 복황후의 부친 복완伏完이었다. 헌제는 눈물을 훔치며 물었다.

"황장皇丈(황제의 장인)께서도 조적의 횡포를 알고 계십니까?"

복완이 대답했다.

"허전에서 사슴을 쏜 일을 누가 보지 않았겠나이까? 조정에 가득한 공경들이 모두 조조의 종족이 아니면 그 문하들인데 국척이 아니고서야 누가 충성을 다하여 역적을 토벌하려 하겠나이까? 노신老臣

왕굉희 그림

은 권력이 없어 이 일을 하기 어렵사오나 거기장군 국구國舅 동승이
면 일을 부탁할 만하옵니다."

헌제가 말했다.

"동국구가 여러 차례 국난을 구한 것을 짐은 일찍부터 알고 있소.
궐내로 불러 함께 대사를 의논해 봅시다."

복완이 걱정했다.

"좌우에서 폐하를 모시는 자들은 다 조조 도적놈의 심복들입니
다. 일이 누설되는 날에는 화가 적지 않으오리다."

헌제가 물었다.

"그럼 어떻게 했으면 좋겠소?"

복완이 대답했다.

"신에게 한 계책이 있사옵니다. 폐하께서는 비단 도포 한 벌과 옥
대玉帶 하나를 만들어 은밀히 동승에게 내리소서. 옥대 속에 비밀 조
서를 넣고 집으로 돌아가 읽어 보라고 하시면 동승이 밤낮으로 일을
꾸며 귀신도 모르게 처리할 것이옵니다."

헌제가 그렇게 하겠다고 하자 복완은 하직하고 나왔다.

헌제는 친히 비밀 조서 한 통을 짓고 손가락 끝을 깨물어서 혈서를
썼다. 그러고는 아무도 몰래 복황후의 손을 빌려 옥대의 자줏빛 비단
속에 기워 넣게 했다. 헌제는 그 비단 도포를 입고 옥대를 띠고는 내
사內史를 시켜 동승을 궐내로 불러오게 했다. 동승이 들어와서 예를
마치자 헌제가 입을 열었다.

"짐은 간밤에 황후와 지난날 패하覇河에서 고생하던 이야기를 하
다가 국구께서 세우신 크나큰 공이 생각나서 특별히 위로하고자 드
시라고 했소."

동승은 머리를 조아리며 감사를 표했다. 헌제는 동승을 데리고 전각을 나와 황실의 조상들을 모신 태묘太廟에 이르러 공신각功臣閣 안으로 발길을 돌렸다. 향을 사르고 예를 올린 헌제는 동승을 데리고 그 안에 걸려 있는 화상畵像들을 둘러보았다. 가운데는 한고조의 모습이 그려져 있었다. 헌제가 물었다.

"우리 고조 황제께서는 어디에서 몸을 일으키셨고 어떻게 창업을 하셨지요?"

동승은 깜짝 놀랐다.

"폐하께서 신을 희롱하시나이까? 성스러운 조상들의 일을 어찌 모르시오리까? 고조 황제께서는 사상泗上의 정장亭長으로 계시다가 석자의 검으로 흰 뱀을 죽이고 의로운 군사를 일으키셨습니다. 그 후 천하를 종횡하시며 3년 만에 진秦을 쳐 없애고 5년 만에 초楚를 멸하여 마침내 천하를 수중에 거두시고 만세에 길이 전할 기업을 세우셨나이다."

헌제는 탄식했다.

"선조께서는 그토록 영웅이셨는데 자손은 이처럼 나약하니 어찌 탄식하지 않을 수 있겠소!"

그러고는 다시 고조의 좌우에 자리한 두 보좌 신하의 화상을 손으로 가리키며 물었다.

"이 두 사람은 유후留侯 장량張良과 찬후酇侯 소하蕭何가 아니오?"

동승이 대답했다.

"그러하옵니다. 고조께오서 창업의 터전을 여실 때 실로 이 두 사람에게 크게 힘입었습니다."

헌제가 돌아보니 좌우의 근시들은 저만치 멀리 떨어져 있었다. 헌제는 동승에게 가만히 말했다.

"경 역시 이 두 사람처럼 짐의 옆에 세워야 마땅할 것이오."

동승이 말했다.

"신은 한 치의 공도 없사온데 어찌 그런 일을 감당하오리까?"

헌제가 말했다.

"짐은 경이 서도西都(장안)에서 구해 준 공을 잠시도 잊은 적이 없었소. 그러나 내릴 만한 물건이 없구려."

그러고는 자신이 입고 있던 비단 도포와 옥대를 가리키며 말했다.

"경은 짐의 이 도포를 입고 짐의 옥대를 띠고 항상 짐의 곁에 있는 것처럼 생각해 주구려."

동승은 머리를 조아리며 은혜에 감사했다. 헌제는 비단 도포와 옥대를 끌러 동승에게 하사하면서 낮은 목소리로 당부했다.

"경은 집으로 돌아가 도포와 옥대를 자세히 살펴보고 짐의 뜻을 저버리지 마시오."

말뜻을 짐작한 동승은 비단 도포를 입고 옥대를 띤 다음 황제께 하직하고 공신각을 내려왔다.

어느새 이 일을 조조에게 일러바친 사람이 있었다.

"천자께서 공신각에서 동국구와 말씀을 나누고 계십니다."

조조는 즉시 조정으로 들어가서 살펴보았다. 공신각에서 나와 궁문을 지나가던 동승은 때마침 들어오던 조조와 마주쳤다. 급한 나머지 몸을 피하지 못한 그는 하는 수 없이 옆으로 비켜서서 인사를 올렸다. 조조가 물었다.

"국구께서 어떻게 오셨소이까?"

동승이 대답했다.

"방금 천자께서 부르시더니 비단 도포와 옥대를 내리시더이다."

조조가 다시 물었다.

"무슨 일로 그것을 내리시던가요?"

동승이 대답했다.

"제가 지난날 서도에서 어가를 구해 드린 공이 생각나시어 내리신다 하더이다."

조조가 말했다.

"그 옥대를 끌러서 나에게 좀 보여 주시오."

비단 도포와 옥대 속에 틀림없이 비밀 조서가 들어 있을 것을 아는 동승은 조조에게 들키지나 않을까 두려워 머뭇거리며 옥대를 끄르지 못했다. 조조가 시종들에게 호령했다.

"빨리 풀어 오너라!"

조조는 옥대를 한참 동안 들여다보더니 웃으면서 말했다.

"과연 좋은 옥대구려! 이번에는 도포도 벗어서 보여 주시오."

동승은 두려웠지만 감히 거역할 수가 없었다. 즉시 비단 도포를 벗어서 조조에게 바쳤다. 조조는 친히 비단 도포를 펼쳐 들고 햇빛에다 비추며 자세히 살펴보았다. 조조는 보고 나서 비단 도포를 입고 옥대를 띠고는 좌우를 둘러보며 물었다.

"길이가 어떠하냐?"

좌우에서 모두 잘 어울린다고 칭찬했다. 그러자 조조가 말했다.

"국구께선 이 도포와 옥대를 나에게 주시는 것이 어떻소?"

동승이 대답했다.

"임금께서 하사하신 물건이라 감히 드리지 못하겠습니다. 제가 따로 한 벌 지어서 바치겠습니다."

조조가 물었다.

"국구께서 이 옷과 띠를 받은 데는 혹시 무슨 음모가 있는 게 아니오?"

동승은 깜짝 놀랐다.

"어찌 그럴 리가 있겠습니까? 승상께서 필요하시면 그냥 드리겠습니다."

조조가 말했다.

"공이 임금께 하사받은 것을 내 어찌 빼앗겠소? 잠시 농을 했을 따름이오."

조조는 옷과 띠를 벗어서 동승에게 돌려주었다.

조조와 작별하고 집으로 돌아온 동승은 밤이 될 때까지 홀로 서원書院(독립된 건물에 있는 서재)에서 비단 도포를 꺼내 몇 번이나 자세히 살펴보았다. 그러나 아무리 살펴보아도 아무것도 없었다. 동승은 이 생각 저 생각을 하며 중얼거렸다.

'천자께서 이걸 하사하시면서 자세히 살펴보라고 분부하실 때에는 반드시 무슨 뜻이 없지는 않을 터인데 지금 아무 흔적도 보이지 않으니 대체 어찌된 일인가?'

그러고는 다시 옥대를 들고 살펴보았다. 옥대에는 영롱한 백옥을 갈아 만든 조그마한 용이 꽃 속으로 지나가는 무늬가 있고, 뒤판은 자줏빛 비단으로 대어 놓았다. 단정한 바느질 솜씨만 보일 뿐 역시 눈에 띄는 건 아무것도 없었다. 의심이 든 동승은 옥대를 탁자 위에 놓고 몇 번이나 반복해서 살펴보았다. 시간이 오래 흘러 몹시 지친 동승이 탁자에 엎드려 막 잠이 들려 할 때였다. 별안간 등잔 심지의 불똥이 옥대 위에 떨어져 뒤판에 댄 감을 태우고 말았다. 깜짝 놀란 동승이 부랴부랴 불똥을 털었으나 이미 한 군데가 타서 흰 깁이 조금 드러나는데 거기서 은은히 핏자국이 보였다. 급히 작은칼로 뜯어보니 그것은 바로 천자가 혈서로 쓴 비밀 조서였다. 조서의 내용은 다음과 같았다.

짐이 들으니 인륜으로는 아비와 아들의 사랑이 가장 크고, 존비의 구분으로는 임금과 신하의 관계를 가장 무겁게 여긴다고 했다. 근래 역적 조조가 권력을 주무르면서 임금과 아비의 권위를 업신여기고 무리와 결탁하여 조정의 기강을 깨뜨리니 상을 내리고 벌을 주는 일들이 짐의 주장에서 나오지 못하고 있다. 짐은 밤늦게까지 근심하며 천하가 장차 위태로울 것을 두려워한다. 경은 나라의 대신이요 짐의 가까운 외척이니 마땅히 고제高帝(고조) 창업의 고난을 생각하고 충과 의를 함께 갖춘 열사들을 모아 간사한 무리를 박멸하고 사직을 다시 안정되게 하여 준다면 선조 임금들께 심히 다행이겠노라! 손가락을 깨물고 피를 뿌려 조서를 써서 경에게 부치나니 경은 신중에 신중을 기해서 부디 짐의 뜻을 저버리지 말지어다. 건안 4년 춘삼월 조서를 내리노라.

읽고 난 동승은 눈물을 비 오듯 흘리며 온밤 내내 잠을 이루지 못했다. 새벽에 일어나자 다시 서원으로 가서 조서를 두 번 세 번 되풀이하여 읽었다. 그러나 도무지 대책이 서지 않았다. 조서를 탁자 위에 놓고 조조를 없앨 계책을 깊이 생각하던 그는 끝내 생각을 정하지 못한 채 탁자에 기대어 잠이 들고 말았다. 바로 이때 시랑侍郞 왕자복王子服이 찾아왔다. 왕자복이 동승과 교분이 두터운 줄 아는 문

왕굉희 그림

지기가 감히 막지 못하고 그대로 서원으로 들여보냈던 것이다. 왕자복이 보니 동승은 탁자에 엎드려서 잠이 들었는데 소맷자락에 눌린 흰 깁에 '짐朕'이란 글자가 희미하게 적혀 있는 게 보였다. 의아하게 여긴 왕자복은 살며시 그 깁 조각을 꺼내어 보고는 소매 속에 감춘 다음 동승을 깨웠다.

"국구께선 정말 마음도 편하시지. 어떻게 이처럼 잠을 잘 수 있단 말이오!"

놀란 동승이 잠을 깨어 보니 조서가 보이지 않았다. 혼이 달아난 그는 손발을 어찌 놀려야 할지 몰랐다. 왕자복이 을러댔다.

"네가 조공을 죽이려고 하는구나! 내가 마땅히 고발하리라."

동승은 눈물을 흘리며 빌었다.

"형이 그렇게 하신다면 한나라는 망하고 말 것이오!"

왕자복이 손을 저었다.

"농담이오. 우리가 조상 대대로 한나라의 녹을 먹어 온 터에 어찌 충성심이 없겠소? 원컨대 형에게 한 팔의 힘이 되어 도와 드릴 테니 함께 국적을 죽입시다."

동승은 가슴을 쓸어내렸다.

"형에게 그런 마음이 있으시다니 나라에 큰 다행이구려!"

왕자복이 제의했다.

"밀실에서 함께 충의를 맹세하는 의장義狀(서약서)을 쓰고 각기 삼족三族을 버릴 각오로 나라에 보답하도록 합시다."

크게 기뻐한 동승은 흰 비단 한 폭을 내어다가 자기부터 먼저 이름을 적고 수결을 두었다. 왕자복도 이름을 쓰고 수결을 두었다. 이름을 적고 나서 왕자복이 말했다.

"장군 오자란吳子蘭이 나와 지극히 두터운 사이이니 같이 일을 꾀할 만하오."

동승도 동지를 추천했다.

"조정에 가득한 대신들 중에 장수교위長水校尉 충집种輯과 의랑議郎 오석吳碩만이 내 심복이라 틀림없이 우리와 함께 일을 할 수 있을 것이오."

이렇게 두 사람이 한창 의논들을 하고 있는데 집안의 아이 종이 들어와서 충집과 오석이 왔다고 알렸다.

"이는 하늘이 우리를 돕는 것이오!"

동승은 왕자복을 잠시 병풍 뒤로 피해 있게 하고 두 사람을 서원으로 맞아들였다. 주인과 손님이 차를 마시고 나자 충집이 입을 열었다.

"허전에서 사냥할 때의 일에 대해 그대 역시 한을 품고 계시오?"

동승이 대답했다.

"한을 품고 있지만 어찌해 볼 길이 없구려."

오석이 내뱉었다.

"내 맹세코 이 역적놈을 죽여야겠는데 나를 도와줄 사람이 없는 게 한이오!"

충집도 동조했다.

"나라를 위해 해악을 없앨 수만 있다면 비록 죽는다고 해도 원망하지 않겠소!"

이때 왕자복이 불쑥 병풍 뒤에서 나왔다.

"너희 두 사람이 조승상을 죽이려고 하는구나! 내 마땅히 고발을 할 터인데 동국구께서 바로 증인이시다."

충집이 노기를 띠고 소리쳤다.

"충신은 죽음을 두려워하지 않는다! 우리는 죽어 한나라의 귀신이 될지언정 억지로 너희들처럼 국적에게 빌붙어 살지는 않겠다!"

동승이 웃으면서 말했다.

"우리도 바로 이 일 때문에 두 분을 만나 뵈려던 참이었소. 왕시랑의 말씀은 농담이오이다."

그리고는 즉시 소매 속에서 밀조를 꺼내 두 사람에게 보였다. 두 사람은 조서를 읽고 눈물을 그치지 못했다. 동승이 의장에 이름 올리기를 청하자 왕자복이 말했다.

"두 분께선 여기 잠시 기다리고 계시오. 내 가서 오자란을 청해 오리다."

왕자복은 나가더니 얼마 지나지 않아서 오자란을 데리고 왔다. 오자란 역시 여러 사람들과 인사를 한 다음 의장에 서명을 마쳤다. 동승은 그들을 후당으로 청하여 술자리를 벌였다.

이때 갑자기 서량 태수 마등馬騰이 찾아왔다는 전갈이 들어왔다. 동승이 말했다.

"내가 병이 나서 만날 수 없다고 여쭈어라."

문지기가 나가서 그대로 전하자 마등이 크게 노했다.

"어제 동화문東華門 밖에서 그 분이 비단 도포와 옥대를 띠고 나오는 것을 내 눈으로 직접 보았는데 무슨 까닭으로 아프다고 둘러댄단 말이냐! 내가 볼일 없이 온 게 아닌데 어찌하여 나를 거절하느냐!"

문지기가 다시 안으로 들어와서 마등이 화를 내더라고 고하자 동승이 자리에서 일어났다.

"여러분은 잠시 기다려 주시오. 내 잠깐 나가 봐야겠군요."

즉시 대청으로 나가 그를 맞았다. 인사를 마치고 자리에 앉자 마등이 따지고 들었다.

"이 등이 천자를 뵈러 올라왔다가 이제 돌아가려고 대감께 작별 인사 차 온 것인데 어째서 만나지 않으려고 하셨소이까?"

동승이 응대했다.

"천한 몸에 갑자기 병이 생겨 제대로 영접하지 못했으니 큰 죄를 지었소이다!"

마등이 말했다.

"얼굴빛에 발그레한 춘색春色이 돌 뿐 병색이라곤 보이지 않습니다그려."

동승은 대답할 말이 없었다. 마등은 소매를 떨치고 벌떡 일어나더니 계단을 내려서며 탄식했다.

"모두가 나라를 구할 수 있는 사람은 아니로구나!"

그 말에 무언가 느낌을 받은 동승은 얼른 마등을 가지 못하게 붙들며 물었다.

"공은 어떤 사람을 두고 나라를 구할 사람이 아니라고 하시는 거요?"

마등이 대꾸했다.

"허전에서 사냥하던 일을 생각하면 나 같은 사람도 분해서 가슴이 미어지는 판인데 공은 임금의 가까운 친척이면서 주색에만 빠져 역적을 토벌할 생각을 않고 있으니 어찌 황실을 환란에서 구할 사람이라 하겠소!"

동승은 그가 속임수를 쓰는 게 아닌가 걱정이 되어 짐짓 놀라는 척했다.

"조승상께서는 나라의 대신이요 조정에서 의지하는 분인데, 공은 어찌하여 그런 말씀을 하시오?"

이 말을 들은 마등은 벌컥 성을 내며 소리쳤다.

"그대는 아직도 조조 역적놈을 좋은 사람이라고 보는가?"

동승이 말했다.

"듣는 귀와 보는 눈이 있을까 두렵소이다. 공은 목소리를 좀 낮추시오."

마등은 더 크게 소리쳤다.

"살기만 바라고 죽음을 두려워하는 무리들과는 큰일을 논하지 못하겠구나!"

말을 마친 마등은 다시 자리에서 일어나려고 했다. 동승은 마등의 마음이 충성스럽고 의로움을 알고 제지했다.

"공은 잠시 화를 푸시오. 제가 공에게 보여 드릴 물건이 있소."

마침내 마등을 청해 서원으로 들어가서는 조서를 꺼내 보여 주었다. 조서를 읽고 난 마등은 머리털을 곤두세우고 이를 갈아 부치더니 입술을 꽉 깨물었다. 그러고는 온 입 가득 피를 흘리며 동승에게 말했다.

"공이 거사하는 날 내가 즉각 서량의 군사들을 거느리고 밖에서 후원하리다."

동승은 마등을 후당으로 청해 들여 여러 사람과 만나 보게 한 다음 의장을 꺼내 이름을 적으라고 했다. 마등은 술을 가져오게 하더니 자신의 손가락을 찔러 피를 타서 마시며 맹세했다.

"우리는 죽어도 약속을 저버리지 않기로 맹세합시다!"

그러고는 손을 들어 자리에 앉은 다섯 사람을 가리키며 말했다.

"열 사람을 얻을 수 있으면 큰일을 이룰 수 있을 것이오."

동승이 말했다.

"충의지사란 많이 얻을 수가 없지요. 만약 엉뚱한 사람을 끌어들였다간 오히려 해를 입게 될 것이오."

마등은 문무백관의 명부가 적힌 원행노서부鴛行鷺序簿[*]를 달라고 하더니 일일이 검색해 보았다. 책을 죽 훑어보던 마등은 유씨 종족 부분에 이르자 손뼉을 탁 쳤다.

"어찌하여 이 사람과는 함께 의논하지 아니했소?"

여러 사람이 누구냐고 묻자 마등은 서두르지 않고 천천히 입을 열어 그 사람에 대해 말했다. 이야말로 다음 대구와 같다.

본래 국구가 밝은 조서를 받들었는데 /
다시 종친이 한실 돕는 걸 보게 되네
本因國舅承明詔　又見宗潢佐漢朝

결국 마등은 무슨 말을 할 것인가, 다음 회를 보라.

---

*원행노서부 | 원앙새가 줄을 짓고 해오라기가 순서에 따라 움직인다는 의미. 그 뜻을 빌려 반열에 따라 관원의 이름을 적은 명부, 즉 관원들의 재직 명부.

21

푸른 매실 안주 삼아 영웅론을 펼치다

조조는 술을 데워 놓고 영웅을 논하고
관공은 성을 열게 해서 차주를 베다
曹操煮酒論英雄 關公賺城斬車冑

동승 등이 마등에게 물었다.

"공은 누구를 쓰려는 것이오?"

마등이 대답했다.

"예주 목 유현덕이 이곳에 있는 것을 보았는데 어째서 찾지 않았소?"

동승은 탐탁하게 여기지 않았다.

"그 사람은 비록 황숙이라고는 하지만 지금 조조에게 빌붙어 지내는 마당인데 어찌 이런 일을 하려고 들겠소?"

마등이 말했다.

"전날 사냥터에서 보니 조조가 여러 사람의 하례를 받을 때 현덕 뒤에 있던 운장이 칼을 꼬나 들고 조조를 죽이려 드는 것을

현덕이 눈짓으로 말리더이다. 이는 현덕이 조조를 없애고 싶지 않아서가 아니라 조조의 부하들이 많은 게 한스럽고 힘이 모자라는 것이 두려웠기 때문이오. 공이 시험 삼아 협조를 구해 보시면 반드시 응낙할 것이오이다."

오석이 한마디 했다.

"이런 일은 급히 서두를 것이 아니니 조용히 상의해 봅시다."

여러 사람은 모두들 흩어졌다.

이튿날 캄캄한 밤중에 동승이 조서를 품고 곧장 현덕의 공관으로 찾아갔다. 문지기가 들어가 보고했다. 현덕이 밖으로 나와 영접하더니 작은 누각으로 청해 들어가 자리를 정하고 앉았다. 관우와 장비가 곁에 모시고 섰다. 현덕이 물었다.

"국구께서 깊은 밤중에 이곳까지 오셨으니 필시 무슨 일이 있는가 보지요?"

동승이 대답했다.

"대낮에 말을 타고 방문하면 조조의 의심을 사지나 않을까 두려워 일부러 캄캄한 밤에 뵈러 온 것이외다."

현덕은 술을 내어 오라고 하여 동승을 대접했다. 동승이 물었다.

"전날 사냥터에서 운장이 조조를 죽이려 했을 때 장군께서 눈짓을 보내고 머리를 흔들어 물러서게 하신 것은 무슨 까닭입니까?"

깜짝 놀란 현덕이 되물었다.

"공이 어떻게 그것을 아셨소이까?"

동승이 대답했다.

"남들은 다 못 보았으나 이 사람만큼은 보았지요."

현덕은 더 이상 감출 길이 없음을 알았다.

왕굉희 그림

"제 아우가 조조의 참람한 행동을 보고 저도 모르게 화가 치밀었나 보오이다."

동승은 얼굴을 가리고 울음을 터뜨렸다.

"조정 신하들이 모두 운장 같기만 하다면 어찌 나라가 태평하지 않을까 걱정하리오!"

현덕은 조조가 이 사람을 시켜 속을 떠보는 게 아닐까 염려하여 짐짓 마음에 없는 말을 했다.

"조승상께서 나라를 잘 다스리는데 어찌하여 태평스럽지 못할 걸 걱정하십니까?"

동승이 얼굴빛이 변하며 벌떡 일어섰다.

"공이 한 왕조의 황숙이기로 흉금을 털어놓고 솔직히 말씀드리는 것인데 어찌하여 속임수를 쓰시오?"

현덕이 말했다.

"국구께서 속임수를 쓰지 않나 해서 떠보았을 따름이오."

이에 동승은 옥대 속에 감춰 온 조서를 보여주었다. 그것을 본 현덕은 비분을 억제할 수가 없었다. 동승이 다시 의장을 꺼내서 보이는데 거기에는 겨우 여섯 사람의 이름이 적혀 있었다.

첫째는 거기장군 동승, 둘째는 공부시랑工部侍郞 왕자복, 셋째는 장수교위 충집, 넷째는 의랑 오석, 다섯째는 소신장군昭信將軍 오자란, 여섯째는 서량 태수 마등이었다. 보고 난 현덕이 말했다.

"공께서 이미 조서를 받들어 역적을 토벌하기로 하셨는데 유비가 어찌 견마의 수고를 사양하오리까?"

동승이 절하여 사례하며 이름 쓰기를 청했다. 현덕 역시 '좌장군 유비'라고 적고 수결을 둔 뒤 동승에게 주어 간수하게 했다. 동승이 말했다.

"세 사람을 더 구해서 모두 열 사람의 의사義士가 모이면 국적을 도모할 것이외다."

현덕이 당부했다.

"부디 서서히 시행하셔야지 경솔히 하여 비밀이 누설되면 아니 될 것이오."

동승은 5경이 될 때까지 함께 의논하다가 작별하고 나갔다.

현덕은 조조의 모해謀害를 방지하려고 자신이 거처하는 공관 후원에 손수 채소를 심고 물을 주면서 빛을 거두고 재주를 감추는 도회지계韜晦之計를 썼다. 관우와 장비가 물었다.

"형님은 천하 대사에 마음을 두지 않으시고 소인들이 하는 일이나 배우시니 어찌된 일입니까?"

현덕이 대답했다.

"이는 두 아우가 알 일이 아닐세."

두 사람은 더 이상 묻지 않았다.

하루는 관우와 장비가 없는 사이 현덕 혼자 후원에서 채소에 물을 주고 있는데 허저와 장료가 군사 수십 명을 거느리고 후원으로 들어왔다.

"승상께서 명을 내리셨습니다. 사군께선 어서 가시지요."

현덕이 놀라며 물었다.

"무슨 급한 일이라도 있는 게요?"

허저가 대답했다.

진전승 그림

"모르겠습니다. 그냥 모셔 오라고만 하셨습니다."

현덕은 어쩔 수 없이 두 사람을 따라 승상부로 들어가 조조를 만났다. 조조가 웃으며 말했다.

"집에서 아주 큰일을 꾸미고 계신다지요?"

깜짝 놀란 현덕은 얼굴이 흙빛으로 변했다. 조조는 현덕의 손을 덥석 잡더니 곧바로 후원으로 들어갔다.

"채소 가꾸는 법을 배우는 일도 쉽지는 않지요?"

현덕은 그제야 겨우 마음을 놓으며 대답했다.

"딱히 할 일이 없기에 소일 삼아 하고 있을 뿐입니다."

조조가 말했다.

"마침 가지 위의 매실이 파랗게 달린 것을 보니 문득 지난해에 장수를 치러 가던 일이 생각나더군요. 길에서 물이 떨어져 장졸들이 모두 갈증을 이기지 못하더이다. 그래서 내가 문득 한 가지 꾀를 생각해 내고선 채찍을 들어 허공을 가리키며 '저 앞에 매화숲이 있다'고 했지요. 그 말을 들은 군사들은 모두 새콤한 매실 맛을 떠올리곤 입 안에 군침이 돌아 갈증을 면했다오. 오늘 이 매실을 보니 그때를 생각하지 않을 수 없구려. 마침 술도 따끈하게 데워졌기에 사군과 정자에서 한잔 하려고 청했소."

현덕은 그제야 심신이 안정되었다. 조조를 따라 작은 정자로 가니 이미 술상이 차려져 있었다. 소반 위에는 푸른 매실이 담겨 있고 술 단지에는 따끈하게 데운 술도 있었다. 두 사람은 마주 앉아 가슴을 열어 놓고 유쾌하게 마셨다.

술이 거나하게 취했을 때였다. 갑자기 검은 구름이 하늘을 뒤덮더니 금방이라도 소낙비가 쏟아질 것만 같았다. 심부름하는 하인이 멀리 하늘 밖을 가리키며 용이 물을 빨아올린다고 소리쳤다. 조조는 현덕과 함께 난간에 기대어 그쪽을 바라보았다. 조조가 현덕에게 물었다.

"사군께선 용의 변화를 아시오?"

"잘 모릅니다."

조조는 자신의 견해를 피력했다.

"용은 커졌다 작아졌다 할 수 있으며 하늘을 오르기도 하고 물속에 숨을 수도 있지요. 커지면 구름을 일으키며 안개를 토해 내지만 작아지면 비늘을 감추고 형체조차 나타내지 않지요. 하늘로 오를 때는 우주 사이로 날아다니지만 숨을 때는 파도 속으로 잠복해 버린다 하오. 바야흐로 지금은 봄이 깊어 가니 용이 때를 만나 조화를 부리는 시기라, 마치 사람이 뜻을 얻어 사해를 종횡으로 누비는 것과 같지요. 용이란 물건은 세상의 영웅에 비길 만하지요. 현덕은 오랫동안 사방으로 돌아다녔으니 필시 당대의 영웅을 아실 것이라 보오. 어디 한번 지적해서 말씀을 해보시오."

현덕이 대답했다.

"저같이 비천한 안목으로야 어찌 영웅을 알아보겠습니까?"

조조가 은근히 핀잔을 주었다.

"겸손이 지나치구려."

현덕은 정색을 했다.

"승상께서 은혜를 베풀고 비호해 주시는 덕택으로 조정에서 벼슬하고 있는 처지입니다. 천하의 영웅은 정말 모릅니다."

조조가 다그쳤다.

"얼굴은 모른다 치더라도 이름이야 들으셨을 게 아니오?"

현덕은 회피만이 능사가 아니라고 생각했다.

"회남의 원술이 군사와 양식을 넉넉히 가지고 있으니 가히 영웅이라고 할 수 있겠지요?"

이 말을 들은 조조는 가소롭다는 듯 웃었다.

"무덤 속의 마른 뼈다귀지요. 내 조만간 반드시 사로잡고 말 것이오!"

현덕이 말했다.

"하북의 원소는 4대에 걸쳐 삼공을 역임했고 그 문하에는 조상 때부터 내려오는 부하들이 많습니다. 지금은 기주 지방을 차지하고 호랑이처럼 웅크리고 있는데 그 수하에는 능력 있는 자들이 매우 많으니 가히 영웅이라 할 수 있겠지요?"

조조는 다시 껄껄 웃었다.

"원소로 말하자면 겉으로는 사나우나 담이 약하고 꾀는 좋아하지만 결단성이 없지요. 큰일을 당하면 몸을 아끼고 작은 이익을 보면 목숨을 걸고 달려드니 영웅이 아니외다."

현덕이 말했다.

"팔준八俊으로 불리며 위엄은 구주九州를 짓누르는 사람이 있으니 유경승이야말로 영웅이라 할 수 있겠지요?"

조조는 코웃음을 쳤다.

"유표는 헛된 이름만 났을 뿐 실속이 없는 사람이니 영웅이 아

대굉해 그림

니오."

"그러면 혈기 왕성한 강동의 영수 손백부가 바로 영웅이겠지요?"

"손책은 제 아비의 이름이나 빌렸으니 영웅이 아니지요."

"익주益州의 유계옥季玉(유장의 자)을 영웅이라 할 수 있지 않을까요?"

"유장은 비록 한나라 황실의 종친이기는 하나 집지키는 개에 불과하니 어찌 영웅이라 하겠소?"

"장수나 장로, 한수와 같은 무리들은 어떻습니까?"

조조는 손뼉을 치면서 껄껄 웃었다.

"그따위 녹록한 소인들이야 입에 담을 필요가 없지요!"

"이들 외에는 아는 사람이 없소이다."

조조는 자신이 생각하는 영웅론을 펼쳤다.

"무릇 영웅이란 가슴에는 큰 뜻을 품고 뱃속에는 훌륭한 계책을 가지고 있어야 하지요. 우주를 싸서 감출 기지가 있고 천지를 삼켰다가 토해 낼 뜻이 있는 자라야 하오."

유비가 물었다.

"누가 거기에 해당될 수 있을까요?"

조조는 손을 들어 현덕을 가리키고 난 다음에 자신을 가리켰다.

"지금 천하의 영웅은 오직 사군과 이 조조가 있을 따름이오!"

이 말을 들은 현덕은 소스라치게 놀라 자신도 모르게 손에 들고 있던 젓가락을 땅에 떨어뜨리고 말았다. 때마침 소낙비가 쏟아지려는지 천둥이 요란하게 울렸다. 현덕은 천연스레 머리를 숙이고 땅바닥에 떨어진 젓가락을 집어 들었다.

"한바탕 진동하는 위엄에 그만 이 지경이 되었군요."

조조가 웃으며 물었다.

"장부도 천둥을 두려워하시오?"

현덕이 대답했다.

"성인께서도 빠른 우레와 맹렬한 바람에는 반드시 낯빛을 고치셨다 합니다. 어찌 두려워하지 않겠습니까?"

조조의 말에 놀라 젓가락을 떨어뜨렸으나 이렇게 슬쩍 얼버무리자 조조는 더 이상 현덕을 의심하지 않았다. 후세 사람이 시를 지어 칭찬했다.

애써 몸을 굽혀 잠시 동안 범굴에서 지내는데 /
영웅론을 설파하니 간담이 떨어질 지경이네. //
천둥소리를 빌려서 교묘하게 얼버무리는 말 /
적시에 임기응변하는 재주 정말로 귀신같네.
勉從虎穴暫趨身, 說破英雄驚殺人. 巧借聞雷來掩飾, 隨機應變信如神.

소나기가 그치자 웬 사람 둘이 후원으로 뛰어들었다. 손에 보검을 들고 정자 앞으로 달려오는데 좌우에서 모시는 무리들이 막으려 해도 막을 수가 없었다. 조조가 보니 바로 관우와 장비였다. 원래 두 사람은 성밖으로 나가 활을 쏘다가 돌아왔는데 허저와 장료가 와서 현덕을 데리고 갔다는 말을 듣고 황망히 승상부로 와서 알아본 것이었다. 후원에 있다는 말을 듣고 혹시 무슨 잘못된 일이나 있지 않을까 걱정하여 뛰어 들어왔지만 뜻밖에도 현덕은 조조와 마주 앉아서 술을 마시고 있었다. 두 사람은 허리에 찬 검에 손을 얹고 그 자리에 멈추어 섰다. 조조가 두 사람에게 어찌하여 왔느냐고 물었다. 운장이 대답했다.

"들자 하니 승상께서 저의 형님과 술을 드신다기에 검무라도 추어 주흥을 도울까 하여 특별히 온 것입니다."

조조가 웃으며 말했다.

"이것이 '홍문鴻門의 연회'도 아닌데 어찌 항장項莊과 항백項伯을 쓰겠소?"

이 말을 듣자 현덕도 따라 웃었다. 조조가 분부했다.

"술을 가져다가 저 두 번쾌樊噲의 놀란 가슴을 진정시켜 드리도록 하라."

관우와 장비는 절하며 감사를 표했다.

조금 뒤 술자리가 끝나고 현덕은 조조와 작별하고 돌아왔다. 운장이 말했다.

"우리 둘은 하마터면 놀라서 죽을 뻔했습니다."

현덕이 젓가락을 떨어뜨린 일을 이야기해 주자 관우와 장비가 그 뜻을 물었다.

"내가 채소를 가꾼 것은 조조에게 나는 큰 뜻이 없다는 걸 보이기 위함이었네. 그런데 뜻밖에도 조조가 나를 영웅이라고 하는 바람에 놀라서 젓가락을 떨어뜨리고 말았지. 그리고는 조조가 의심하지나 않을까 두려워서 일부러 천둥소리를 무서워하는 척하며 슬쩍 얼버무린 것이라네."

관우와 장비는 이구동성으로 감탄했다.

"형님께선 참으로 생각이 깊으십니다!"

조조는 이튿날 다시 현덕을 청하여 함께 술을 마셨다. 한창 술을 마시고 있는데 원소의 동정을 탐지하러 갔던 만총滿寵이 돌아왔다고 했다. 조조가 불러들여 상황을 묻자 만총이 대답했다.

"공손찬은 이미 원소에게 격파되었습니다."

현덕이 급히 물었다.

"어디 좀 자세히 말씀해 보시오."

만총이 설명했다.

"공손찬은 원소와 싸우다가 불리해지자 둥그렇게 성을 쌓고 성벽을 둘러쳤는데, 둥그런 성벽 위에다 열 길이나 되는 역경루易京樓라는 누각을 세웠습니다. 그러고는 곡식 30만 섬을 쌓아 놓고 지키면서 군사들은 쉴 새 없이 드나들며 싸웠습니다. 그러다가 간혹 원소에게 포위되는 군사가 있어 그들을 구해 주자고 청하면, 공손찬은 만일 한 사람을 구하면 뒤에 싸우는 자들은 남이 구해 주기만을 바라고 죽기로써 싸우려 하지 않을 것이라고 하며 끝내 구하지 않았다 합니다. 그 때문에 원소의 군사가 들이닥치면 항복하는 자가 많았습니다. 차츰 형세가 외로워진 공손찬은 허도로 구원을 청하는 글을 보냈는데 뜻밖에도 편지를 갖고 가던 사자가 원소의 군사에게 잡혀 버렸습니다. 공손찬은 다시 장연張燕에게 글을 보내 은밀히 약속하고 불을 지르는 것을 신호로 안팎에서 호응하려 했답니다. 그런데 그 사자마저 원소에게 사로잡혔습니다. 그 바람에 원소가 장연의 군사인 것처럼 성밖에 와서 불을 놓아 적을 유인했답니다. 이에 공손찬이 스스로 출전했다가 복병이 사면에서 일어나는 바람에 군사를 태반이나 잃고 성안으로 물러나 지키고 있는데 원소가 땅을 파고 공손찬이 거처하는 누각 아래까지 바로 쳐들어가서 불을 질렀습니다. 달아날 길이 없어진 공손찬은 먼저 처자를 죽이고 나서 자신도 목을 매어 죽고 마침내 온 집안 식구가 다 불에 타 죽었다고 합니다. 지금 원소는 공손찬의 군사까지 수중에 넣어 기세가 아주 대단합니다. 원소의 아우 원술은 회남에 있는데 지나치게 교만하고 사치가 심한데다가 군사와 백성들은 전혀 보살피지 않는지라 여러 사람이 모두 배반한 형편이라고 합니다. 그래서 원술이 원소에게 사람을 보내 황제의 칭호를 넘기겠다고 제의했고, 원소가 옥새에 욕심을 내니 원술이 직접 가져가기로 약속했다고 합니다. 지금 원술은 회남을 버리고 하북으로 돌아가려 하고 있는데 만약 이 두 사람이 힘을 합친다면 급히 정벌하기는 어려울 것입니다. 승상께서는 속히 손을 쓰시기 바랍니다.”

공손찬이 죽었다는 말을 들은 현덕은 지난날 자기를 천거해 준 은혜가 떠올라 슬픈 마음을 이길 수가 없었다. 게다가 조자룡의 소식도 알 길이 없어 마음이 놓이지 않았다. 현덕은 속으로 생각했다.

‘내가 이때 몸을 빼낼 계책을 세우지 않고 다시 어느 때를 기다리랴!’

그러고는 자리에서 일어나 조조에게 말했다.

"원술이 만약 원소에게로 간다면 반드시 서주를 지날 것입니다. 저에게 한 부대의 군사를 주시면 중도에서 막아 치겠습니다. 그러면 원술을 사로잡을 수 있을 것입니다."

조조는 웃으면서 응낙했다.

"내일 황제께 상주하고 즉시 군사를 일으키도록 하시구려."

이튿날 현덕이 황제를 뵙고 상주했다. 조조는 현덕에게 5만 명의 군사를 주어 총 지휘하도록 하고, 주령朱靈과 노소路昭 두 사람을 동행하게 했다. 현덕은 처소로 돌아오자 밤낮을 가리지 않고 병기를 수습하고 말과 안장을 손본 다음 장군인將軍印을 걸고 군사를 재촉해서 길을 떠났다. 동승은 십리장정十里長亭까지 따라 나와 전송했다. 현덕이 말했다.

"국구께서는 참고 계십시오. 제가 이번에 가면 틀림없이 천자의 명에 보답하는 바가 있을 것입니다."

동승이 당부했다.

"공께선 부디 유념하시어 천자의 마음을 저버리지 말도록 하오."

두 사람이 헤어진 뒤 관우와 장비가 말 위에서 물었다.

"형님, 이번 출정은 무슨 까닭으로 이처럼 서두르십니까?"

현덕이 대답했다.

"나는 새장 속에 갇힌 새요 그물 속에 든 물고기였어. 이번 걸음은 물고기가 넓은 바다로 들어가고 새가 푸른 하늘로 올라가는 격이니 다시는 새장과 그물에 얽매이지 않을 것이네."

유비는 관우와 장비에게 주영과 노소를 재촉해서 행군을 다그치

•심리장정 | 도로에 10리마다 장정長亭, 5리마다 단정短亭이라는 정자를 만들어 여행객들이 쉬어 가도록 했다. 성밖의 심리장정은 이별하는 곳으로 이용되었다.

조지전 그림

라고 명했다. 이때 곽가와 정욱은 지방에 내려가 돈과 양식을 조사하고 돌아오는 길이었는데 조조가 이미 현덕을 서주로 진격시킨 사실을 알고 황망히 들어와서 간했다.

"승상께서는 어찌하여 유비에게 군사를 거느리게 하셨습니까?"

조조가 대답했다.

"원술이 원소에게 가는 길을 끊으려는 거요."

정욱이 말했다.

"전에 유비가 예주 목으로 있을 때 저희는 그를 죽이라고 청했지만 승상께서는 듣지 않으셨습니다. 그런데 오늘은 또 군사까지 주어서 보내셨으니 이는 용을 바다에 놓아주고 호랑이를 산으로 돌려보낸 격입니다. 훗날 다스리려 한들 가능하겠습니까?"

곽가도 덧붙였다.

"승상께서 유비를 죽이시지는 않더라도 그를 보내는 것만큼은 옳지 않습니다. 옛사람도 '하루 적을 놓아주면 만대의 걱정거리가 된다'고 했습니다. 승상께서는 살피시기 바랍니다."

그들의 말을 옳게 여긴 조조는 즉시 허저에게 5백 명의 군사를 거느리고 쫓아가서 반드시 현덕을 불러오라고 명했다. 허저는 응낙하고 떠났다.

한편 현덕이 한창 길을 재촉하고 있는데 뒤쪽에서 흙먼지가 자욱하게 일어났다. 그래서 관우와 장비에게 말했다.

"저것은 틀림없이 조조의 군사가 뒤쫓아 오는 것일세."

즉시 영채를 세우고 관우와 장비에게 각기 무기를 들고 양편에 서 있게 했다. 허저가 이르러 보니 무장한 군사들이 엄숙하게 늘어서 있었다. 곧 말에서 내려 영채 안으로 들어가 현덕을 만났다. 현덕이 물었다.

"공은 무슨 일로 여기까지 오셨소?"

허저가 대답했다.

"승상의 명을 받들어 장군을 모시고 돌아가려고 왔습니다. 따로 의논하실 일이 있다고 하셨습니다."

현덕이 말했다.

"장수가 밖에 있으면 임금의 명도 받지 않는 경우가 있다고 했소. 나는 천자를 뵈었을 뿐만 아니라 승상의 말씀까지 들었소. 지금은 달리 의논할 일이 없으니 공은 빨리 돌아가서 나를 위해 승상께 이러한 뜻을 말씀드려 주시오."

허저는 속으로 궁리해 보았다.

'승상께서는 이 사람과 사이가 좋았고 이번에 또 나더러 싸우라고는 하시지 않았다. 되돌아가 이 사람의 말을 전하고 달리 분부를 기다릴 수밖에 없겠구나.'

마침내 현덕과 하직하고 군사를 거느리고 돌아갔다. 돌아가 조조를 만난 허저는 현덕이 한 말을 그대로 전했다. 조조가 주저하며 선뜻 결단을 내리지 못하자 정욱과 곽가가 말했다.

"유비가 회군하지 않으려는 것을 보면 그 마음이 변한 것을 알 수 있습니다."

그러나 조조의 생각은 달랐다.

"내 주령과 노소 두 사람을 딸려 보냈으니 유비가 감히 변심하지 못할 것이라 짐작되오. 하물며 이미 보내 버린 마당이니 무엇을 다시 후회하겠소?"

마침내 다시는 현덕의 뒤를 추격하지 않았다. 후세 사람이 시를 지어 현덕의 일을 감탄했다.

전투 준비 완료하고 총총히 떠나가며 /
의대 속의 천자 말씀 가슴에 되새기네. //
쇠 조롱 깨뜨리고 압제에서 벗어나서 /
별안간 쇠사슬 끊고 교룡이 달아나네.
東兵秣馬去匆匆, 心念天言衣帶中. 撞破鐵籠逃虎豹, 頓開金鎖走蛟龍.

한편 마등은 현덕이 이미 떠난데다 변경에서 오는 보고가 다급하기도 해서 역시 서량주로 돌아가고 말았다.

현덕의 군사가 서주에 이르니 서주 자사 차주車冑가 성에서 나와 영접했다. 공식적인 연회가 끝나자 손건과 미축 등이 모두 와서 현덕에게 문안을 드렸다. 현덕은 집으로 돌아가서 식구들을 만나 보는 한편 사람을 보내 원술의 소식을 알아보게 했다. 정찰병이 돌아와 보고했다.

"원술의 사치가 지나치자 뇌박雷薄과 진란陳蘭은 모두 숭산崇山으로 가 버렸습니다. 원술은 세력이 형편없이 약해졌으므로 원소에게 황제의 칭호를 물려주려고 글을 보냈답니다. 원소가 사람을 보내 원술을 부르자 원술은 인마와 궁중에서 사용하는 어용御用 물품들을 수습하여 먼저 서주로 오고 있다고 합니다."

현덕은 원술이 곧 당도할 것을 알고 관우, 장비, 주령, 노소와 함께 5만 명의 군사를 거느리고 나갔다. 그들은 적의 선봉 기령과 정면으로 마주쳤다. 장비가 군소리 없이 곧바로 기령에게 달려들었다. 싸운 지 10합이 못 되어 장비가 벽력같이 소리를 지르며 기령을 찔러 말에서 떨어뜨렸다. 패한 군사들은 부랴부랴 달아났다. 이번에는 원술이 직접 군사를 이끌고 싸우러 왔다. 현덕은 군사를 세 길로 나누었는데 주령과 노소는 왼편, 관우와 장비는 오른편에 있게 하고, 자신은 친히 군사를 거느리고 가운데 위치했다. 원술과 상면하자 진문 앞 깃발 아래서 원술을 꾸짖었다.

"이 반역 무도한 놈! 내 지금 밝은 조서를 받들고 너를 치러 왔노라! 마땅히 손을 묶고 항복하여 죽음을 면하도록 하라."

원술도 욕설을 퍼부었다.

"돗자리나 치고 신이나 삼던 천한 놈이 어딜 감히 나를 우습게 아느냐!"

그러고는 군사를 휘몰아 덮쳐들었다. 현덕이 잠시 군사를 물리면서 좌우 두 길의 군사들을 앞으로 돌격시켰다. 죽어 나자빠진 원술 군사의 시체가 들판을 덮고 피는 흘러 내를 이루었다. 도망친 군사들은 셀 수 없을 지경이었다. 게다가 숭산의 뇌박과 진란에게 돈과 양식, 말먹이 풀들을 모조리 겁탈 당했다. 수춘으로 돌아가려 했지만 또다시 도적 떼의 습격을 받게 되자 하는 수 없이 강정江亭에 머무르게 되었다. 남은 군사라고는 1천여 명밖에 안 되는데 그나마 모두가 늙고 약한 무리들뿐이었다. 때마침 무더운 여름에다 양식조차 떨어졌다. 남아 있는 보리 30섬을 병졸들에게 나누어주니 따라다니는 식솔들은 먹을 것이 없어 굶어 죽는 자가 많았다. 이러한 처지에서도 원술은 거친 밥을 목구멍으로 삼키지 못했다. 목이나 축이려고 주방 일을 맡은 사람에게 꿀물을 가져오라고 했더니 주방 사람이 퉁명스럽게 대답했다.

"있는 거라곤 핏물뿐인데 꿀물이 어디 있단 말이오?"

침상 위에 앉아 있던 원술은 그만 외마디 소리를 지르고 땅바닥에 쓰러지더니 피를 한 말도 넘게 토하고 죽어 버렸다. 때는 건안 4년 6월이었다. 후세 사람이 지은 시가 있다.

한나라 말엽 영웅들이 사방에서 일어나자 /
주제 모르는 원술이 지나치게 날뛰었다네. //
사세삼공 높은 벼슬 나라 은덕 생각 않고 /
고립된 신세로 제왕의 자리 탐을 내었네.

포악하면서 쓸데없이 전국옥새를 자랑하고 /
교만과 사치로 천운에 따른다며 허풍 쳤네. //
꿀물 생각 목마를 뿐 얻을 길 전혀 없어 /
빈 침대 혼자 누워 피 토하며 죽어 갔네.

漢末刀兵起四方, 無端袁術太猖狂. 不思累世爲公相, 便欲孤身作帝王.
强暴枉誇傳國璽, 驕奢妄說應天祥. 渴思蜜水無由得, 獨臥空床嘔血亡.

원술이 죽자 조카 원윤袁胤이 원술의 영구와 그 처자를 데리고 여강廬江으로 달아났다. 그러나 그의 일행은 서구徐璆의 손에 모조리 죽임을 당하고 말았다. 옥새를 빼앗은 서구는 허도로 올라와서 조조에게 바쳤다. 조조는 크게 기뻐하여 서구를 고릉高陵 태수로 삼았다. 이때 옥새는 조조의 수중으로 들어갔다.

한편 원술이 이미 죽은 것을 안 현덕은 표문을 작성하여 조정에 올리고 따로 조조에게도 편지를 보냈다. 주령과 노소도 허도로 돌려보내고 군사들은 남겨 서주를 지키게 했다. 그리고 몸소 성밖으

대돈방 그림

로 나가 난리를 피해 흩어진 백성들을 불러 모아 다시금 생업에 힘쓰도록 했다.

한편 허도로 돌아간 주령과 노소는 조조를 만나 뵙고 현덕이 군사를 서주에 남겨 두라고 해서 자기들만 왔다고 했다. 화가 치민 조조가 두 사람의 목을 자르려 하자 순욱이 말렸다.

"병권이 유비에게 있었으니 두 사람 또한 어찌할 방도가 없었을 것입니다."

조조는 그들을 용서했다. 순욱이 다시 조조에게 권했다.

"차주에게 편지를 보내 안에서 유비를 손보라고 하는 게 좋겠습니다."

조조는 그 계책에 따라 몰래 사람을 보내 차주를 만나 자신의 뜻을 전하게 했다. 차주가 즉시 진등을 청해 이 일을 의논하자 진등이 계책을 말했다.

"이것은 지극히 쉬운 일입니다. 지금 유비는 성밖으로 나가 백성들을 불러 모으고 있는데 며칠 안으로는 돌아올 것입니다. 장군께선 군사들을 옹성甕城* 가에 매복시키고 영접하러 나온 것처럼 기다리고 계시다가 유비가 탄 말이 돌아오면 단칼에 베어 버리십시오. 저는 성 위에서 활을 쏘아 후군을 막겠습니다. 그러면 큰일을 이룰 수 있을 것입니다."

차주는 그 말을 따르기로 했다.

진등이 집으로 돌아가서 부친 진규를 뵙고 이 일을 상세히 이야기

*옹성 | 성문을 보호하기 위해 성문 밖에 세운 반달 모양의 작은 성.

煮酒論英雄
三國演義 第二十一回
乙卯盛夏
王宏喜作於滬上

왕굉희 그림

했다. 진규는 진등더러 현덕에게 가서 우선 그 일을 알려주라고 했다. 부친의 명을 받은 진등은 나는 듯이 말을 달려 알리러 가다가 마침 관우와 장비를 만나 사정이 이러저러하다고 알려주었다. 원래 관우와 장비는 한 걸음 앞서 돌아오고 현덕은 뒤에 처져 있었던 것이다. 진등의 말을 들은 장비는 대뜸 달려가 싸우려고 하는데 운장이 계책을 내놓았다.

"저들이 옹성 가에다 군사를 매복시켜 놓고 우리를 기다리고 있다 하니 이대로 가다가는 반드시 실패할 것일세. 나에게 차주를 죽일 계책이 하나 있네. 밤을 타고 조조의 군사가 서주에 이른 것처럼 꾸며서 차주를 유인하여 마중 나오게 하세. 그때 그를 습격하여 죽이면 될 것이야."

장비는 그 말을 옳게 여겼다. 그들이 거느린 수하의 군사들에게는 원래 조조의 깃발이 있었고 갑옷도 꼭 같았다. 그날 밤 3경이 되자 성 밑에 다가가서 문을 열라고 소리쳤다. 성 위에서 누구냐고 묻자, 군사들은 조승상께서 보낸 장문원文遠(장료의 자)의 군사들이라고 대답했다. 이 사실을 차주에게 고하자 차주는 급히 진등을 청해 대책을 의논했다.

"만약 나가서 영접하지 않으면 의심을 받을 것이요 그렇다고 나가서 맞이하려니 속임수가 있을까 걱정이구려."

차주는 곧 성 위로 올라가서 회답을 주었다.

"어두운 밤이라 분간하기 어려우니 날이 밝거든 보기로 합시다."

성 아래서 대답이 들렸다.

"유비가 알까 두렵소. 속히 문을 여시오!"

차주가 미적거리며 얼른 결단을 내리지 못하자 성밖에서 문을 열라고 소리치며 야단이었다. 차주는 하는 수 없이 갑옷을 걸치고 말에 올라 1천 군마를 거느리고 성을 나갔다. 그는 말을 달려 조교를 건너서면서 크게 소리쳤다.

"문원은 어디에 있소?"

그때 불빛 속에서 문득 운장이 나타나더니 청룡도를 들고 말을 놓아서 곧바로 차주에게로 달려들며 큰소리로 외쳤다.

"하찮은 놈이 어딜 감히 속임수로 우리 형님을 죽이려 드느냐!"

차주는 깜짝 놀랐다. 몇 합도 싸우지 않아 관우를 당해 내지 못하고 말을 뽑아 돌아왔다. 조교 가에 이르자 성 위에서 진등이 어지러이 화살을 쏘아 댔다. 이 바람에 차주는 성벽을 돌아 달아났다. 운장이 쫓아가 단칼에 차주를 찍어 말에서 떨어뜨리고는 머리를 베어 들고 돌아와서 성 위를 향해 소리쳤다.

"반적 차주는 내가 이미 죽였다. 너희들은 죄가 없으니 항복하면 살려주겠다!"

병졸들이 창 자루를 거꾸로 잡고 항복을 하니 군사와 백성들이 모두 안정되었다.

운장이 차주의 수급을 들고 현덕을 맞으며 차주가 현덕을 해치려던 일과 자신이 이미 참수한 사실을 자세히 설명했다. 현덕은 깜짝 놀랐다.

"조조가 오면 어떻게 한단 말인가?"

운장이 대답했다.

"이 아우가 장비와 함께 그들을 맞아 싸우겠습니다."

현덕은 후회스럽기 그지없었지만 마침내 서주로 들어갔다. 백성들은 길에 엎드려서 그들을 맞이했다. 현덕이 부중에 이르러 장비를 찾았는데 장비는 어느새 차주의 식구들을 몰살해 버린 뒤였다. 현덕이 걱정했다.

"조조의 심복을 죽였으니 어찌 가만히 있겠는가?"

진등이 나섰다.

"저에게 조조를 물리칠 계책이 하나 있습니다."

바로 다음 대구와 같다.

외로운 몸으로 범의 굴을 벗어났으니 /
다시 묘한 계교로 병란을 평정해야지
旣把孤身離虎穴　還將妙計息狼烟

진등은 어떤 계책을 내놓을까, 다음 회를 보라.

22

조조의 두통을 치유한 진림의 격문

원소와 조조는 각기 기병과 보병 삼군을 일으키고
관우와 장비는 함께 왕충과 유대를 사로잡다
袁曹各起馬步三軍　關張共擒王劉二將

진등이 현덕에게 계책을 드렸다.

"조조가 두려워하는 자는 원소입니다. 원소는 기주, 청주, 유주, 병주 등 여러 군을 차지하고 호랑이처럼 웅크리고 있는데 갑옷 입은 병사가 1백만이요, 문관과 무장도 매우 많습니다. 그에게 서신을 보내 구원을 청하는 게 어떻겠습니까?"

현덕이 대답했다.

"원소는 여태껏 나와 왕래가 없을 뿐더러 또 내가 방금 그의 아우를 깨뜨렸는데 나를 도와주려고 하겠소?"

진등이 말했다.

"이곳에 원소의 가문과 3대에 걸쳐 교분을 쌓아 온 사람이 있는데 그 분의 글을 얻어 원소에게 보내기만 하면 원소는 반드시 와서 도와줄 것입니다."

유비가 어떤 사람이냐고 묻자 진등이 대답했다.

"이분은 공께서 평소 극진히 공경하시던 분입니다. 어째서 잊으셨단 말입니까?"

그제야 현덕은 불현듯 생각이 떠올랐다.

"혹시 정강성鄭康成 선생이 아니시오?"

진등이 웃으며 대답했다.

"그렇소이다."

정강성은 이름이 현玄으로, 학문을 좋아하고 재주가 많으며 일찍이 대학자인 마융馬融 문하에서 수업했다. 마융은 강의할 때면 반드시 붉은 휘장을 치고, 그 앞에는 학생들을 모으고, 휘장 뒤에는 소리하는 기생들을 벌여 앉혔으며, 양옆으로는 시녀들을 둘러 세웠다. 그런데 정현은 3년 동안 강의를 들으며 단 한번도 곁눈질을 한 적이 없었으므로 마융은 몹시 기특하게 여겼다. 정현이 학업을 마치고 돌아갈 때가 되자 마융이 감탄하며 말했다.

"내 학문의 오묘한 세계를 깨달은 자는 정현 한 사람뿐이로다!"

정현의 집에서는 시비侍婢들까지도 모두 시에 능통했다. 언젠가 한 시녀가 정현의 뜻을 거슬러서 섬돌 아래 꿇어앉아 벌을 받은 일이 있었다. 이때 다른 시녀가 그녀를 놀렸다.

"호위호니중胡爲乎泥中고?"

그러자 꿇어앉은 시녀가 대답했다.

"박언왕소薄言往愬하다가 봉피지노逢彼之怒라네."

그 집안의 풍류가 이와 같이 우아했다. 환제 때 벼슬이 상서에 이르렀으나 뒤에 십상시의 난이 일어나자 벼슬을 버리고 시골로 돌아와 서주에서 살았다. 현덕은 탁군에 있을 때 정현을 스승으로 모셨고, 서주 목이 된 뒤에도 자주 정현을 찾아가서 가르침을 청하며 극진히 공경했다.

이날 현덕은 이 사람을 생각해 내고 크게 기뻐하며 진등과 함께 정현의 집으로 찾아가서 편지를 써 달라고 청했다. 정현은 기꺼이 응낙하고 편지 한 통을 써서 현덕에게 건네주었다. 현덕은 손건에게 편지를 주어 밤낮으로 원소에게로 달려가 전하게 했다. 정현의 편지를 보고 원소는 속으로 생각했다.

'현덕이 내 아우를 쳐서 멸망시켰으니 본래는 도와줄 일이 아니다. 그러나 정상서의 부탁이 무거우니 가서 구해 주지 않을 수가 없게 되었구나.'

마침내 문무 관원들을 모아 군사를 일으켜 조조를 칠 대책을 의논했다. 모사 전풍田豊이 말했다.

"전쟁이 해마다 일어나 백성들은 피폐하고 곳간에는 저축한 양식이 없는데 다시 대군을 일으키는 것은 옳지 못합니다. 우선 사람을 보내 천자께 공손찬을 토벌한 첩보를 올리십시오. 만약 소식이 통하지 않는다면 다시 표를 올려 조조가 우리의 왕로王路(천자에게 통하는 길)를 막았다고 칭하면서 군사를 여양黎陽에 주둔시키고, 다시 하내河內에 선박을 늘리고 병기를 수리해 갖추며, 정예병을 변방 곳곳으로 나누어 보내 주둔시키십시오. 그러면 3년 안으로 대사는 결정

*호위호니중胡爲乎泥中 ┃ '어찌하여 진흙 속에 들어 있느냐?'는 뜻. 『시경』 「패풍邶風·식미式微」 편의 한 구절.
*박언왕소薄言往愬 봉피지노逢彼之怒 ┃ '잠깐 가서 하소연하다가 그분의 노여움만 샀다네'라는 뜻. 『시경』 「패풍邶風·백주柏舟」 편의 한 구절.

유영부 그림

될 것입니다."

모사 심배審配는 반대했다.

"그렇지 않습니다. 명공의 신과 같은 위엄과 하삭下朔(여기선 공손찬을 뜻함)을 가볍게 평정한 강성함으로 군사를 일으켜 조조 도적을 토벌하는 건 손바닥을 뒤집듯 쉬운 일입니다. 시일을 지연시킬 필요가 무엇이겠습니까?"

모사 저수沮授가 끼어들었다.

"적을 제압하여 이기는 책략이란 강성한 데만 있는 것이 아닙니다. 조조는 이미 법령을 시행하여 군사들은 정예하고 훈련도 잘 되어 있습니다. 그러므로 앉아서 포위를 당하여 패망한 공손찬과는 다릅니다. 지금 첩보부터 올리자는 좋은 계책을 버리고 명분 없는 군사를 일으킨다는 것은 저로서는 명공을 위해 취할 일이 아니라고 봅니다."

모사 곽도郭圖가 또 반대를 했다.

"아닙니다. 조조를 치는 데 군사를 보태는 일이 어찌 명분이 없다고 하겠습니까? 공께서는 적시에 서둘러 대업을 정하십시오. 정상서의 말씀에 따라 유비와 함께 대의를 앞세우고 조조 도적놈을 소멸시켜 위로는 하늘의 뜻에 부합하고 아래로는 백성들의 마음에 화합하신다면 실로 크나큰 다행이 아닐 수 없습니다!"

네 사람의 논쟁이 그치지 않으므로 원소도 주저하며 결정을 내리지 못하고 있었다. 이때 허유許攸와 순심荀諶이 밖에서 들어왔다. 원소가 말했다.

"두 사람은 식견이 많으니 어떤 주장을 할지 잠시 두고 봅시다."

두 사람이 예를 올리고 나자 원소가 물었다.

"정상서께서 편지를 보내왔는데, 나더러 유비를 도와 군사를 일으켜 조조를 치라고 하셨소. 군사를 일으키는 것이 옳겠소, 일으키지 않는 것이 옳겠소?"

두 사람은 이구동성으로 대답했다.

"명공께서 많은 군사로 적은 무리를 공격하고 강한 군사로 약한 적을 치는 것은 한나라의 역적을 토벌하여 황실을 붙들어 세우시는 일이옵니다. 군사를 일으키는 것이 옳습니다."

원소가 말했다.

"두 사람이 보는 바가 바로 내 마음과 합치되는구려."

이리하여 즉시 군사를 일으킬 일을 상의했다. 원소는 우선 손건을 돌려보내 정현에게 회답하고 아울러 유비와도 약속을 맺고 호응할 준비를 하게 했다. 그러고는 심배와 봉기逢紀를 통군統軍(사령관)으로 삼아 군사를 거느리게 하고, 전풍·순심·허유를 모사로 삼고, 안량과 문추를 장군으로 삼아 기병 15만과 보병 15만, 도합 30만의 정예병을 일으켜 여양을 바라고 진군하기로 했다.

군사 배치가 끝나자 곽도가 나서서 말했다.

"명공께서는 대의로 조조를 토벌하시는 것이니 반드시 조조의 죄악을 열거하셔야 합니다. 각 군에 격문을 띄워 조조의 죄상을 선포하고 토벌하는 이유를 설명하셔야 명분이 바르고 말에도 조리가 설 것입니다."

원소는 그 말을 쫓아 즉시 서기 진림陳琳에게 격문의 초안을 잡으라고 명했다.

진림은 자가 공장孔璋으로, 평소 재주 있기로 이름이 나 있었다. 영제 때는 주부로 있었는데 하진에게 지방 세력을 불러들이지 말라고 간했으나 들어주지 않았다. 다시 동탁의 난을 만나 기주로 피해 와 있었는데 원소가 기실記室(문서 담당관)로 등용했던 것이다. 진림은 명을 받고 격문을 짓는데 필을 잡자마자 단숨에 완성했다.

격문의 내용은 다음과 같다.

무릇 밝은 임금은 위기에서 변고를 제압할 일을 도모하고 충성스러운 신하는 환난을 염려하여 권도를 세운다고 한다. 이러므로 비상한 인물이 있어야 비상한 일을 이루고 그런 뒤에야 비상한 공을 세우는 것이니, 비상하다는 것은 진실로 보통 사람이 모방할 바가 아닌 것이다.

옛날 강성했던 진秦나라도 임금이 허약하매 조고趙高가 권력을 잡고 멋대로 왕명을 행사하며 마음대로 위세를 부리고 복을 내렸으니, 당시 사람들은 조고의 협박으로 감히 바른 말을 할 수 없었다. 마침내 진 2세는 조고의 박해로 망이궁望夷宮에서 자살하고 조종의 사당은 불타 없어져, 그 오욕은 지금까지도 영원히 세상의 교훈이 되고 있다. 여呂태후(한고조 유방의 황후) 말년에는 조카 여산呂産과 여록呂祿이 정사를 도맡아 안으로는 남군(미앙궁의 수비대)과 북군(장락궁의 수비대)을 거느리고 밖으로는 양梁나라(여산의 봉국)와 조趙나라(여록의 봉국)를 통솔했다. 그래서 모든 국정을 멋대로 결재하고 궁궐의 대소사를 함부로 처분하여 신하로서 임금을 능가하니 천하의 민심이 모두 얼어붙었다. 이에 강후絳侯 주발周勃과 주허후朱虛侯 유장劉章이 분노하여 군사를 일으켜 역적들을 쳐 죽이고 태종太宗을 옹립했다. 이리하여 왕도王道가 흥성하고 광명이 드러났으니 이는 바로 대신이 권도를 세운 명백한 징표이다.

사공司空 조조로 말하면, 그의 할아비 중상시中常侍 조등曹騰은 권세를 희롱하던 환관인 좌관左悺·서황徐璜과 더불어 온갖 요사스런 짓을 다 하여 도철饕餮(탐욕의 화신. 악인을 비유함)처럼 제멋대로 수탈을 일삼고 도 덕을 파괴하고 백성들을 못살게 굴었다. 또 그 아비 숭嵩은 애걸복걸 하여 조등의 양자로 들어가서 뇌물로 벼슬길에 나섰으며 황금과 벽옥 을 수레 떼기로 권문세가에 실어다 주고 삼공三公의 요직을 훔치는 바 람에 나라를 기울어지게 했다. 조조는 바로 이 환관의 양자로 들어간 자가 남긴 추물로 본래 덕이 없는데다 날래고 교활하여 남을 업신여 기며 환난을 좋아하고 재앙을 즐겼다.

막부幕府(원소를 가리킴)께서 매처럼 날쌘 군사를 거느리고 무용을 떨치 며 흉악한 역당들을 소탕했으나 뒤이어 동탁이 관직을 제 마음대로 하고 나라를 어지럽히는 일을 만났다. 이에 검을 뽑아 들고 북을 치 며 동하東夏에서 명령을 내려 널리 영웅들을 모아 사소한 결점을 따 지지 않고 등용했다. 그리하여 드디어 조조와 함께 전 략을 상의할 때 조조의 군사를 별동 부대로 받아 주 었으니, 이는 그에게 매나 개 같은 재주가 있어 그 발톱과 이빨은 쓸 만 하다고 여겼기 때문이 다. 그러나 조조는 우둔 하고 경박하며 지략이 짧아 가 볍게 나아가고 쉽사리 후퇴하는 바람에 몸에 창상을 입고 전군에 좌 절을 안기며 여러 차례 장수와 군졸 을 잃고 말았다. 막부께서는 그때마다 번번이 다시 군사를 나누어 주며 모자라는 부분을 보충해 주었고 표문을 올려 동군 태수를 대리하고 연주 자사를 겸임하도록 했다. 그래서 호랑이 무늬 장수복을 입혀 주고 별동 부대의 우두머리로 임명하여 병권을 잡도록 도와주었으니, 이는 진秦나라 장수 맹명孟明*처럼 조조가 최후의 승리를 획득했다는 보고를 받기 위해서였다. 그러나 조조는 마침내 막부께서 도와주는 기회를 이용하여 제멋대로 날뛰면서 흉악한 짓을 자행하고 백성의 고혈을 갉아먹으며 현명하고 착한 이들을 잔인하게 해쳤다.

옛 구강九江 태수 변양邊讓은 빼어난 재주로 천하에 알려진 명사였으나 조조에게 정색으로 바른 말을 하고 아첨할 줄 모른다 하여 결국 목이 잘려 효수를 당하고 처자식마저 멸망되는 죄를 받고 말았다. 이로부터 선비들은 원통하고 분해하며 백성들은 원망하고 하늘까지 노하여 한 사람이 팔을 휘두르자 온 고을이 같은 소리를 내기에 이르렀다. 이리하여 조조는 서주에서 도겸에게 참패하고 연주 땅도 여포에게 빼앗겼으며, 동쪽 변방으로 방황했지만 몸 붙일 곳조차 없는 신세가 되었다. 그러나 막부께서는 근본을 강화하고 지엽적인 것을 약화시키는 도리를 생각하고, 또한 여포 같은 반역의 무리가 높은 데로 올라서지 못하도록 하기 위해서 다시 깃발을 들고 갑옷을 걸치고 멍석 말듯이 정벌에 나서니, 징과 북이 울리는 곳마다 여포의 무리는 여지없이 무너져 달아났다. 이리하여 조조를 죽을 환난에서 구해 주고 지방 장관의 지위를 다시 회복시켜 주었으니, 막부께서는 연주의 백성에게 덕을 베푼 게 없었던 반면 조조에게는 실로 크나 큰 도움을 준

*맹명 | 춘추시대 진목공秦穆公의 대장. 정鄭나라를 공격하다가 진晉나라에 패하여 포로가 되었다. 임금은 그를 벌하지 않고 뒷날 복수하기를 기대했는데, 그 뒤 과연 다시 진晉나라와 싸워서 이겼다.

것이었다.

그 뒤 천자께서 환도하실 무렵에는 이각과 곽사 같은 도적 무리들이 어가를 공격했는데 그때 마침 기주에서 북쪽 변경의 경보가 있었으니, 공손찬의 침공이 일어나 그 난국에서 떠날 겨를이 없었다. 그래서 종사중랑從事中郞 서훈徐勳을 파견하여 조조에게 경성 교외의 제단과 종묘를 보수하며 어리신 임금을 보좌하며 모시도록 했다. 그러나 조조는 방자한 마음으로 천자를 협박하여 도읍을 옮기고 궁궐을 장악했으며, 황실을 능멸하고 법도와 기강을 어지럽혔으며, 앉아서 삼대三臺*를 부르고 나라의 정사를 손아귀에 틀어쥐어 벼슬을 내리고 상을 주는 일이 조조의 마음에서 나오고, 벌을 주고 죽이는 일이 조조의 입에 달리게 되었다. 자신이 좋아하는 자는 오종五宗(고조, 증조, 조, 부, 본인의 5대)을 빛내 주고 미워하는 자는 삼족을 멸하며, 모여서 이야기하는 사람들은 드러내 놓고 죽이고, 숨어서 비판하는 자들은 죄를 덮어 씌워 소문 없이 죽여 버렸다. 이리하여 백관들은 입을 봉하고 거리에서 만나면 눈짓이나 할 따름이며, 상서尙書는 조회를 기록이나 할 따름이요, 공경들은 자리나 지키면서 품계나 유지하는 형편이 되었다.

태위 양표는 이사二司*를 역임한 원로로서 나라의 최고 직위를 누린 고귀한 신분이었건만 조조는 눈 한번 흘긴 정도의 하찮은 원한으로 죄를 뒤집어씌워 온갖 악형을 가하고 마음 내키는 대로 사특한 짓을 하

---

*삼대ㅣ상서대, 어사대, 알자대謁者臺를 통틀어서 부르는 명칭. 상서대를 중대中臺, 어사대를 헌대憲臺, 알자대를 외대外臺라 한다.
*이사ㅣ태위太尉, 사도司徒, 사공司空이 삼공三公으로 당시 최고의 관직인데 양표는 태위가 되기 전에 사공과 사도를 지냈으므로 이사二司를 역임했다고 했다.

曹操覽梅沿頭風　庚寅春月金永峴 玉

왕굉희 그림

며 나라의 헌장도 돌아보지 않았다. 또 의랑 조언趙彥은 곧은 말로 충간을 올려 그 주장이 받아들일 만했으므로 천자께서도 그 말을 가납하시고 얼굴빛을 고쳐 예로 대하시며 은총을 내리셨는데, 조조는 이 시대의 밝음을 빼앗고 언로言路를 두절시키려고 제 마음대로 그를 잡아 죽이고 천자께 보고조차 하지 않았다. 또 양효왕(한경제景帝의 아우 유무劉武)은 돌아가신 경제景帝의 친 아우님이니 그 능침은 존엄한 곳으로 그곳의 소나무 잣나무라도 공경해야 하거늘, 조조는 장수와 관리들을 거느리고 가서 직접 무덤을 파헤치고 관을 깨뜨려 시신을 드러내고 금은보화를 약탈했다. 천자께서는 지금까지도 이 일로 눈물을 흘리시고 선비와 백성들까지 가슴 아파하고 있다.

예서 그치지 않고 조조는 무덤을 파는 '발구중랑장發丘中郞將'과 금을 모으는 '모금교위模金校尉'를 설치하여 이르는 곳마다 분묘를 파헤쳐 해골이 드러나지 않은 곳이 없으니, 몸은 삼공의 지위에 있으나 악한 짓을 일삼고 나라를 더럽히며 백성을 해쳐 그 독은 산 사람뿐 아니라 귀신에까지 미치고 말았도다! 게다가 법령을 가혹하고 정밀하게 하고 온갖 잡세雜稅를 징수하니, 그물과 주살이 거리를 가득 채우고 구덩이와 함정이 길을 막아 손을 들면 그물에 걸리고 발을 내디디면 함정에 빠지는 격이라, 연주와 예주에는 빈곤하고 의지할 데 없는 백성들이 생겨나고 황제께서 계시는 수도에는 원망에 찬 한숨 소리가 들리게 되었다. 고금의 기록을 두루 살펴보아도 탐욕스럽고 잔혹하며 무도한 신하로서 조조보다 더한 사람은 없었다.

막부께서는 바야흐로 바깥의 간적을 문책하느라 미처 훈계하거나 다스릴 사이가 없어 너그러이 용서함으로써 잘못을 고치기를 바랐다. 그러나 조조는 승냥이나 이리 같은 야심으로 은밀히 화를 꾸며 마침내 국가의 동량을 꺾어 한나라 황실을 외롭고 약하게 만들고, 충성스럽고 바른 사람들을 제거하여 오로지 효웅梟雄이 되려 하고 있다. 지난번 막부께서 북을 울리며 북쪽으로 진격하여 공손찬을 정벌할 때 강하고 뛰어난 도적이 완강히 버티어 포위를 당하고도 1년 동안이나 저항했다. 조조는 그들이 아직 파멸하지 않은 것을 보고 몰래 서신을 주고받으며 겉으로는 임금의 군사를 돕는 척하면서 속으로는 막부의 군사를 엄습하려 했으나 글을 가지고 가던 사자가 잡혀 그 내용이 드러나고 공손찬 또한 목이 잘린 까닭에 그 기세가 꺾이고 흉계도 실현되지 못했다.

이에 지금 조조는 오창敖倉에 군사를 주둔하고 황하를 사이에 둔 채 진지를 견고히 하고 있으니 이는 마치 버마재비가 도끼 같은 앞발로 거대한 수레가 나갈 길을 막으려는 격이다. 막부께선 이제 한나라 황실의 위엄과 신령함을 받들어 천지의 도적을 모두 제압하려 하니 긴 극戟을 든 군사가 1백만이요 용맹한 장수가 1천이다. 중황백中黃伯·하육夏育·오획烏獲 같은 용사들을 떨쳐 일어나게 하고, 좋은 활과 강한 쇠뇌의 재주를 마음껏 발휘하게 하며, 병주의 고간高幹은 태항산太行山을 넘어와서 호응하고 청주의 원담袁譚은 제수濟水와 탑하漯河를 건너와서 도우며, 막부의 대군은 황하를 덮어 저들의 앞을 막고 형주의 유표는 완현宛縣과 엽현葉縣으로 진군하여 저들의 뒤를 쳐서, 저 오랑캐의 뜨락으로 천둥처럼 몰아치고 호랑이처럼 들이닥쳐서 활활 타오르는 불길로 마른 쑥을 태우듯 나라의 우환을 제거하고, 넓은 바닷물을 뒤엎어 숯불에 끼얹듯 의로써 불의한 자를 토벌할 것이니, 그 누가 멸망하지 않겠는가?

또한 조조의 군사 중에서 싸울 만한 자들은 모두 유주와 기주에서 나왔거나 막부의 옛 부하들인데, 그들은 모두 오랫동안 가족과 헤어져 있음을 원망하여 고향 생각에 눈물 흘리며 북쪽을 돌아보고 있다. 그 나머지 연주·예주의 백성들과 여포와 장양 수하의 남은 무리들도 패망한 뒤 협박에 못 이겨 억지로 따르는 자들이니 모두가 마음에 상처를 입고 조조를 원수처럼 여기는 사람들이다. 그들에게 깃발과 무기를 돌려 잡고 조조의 군대를 막게 하며 높은 언덕에 올라 북치고 나팔 불고 백기를 흔들며 항복할 길을 열어 준다면 조조의 군사들은 틀림없이 흙이 무너지듯 와해될 것이니 칼끝에 피를 묻힐 필요도 없으리라.

바야흐로 지금 한나라 황실은 쇠약해져 기강이 풀어지고 끊어지려 하는데, 천자께는 보필할 신하가 아무도 없고 팔다리가 되어 줄 사람들에게는 적을 쳐서 꺾을 세력이 없다. 수도에 있는 유능한 신하들은 모두가 머리를 숙이고 날개를 접어 의지할 곳조차 없으니, 비록 충성스럽고 의로운 신하가 있다 할지라도 포악한 신하에게 핍박을 받을 터이니 어찌 그 절개를 펼 수 있겠는가?

또한 조조는 수하의 정예병 7백 명으로 궁궐을 에워싸고 지키게 하니, 겉으로는 모시고 보호한다는 핑계를 대지만 실제로는 천자를 볼모로 잡고 있는 것이다. 찬역의 재난이 이로 인해 일어나지 않을까 두렵다. 지금이야말로 충신들이 간과 뇌수를 땅에 쏟으며 충성을 다할 때요 열사들이 공을 세울 기회이거늘 어찌 노력하지 않는단 말인가!

조조는 또 교묘히 천자의 칙지를 사칭하여 각지에 사자를 보내 군사를 보내라고 하고 있다. 멀리 변방에 있는 주와 군에서 잘못 알고 군사를 주거나 대중의 뜻을 어기며 반역자에 동조하여 더러운 이름을 드날리며 천하의 웃음거리가 되지 않을까 걱정이니 사리에 밝고 똑똑한 이들이 취할 바가 아니리라.

오늘 즉시 유주·병주·청주·기주 네 고을에서 동시에 진격할 것이다. 격문이 형주에 이르면 형주(유표)는 바로 군사를 이끌고 건충장군建忠將軍(장수張繡)과 힘을 합쳐 위세를 떨칠 것이다. 주와 군에서도 각기 의병을 정돈하여 경계선에 늘여 세우고 무력과 위엄을 드날리며 다함께 사직을 바로잡는다면 비상한 공로가 여기에서 드러날 것이다.

조조의 수급을 얻는 자에게는 5천 호의 제후에 봉하고 5천만 전의 상금을 내릴 것이며, 조조 수하의 부곡部曲·편장·비장·장교·관리들로서 항복하는 자는 일절 죄를 묻지 않을 것이다. 은혜로운 소식을 널리 전하고 격문에 적힌 상금을 천하에 포고하노니, 천자께서 구박받는 환난에 처해 있음을 누구나 다 알게 할지어다. 명령을 어기지 말라!

격문을 읽어 본 원소는 크게 기뻐하여 즉시 사자를 시켜 이 격문을 각 주군州郡에 두루 돌리게 하는 한편 각처의 관문과 나루터, 요충지에도 내다 걸게 했다.

격문은 허도에까지 전해졌는데, 이때 마침 조조는 두풍頭風으로 머리가 아파서 병상에 누워 있었다. 모시는 자들이 가져온 격문을 보고 조조는 그만 머리카락이 곤두서고 소름이 끼치며 온몸에 식은 땀이 좍 흘렀다. 두풍은 어느덧 씻은 듯이 사라졌다. 침상에서 벌떡 일어난 조조는 조홍을 돌아보며 물었다.

"이 격문을 누가 지었다고 하더냐?"

조홍이 대답했다.

"진림의 글이라고 들었습니다."

조조는 웃으며 말했다.

"격문에 언급한 일들은 반드시 무략武略으로 받쳐 주어야 이룰 수 있는 것들이다. 진림의 글은 비록 훌륭하다만 원소의 무략이 부족하니 어쩌리오!"

즉시 여러 모사들을 모아 적을 맞아 싸울 대책을 의논했다.

공융이 이 소문을 듣고 조조를 찾아와서 말했다.

"원소의 세력이 워낙 크니 싸우면 안 되겠습니다. 화친하셔야 합니다."

순욱이 반박했다.

"원소는 하잘것없는 사람인데 무엇 때문에 반드시 화친해야 한단 말이오?"

공융이 설명했다.

"원소는 차지한 땅이 넓은데다 백성들도 강하오. 그 부하들 중 허유·곽도·심배·봉기 같은 사람은 다 지모가 있는 인재들이요, 전풍과 저수는 모두 충신이지요. 안량과 문추는 용맹이 삼군에서 으뜸이고, 나머지 고람高覽·장합張郃·순우경淳于瓊 등도 모두 당대의 명장인데 어찌하여 원소를 하잘것없는 인물이라 하시오?"

순욱이 웃으면서 말했다.

"원소의 군사가 많다고는 하지만 정돈되어 있지 않소이다. 전풍은 성격이 너무 강해서 윗사람을 불편하게 만들고, 허유는 탐욕이 많은 반면 지혜가 없으며, 심배는 고집만 셀뿐 꾀가 없고, 봉기는 경솔하여 쓸모가 없지요. 이 몇 사람은 세력을 갖추어 서로를 용납하지 못하는 터라 반드시 안에서 변이 생길 것이오. 안량과 문추는 한갓 필부匹夫의 용맹이나 지녔으니 한번 싸움으로 사로잡을 수 있을 것이오. 그 밖의 녹록한 무리들이야 1백만이 있다 한들 족히 말할 거리가 되겠소이까 ? ”

공융은 더 이상 입을 열지 못했다. 조조가 너털웃음을 터뜨렸다.

“모두가 순문약의 짐작에서 벗어나지 못할 것이오.”

그러고는 마침내 전군 유대劉岱와 후군 왕충王忠을 불러 군사 5만을 이끌고 승상의 깃발을 세우고 서주로 가서 유비를 치라고 했다. 유대는 지난날 연주 자사였는데 조조가 연주를 빼앗자 항복했고 조조가 그를 편장으로 삼았다. 이런 까닭으로 이번에 왕충과 함께 군사를 거느리게 된 것이다.

조조 자신은 직접 20만 대군을 이끌고 여양으로 진군하여 원소를 막기로 했다. 정욱이 걱정했다.

“유대와 왕충이 맡은 소임을 감당하지 못하지나 않을까 걱정입니다.”

조조가 말했다.

“나 역시 그들이 유비의 적수가 아닌 줄은 알고 있소. 잠시 허장성세虛張聲勢를 하는 것이오.”

그러고는 두 장수에게 분부했다.

“경솔하게 진격하지 말라. 내가 원소를 격파한 뒤에 다시 군사를 거느리고 가서 유비를 칠 것이다.”

유대와 왕충은 군사를 거느리고 떠났다.

조조는 친히 대군을 거느리고 여양에 당도했다. 양편 군사는

80리쯤 떨어져서 대진했는데 각기 참호를 깊이 파고 보루를 높이 쌓은 채 8월부터 10월까지 대치하며 싸우지 않았다. 허유는 본래 심배가 통군이 되어 군사를 지휘하는 게 불만이었고, 저수 또한 원소가 자신의 계책을 써 주지 않는 데 원망을 품고 있었으므로 서로 불화해서 진격할 계획을 세우지 않았다. 게다가 원소 역시 의심을 품고 진군할 생각을 하지 않았다. 조조는 여포 수하에 있다가 항복해 온 장패를 불러 청주와 서주 방면을 지키게 하고, 우금과 이전은 황하 가에 주둔토록 했으며, 조인은 대군을 총 지휘하면서 관도官渡에 주둔하게 했다. 그런 다음 조조 자신은 뜻밖에도 일부 군사를 거느리고 허도로 돌아가 버렸다.

한편 유대와 왕충은 군사 5만을 이끌고 서주에서 1백 리 떨어진 곳에 영채를 세웠다. 그들은 중군에다 '조승상'이라고 쓴 기치만 세워 놓고 감히 진격하지 못한 채 오직 하북의 소식만을 알아보고 있었다. 이때 현덕도 조조의 허실을 알지 못해 감히 함부로 움직이지 못하고 하북의 소식을 탐지하고 있던 중이었다. 그러던 어느 날 갑자기 조조가 사람을 보내 유대와 왕충더러 나가 싸우라고 재촉했다. 두 사람은 영채 안에서 대책을 의논했다.

"승상께서 성을 치라고 재촉하시니 자네가 먼저 가게."

유대의 말에 왕충이 맞섰다.

"승상께서 자네를 먼저 보내지 않았는가?"

유대가 말했다.

"내가 주장인데 어떻게 먼저 간단 말인가?"

왕충이 말했다.

"그럼 우리 두 사람이 함께 군사를 거느리고 가세."

유대가 방법을 제시했다.

"우리가 제비뽑기를 해서 걸린 사람이 가기로 하세."

제비를 뽑은 결과 왕충이 '선先' 자를 뽑는 바람에 하는 수 없이 절반의 군사를 나누어 서주를 공격하러 갔다.

조조의 군사가 이르렀다는 말을 들은 현덕은 곧 진등을 청해 대책을 의논했다.

"원본초가 여양에 군사를 주둔하고 있지만 모사들이 불화해서 아직 진군하지 못하고 있다는데 조조는 어디에 있는지를 모르겠소. 듣자니 여양 군중에는 조조의 깃발이 없다고 하는데 어떻게 하여 이곳에 그의 깃발이 나타난 것이오?"

진등이 대답했다.

"조조는 온갖 속임수를 자유자재로 쓰는 자입니다. 필시 하북을 중시하여 직접 감독하면서 일부러 그곳에는 깃발을 세우지 않고 이곳에 깃발을 세워 허세를 부리는 것입니다. 제 생각에 조조는 이곳에 없는 게 분명합니다."

현덕이 관우와 장비에게 물었다.

"두 아우 중에 누가 나가서 허실을 알아보겠는가?"

장비가 나섰다.

"이 아우가 가겠소."

"자네는 성미가 너무 급하고 난폭해서 아니 되네."

장비가 큰소리쳤다.

"설령 조조가 있을지라도 잡아오겠소!"

운장이 말했다.

"제가 가서 동정을 살펴보겠습니다."

현덕이 말했다.

"운장이 간다면 내가 마음을 놓겠네."

이리하여 운장은 3천 명의 인마를 이끌고 서주성을 나섰다.

때는 마침 초겨울이었다. 음산한 구름이 하늘을 덮고 눈발이 어지럽게 흩날려 군사들은 모두 눈을 무릅쓰고 진을 벌여야 했다. 운장이 청룡도를 들고 질풍같이 말을 달려 나가더니 왕충에게 이야기를 나누어 보자고 소리쳤다. 왕충이 나와서 말했다.

"승상께서 이곳에 오셨거늘 어찌하여 항복하지 않느냐?"

운장이 응대했다.

"그렇다면 승상을 진 앞으로 모셔라. 내가 할 말이 있다."

왕충이 대꾸했다.

"승상께서 어찌 가벼이 너 따위를 만나려 하시겠느냐?"

크게 노한 운장은 질풍같이 말을 몰아 앞으로 달려 나갔다. 왕충도 창을 꼬나들고 마주 나왔다. 양편 말이 어울리자마자 운장이 말머리를 돌려 달아났다. 왕충은 뒤를 추격했다. 산비탈을 돌아섰을 때였다. 별안간 운장이 말을 돌려세우더니 벽력같은 고함과 함께 청룡도를 휘두르며 곧바로 덤벼들었다. 왕충이 당해 내지 못하고 막 말을 달려 도망치려 할 때였다. 운장이 왼손으로 보도를 거꾸로 드는 것과 동시에 바른손으로 왕충의 갑옷 끈을 덥석 움켜잡았다. 그러고는 번개같이 안장에서 끌어내려 자신의 말 위에 가로 걸쳐 싣고는 본진으로 돌아왔다. 왕충의 군사들은 사방으로 흩어져 달아났다. 운장은 왕충을 압송하여 서주로 돌아가 현덕에게 보였다. 현덕이 왕충에게 물었다.

"너는 대체 어떤 자이며 지금 무슨 직책에 있기에 감히 '조승상'의 이름을 사칭했느냐?"

왕충이 대답했다.

"어찌 감히 사칭할 수가 있겠습니까? 허장성세하라는 명령을 받들어 상대를 속이는 의병疑兵 노릇을 했을 따름입니다. 승상께서는 사실 이곳에 계시지 않습니다."

현덕은 그에게 옷과 술과 음식을 주고 잠시 가두어 두게 했다. 유대를 마저 잡은 다음에 다시 의논하기로 한 것이다. 운장이 말했다.

"저는 형님께 화해하실 뜻이 있는 걸 알았기에 사로잡아 온 것입니다."

현덕이 말했다.

"익덕은 성미가 조급하고 거칠어 왕충을 죽이지나 않을까 염려했기 때문에 보내지 않았던 걸세. 이런 무리들이야 죽인들 유익할 게 없으니 살려 두어 화해할 여지를 만드는 게 옳을 것이야."

이 말을 듣고 장비가 나섰다.

"둘째 형님이 왕충을 잡아왔으니 내가 가서 유대를 사로잡아 오겠소!"

현덕이 말했다.

"유대는 지난날 연주 자사를 지낸 사람일세. 호뢰관에서 동탁을 칠 때에는 그도 한 진鎮을 대표하는 제후였네. 오늘 선두 부대가 되어 온 터이니 가벼이 대적해서는 아니 되네."

장비가 큰소리쳤다.

"그까짓 놈을 어찌 족히 입에 담는단 말이오! 나도 둘째형처럼 그놈을 사로잡아 오면 그만 아니오?"

현덕은 걱정스러웠다.

"다만 그를 죽이거나 해서 큰일을 그르치지나 않을까 걱정되어 그럴 뿐일세."

장비가 장담했다.

"만일 죽이면 내 목숨을 대신 내놓겠소!"

현덕은 마침내 3천 명의 군사를 주었다. 장비는 군사를 이끌고 진 군했다.

한편 왕충이 사로잡힌 것을 안 유대는 영채를 굳게 지키고 나오지 않았다. 장비가 날마다 영채 앞으로 가서 욕설을 퍼부었지만 적장이 장비인 줄을 안 유대는 더욱 감히 나오지 못했다. 며칠이 지나도 유 대가 나오지 않자 장비는 한 가지 계책을 생각해 냈다. 군중에 영을 내려 이날 밤 2경에 적의 영채를 습격한다고 전한 다음 대낮에 군막 에서 술을 마시고는 취한 척했다. 그러고는 죄를 지은 병졸을 찾아다 한바탕 매를 친 다음 영채 안에다 묶어 두고 말했다.

"오늘 밤 출병할 때 죽여서 깃발에 제사를 지내리라!"

그러고는 슬그머니 측근을 시켜 그를 놓아 보내게 했다. 그 군사 는 풀려나자마자 영채를 빠져나와 곧장 유대의 영채로 달려가서 장 비가 야습할 것이라고 알렸다. 항복해 온 군사가 몸에 중상을 입고 있는 것을 본 유대는 그의 말을 곧이들었다. 그래서 영채를 텅 비워 두고 밖에다 군사들을 매복시켰다.

이날 밤 장비는 군사를 세 길로 나누었다. 중간의 30여 명은 적의 영채를 습격하여 불을 지르게 하고, 나머지 두 길의 군사는 적의 영 채 뒤로 가 있다가 불길이 일어나는 것을 신호로 일시에 공격토록 했 다. 3경쯤 되자 장비는 직접 정예병을 거느리고 나가서 먼저 유대의 물러날 길부터 끊었다. 가운데 배치된 30여 명이 영채 안으로 돌입하여 불을 질렀다. 유대의 복병이 막 덮쳐들려 할 때였다. 두 길로 나뉜 장비의 군사들이 일제히 쏟아져 나왔다. 스스로 혼란에 빠진 유대의 군사는 장비의 군사가 얼마나 많은지 몰라 뿔뿔이 흩어져서 달아났다. 유대는 패잔병 한 부대를 이끌고 길을 앗아 달아나다가 정면으로 장비와 마주쳤다. 워낙 좁은 길에서 만나는 바람에 피할 길도 없었다. 두 말이 어울린 지 한 합 만에 어느새 유대는 장비에게 사로잡히고 말았다. 나머지 군사들은 모두 항복했다.

장비는 우선 사람을 서주로 보내 첩보를 올리게 했다. 첩보를 받은 현덕이 운장을 보고 말했다.

"익덕은 여태까지 거칠고 덜렁대기만 했는데 이제는 그 역시 머리를 쓸 줄 아니 나의 근심이 사라졌네."

그러고는 친히 성에서 나가 맞이했다. 장비가 득의양양하게 말했다.

"형님이 나더러 조급하고 난폭하다고 하시더니 오늘은 어떻소?"

현덕이 응수했다.

"내가 그런 말로 자극하지 않았다면 자네가 꾀를 썼겠는가?"

장비는 너털웃음을 터뜨렸다.

현덕은 꽁꽁 묶인 채 끌려오는 유대를 보고 황망히 말에서 내려 결박을 풀어 주며 말했다.

"막내아우 장비가 그릇되게 장군을 모독했소이다. 부디 죄를 용서해 주시기 바라오."

현덕은 즉시 유대를 서주로 영접해 들인 다음 왕충도 석방하여 함께 대접했다. 현덕이 말했다.

"지난번에는 차주가 저를 해치려고 하기에 하는 수 없이 죽였습니다. 승상께서 이 유비가 배반하지나 않을까 오해하고 두 분 장군을 보내어 죄를 물으시려는 것 같소이다. 이 유비는 승상의 큰 은혜를 입고 보답할 생각뿐인데 감히 배반할 리가 있겠습니까? 두 분 장군께서 허도로 돌아가시면 이 유비를 위해 좋은 말로 잘 말씀드려 주시구려. 그러면 저에게는 큰 다행이 되겠소이다."

유대와 왕충이 대답했다.

"사군께서 죽이지 않으신 큰 은혜를 입었으니 마땅히 승상께 그렇게 말씀을 올리겠습니다. 우리 두 집 가족들의 목숨을 걸고서라도 사군의 보증을 서겠습니다."

현덕은 감사했다. 이튿날 두 사람에게 본래 거느리고 온 군마를 모두 돌려주고 성밖까지 나가 전송했다. 유대와 왕충이 10여 리도 가지 못했을 때였다. 갑자기 요란한 북소리가 한바탕 울리더니 장비가 길을 가로막으며 큰소리로 호통 쳤다.

"우리 형님은 너무도 사리를 분간할 줄 몰라! 적장을 사로잡았는데 어째서 도로 놓아준단 말인가?"

기겁을 한 유대와 왕충은 말 위에서 벌벌 떨기만 했다. 장비가 눈을 부릅뜨고 창을 꼬나들고 막 덮쳐들려는 순간이었다. 등 뒤에서 웬 사람이 나는 듯 말을 달려오며 큰소리로 외쳤다.

"무례히 굴지 말라!"

보니 바로 운장이었다. 유대와 왕충은 그제야 겨우 마음을 놓았다. 운장이 장비를 나무랐다.

"형님께서 놓아주셨거늘 아우는 어째서 형님의 명령을 준수하지 않는가?"

장비가 대꾸했다.

"이번에 놓아주면 다음에 다시 올 게 아니오?"

"다시 온다면 그때 죽여도 늦지 않을 것이야."

유대와 왕충이 연거푸 겸양의 말을 했다.

"승상께서 우리 삼족을 멸하시더라도 오지 않겠소이다. 장군께서 너그러이 용서해 주십시오."

장비가 으름장을 놓았다.

"설사 조조가 직접 온다 할지라도 갑옷 한 조각 돌아가지 못할 것이다! 이번만큼은 잠시 너희들의 머리를 붙여 두겠다!"

유대와 왕충은 머리를 싸쥐고 쥐새끼 도망치듯 달아났다.

운장과 익덕이 돌아가 현덕을 뵙고 말했다.

"조조는 반드시 다시 올 것입니다."

손건도 현덕에게 권했다.

"서주는 공격받기 쉬운 곳이라 오래 머물 수 없습니다. 차라리 군사를 나누어 소패에 주둔하고 하비성도 지키면서 기각지세를 이루어 조조를 방비하는 것이 낫겠습니다."

현덕은 그 말을 좇아서 운장에게 하비성을 지키게 하고 감甘·미麋 두 부인 역시 하비에 옮겨 살게 했다. 감부인은 본래 소패 사람이었고 미부인은 미축의 누이동생이다. 손건, 간옹. 미축, 미방은 서주를 지키고 현덕은 장비와 함께 소패에 주둔했다.

한편 유대와 왕충이 돌아가서 조조를 알현하고 유비가 배반하지 않았다는 사실을 상세히 설명했다. 조조는 화가 나서 욕을 퍼부었다.

"나라를 욕되게 한 너희 같은 놈들을 살려 두어서 무엇에 쓰겠느냐!"

좌우의 부하들에게 두 사람을 끌어내다 목을 치라고 호령했다. 바로 다음 대구와 같다.

개돼지 따위가 어찌 호랑이와 싸웠으며 /
물고기와 새우는 공연히 용과 다투었네
犬豕何堪共虎鬪　魚蝦空自與龍爭

두 사람의 목숨은 어찌될 것인가, 다음 회를 보라.

23

재사 예형과 의원 길평

예정평은 벌거벗은 채 역적을 욕하고
길태의는 독약을 넣다가 형을 당하다
禰正平裸衣罵賊　吉太醫下毒遭刑

조조가 유대와 왕충의 목을 베려 하자 공융이 말렸다.

"두 사람은 원래 유비의 적수가 아닙니다. 목을 친다면 장병들의
마음만 잃을까 두렵습니다."

조조는 이에 유대와 왕충의 목숨을 살려주는 대신 벼슬과 녹봉을
떼고 내쫓아 버렸다. 그러고는 친히 군사를 일으켜 유비를 치려 했
다. 공융이 다시 말렸다.

"지금은 엄동설한이니 아직 군사를 움직일
때가 아닙니다. 봄이 오기를 기다려 움직여도
늦지 않습니다. 우선 사람을 보내 장
수와 유표를 잘 구슬려 복종시킨 다
음에 서주를 도모하시지요."

그 말을 옳게 여긴 조조는
먼저 유엽을 보내 장수를 설득하
게 했다. 유엽은 양성穰城에 당도

하여 먼저 가후를 만나 조조의 덕성이 훌륭하다고 늘어놓았다. 가후는 유엽을 자신의 집에 머무르게 하고, 이튿날 장수를 찾아가 조조가 유엽을 보내 귀순을 권한다는 이야기를 했다. 한참 의논하고 있는데 갑자기 원소의 사자가 왔다는 보고가 들어왔다. 장수가 들여보내라고 명하자 사자가 들어와 편지를 올렸다. 장수가 읽어보니 역시 자신에게 귀순을 권하는 내용이었다. 가후가 사자에게 물었다.

"요즈음 조조를 깨뜨리려고 군사를 일으켰다더니 승부가 어찌되었소?"

사자가 대답했다.

"한참 추운 계절이라 잠시 군사를 거두었습니다. 장군과 형주의 유표는 모두 국가의 뛰어난 인재들이므로 와서 청하는 것입니다."

가후가 너털웃음을 터뜨렸다.

"그대는 돌아가서 본초에게 말하라. 자기 형제도 용납하지 못하면서 어찌 천하의 걸출한 인재들을 받아들일 수 있단 말인가!"

가후는 면전에서 편지를 갈기갈기 찢고 사자를 꾸짖어 쫓아 버렸다. 장수가 걱정이 되어 물었다.

"지금 강한 쪽은 원소이고 약한 쪽은 조조인데 이제 글을 찢고 사자를 꾸짖었으니 원소가 처들어오기라도 하면 어떻게 한단 말이오?"

가후가 대답했다.

"차라리 조조를 따르는 게 낫습니다."

장수가 물었다.

"나는 앞서 조조와 원수진 일이 있는데 어찌 용납하겠소?"

가후가 조목조목 설명했다.

"조조를 따라야 되는 이유가 세 가지입니다. 조조는 천자의 조서를 받들어 천하를 정벌하고 있으니, 이것이 마땅히 따라야 할 첫 번째 이유입니다. 원소는 강성하여 우리가 적은 군사를 이끌고 그를 따르더라도 중히 여기지 않을 것이지만 조조는 약하여 우리를 얻으면 반드시 기뻐할 것이니, 그것이 따라야 할 두 번째 이유입니다. 조조는 천하를 호령할 뜻을 가졌으므로 틀림없이 사사로운 원한을 풀고 천하에 덕을 펼치려 할 터이니, 그것이 따라야 할 세 번째 이유입니다. 장군께서는 의심하지 마시오."

장수는 그 말을 따르기로 하고 유엽을 청해 만났다. 유엽은 조조의 덕을 한바탕 칭송하고 나서 말했다.

"승상께서 옛날의 원한을 기억하고 계신다면 어찌 저를 보내 장군과 좋은 관계를 맺으려 하시겠습니까?"

장수는 크게 기뻐하며 즉시 가후 등과 함께 허도로 가서 조조에게 항복했다.

장수는 조조를 만나자 계단 아래 엎드려 절을 올렸다. 조조는 황급히 부축해 일으키더니 장수의 손을 잡고 말했다.

"자그마한 허물이 있었던 건 마음에 두지 마시오."

마침내 조조는 장수를 양무장군揚武將軍으로 삼고, 가후는 수도의 경비를 맡는 집금오사執金吾使로 임명했다. 그러고는 즉시 장수에게 명하여 유표에게 귀순을 권하는 편지를 쓰게 했다. 가후가 나서서 말했다.

"유경승은 이름난 사람들과 사귀기를 좋아하니 반드시 글재주로 이름난 선비를 보내 설득해야 항복할 것입니다."

조조가 순유에게 물었다.

"누가 가면 좋겠소?"

순유가 대답했다.

"공문거文舉(공융의 자)가 그 소임을 감당할 만합니다."

조조는 그 말을 옳게 여겼다. 순유는 밖으로 나와 공융을 만나 말했다.

"승상께서 문명文名이 있는 선비를 뽑아 사자로 보내려 하시는데 공께서 그 일을 맡으시지 않겠소?"

공융이 대답했다.

"내 친구 예형禰衡은 자가 정평正平인데 그의 재주가 나보다 열 배는 낫소이다. 이 사람은 황제를 보필할 만한 인재로 사자 노릇을 할 수 있는 정도에서 그치는 게 아니지요. 내 그를 천자께 천거하겠소이다."

이리하여 마침내 공융은 황제께 표문을 올려 아뢰었다. 그 글은 이러했다.

신은 듣자니 요임금 시절 홍수가 흘러넘쳐 물을 다스리고자 하여 널리 현명하고 지혜로운 인재를 찾으셨다고 하나이다. 지난날 세종(한무제)께서 황제의 자리를 계승하시고 선조로부터 물려받은 사업을 크게 드높이려고 널리 능력 있는 인재들을 찾으시자 여러 인재들이 호응하여 모여들었나이다. 슬기롭고 성스러운 폐하께서 선조의 기업을 계승하시어 불행히도 액운을 만나셨으나 아침부터 저녁까지 애쓰고 겸손하시니 산악이 신령한 기운을 내려 특이한 인재들이 나왔습니다. 신이 보건대 평원平原의 처사 예형은 나이는 스물넷이요 자는 정평으로, 타고난 자질이 곧고 밝으며 비범한 재주가 뭇사람 중에 뛰어나며, 일찍이 육예에 관한 책을 두루 섭렵하여 학문이 높은 경지에 이르렀사옵니다. 눈으로 한번 본 것은 곧바로 입으로 외우며 귀로 잠깐 들은 것은 마음에 새겨 잊지 아니하나이다. 성품은 도에 합치되고 생각은 신神과 같아서 옛날 상홍양桑弘羊˙의 암산 실력이나, 장안세張安世˙의 비상한 기억력도 예형에 견주면 진실로 특이할 것이 없을 지경이옵니다. 충성스럽고 과감하고 정직하며 서리와 눈처럼 고결한 뜻을 품고, 선善을 보면 놀란 듯 기뻐하고 악惡을 보면 원수를 만난 듯 미워하니 임좌任座˙의 고상한 덕행과 사어史魚˙의 날카로운 절개도 그보다 나을 게 없나이다. 사나운 새 수백 마리가 물수리 한 마리만 못하다고 했나이다. 예형을 조정에 임용하면 반드시 볼 만할 공을 세울 것이옵니다. 자유자재로 구사하는 언변에는 재기가 넘치고 의문과 매듭을 시원하게 풀어내니 전쟁터에서 적을 마주하더라도 여유 있는 지모를 가졌나이다.

옛날 문제 때의 가의賈誼(서한의 저명한 정치가)는 변방 속국을 맡기자 계책으로 흉노의 선우單于를 묶어 귀순시켰고, 무제 때의 종군終軍˙은 긴 갓끈으로 강하고 억센 남월南越 왕을 묶어 와 항복시키겠다고 했나이다. 이 두 젊은이가 보여준 약관弱冠(20세 안팎)의 강개함은 전대의 사람들이 아름답게 여긴 바였나이다. 최근 노수路粹(진류陳留 사람. 자는 문울文蔚)와 엄상嚴象(경조京兆 사람. 자는 문칙文則) 역시 특이한 재주로 발탁되어

˙상홍양 ┃ 서한 무제 때의 대신. 암산을 잘하고 이재理財에 밝았다.
˙장안세 ┃ 서한 무제 때의 대신. 어떤 책이든 한번 읽으면 곧바로 암기했다고 한다.
˙임좌 ┃ 전국시대 위문후魏文侯의 신하. 면전에서 임금의 잘못을 꾸짖었다 한다.
˙사어 ┃ 춘추시대 위영공衛靈公의 대부. 바른 말을 잘하기로 이름이 났다.
˙종군 ┃ 서한 제남濟南 사람. 자는 자운子雲. 무제 때 간대부諫大夫가 되어 남월南越 지방에 사신으로 가면서 긴 갓끈으로 남월 왕을 포박하여 항복시키겠다고 장담했다.

禰衡嘆笑曹孟德

昭大 畫

진명대 그림

상서대의 낭관으로 뽑혔으니 예형 역시 그들처럼 등용하여 쓰소서. 용이 하늘로 도약하여 구름 속을 날게 되면 자미紫微(궁전. 조정을 가리킴)에서 소리를 떨치고 무지개에 빛을 드리울 것이니 족히 조정에 인재가 가득함을 드러내고, 국가 네 대문의 위엄을 한층 증가시킬 수 있을 것이옵니다. 천상의 음악에는 반드시 기이하고 아름다운 볼거리가 있고, 제왕이 계시는 황궁에는 반드시 특이한 보물들이 저장되어 있을 것이옵니다. 그러나 예형 같은 이런 인재들은 많이 얻을 수가 없는 법이옵니다. 고대의 명곡인 '격초激楚'와 '양아陽阿'의 절묘한 음률은 기악을 맡은 자들이 탐내는 바이고, 비토飛兎나 요뇨騕褭처럼 하루에 천리를 달리는 준마는 왕량王良과 백락伯樂*이 서둘러 구하는 바이옵니다. 신과 같이 우둔하고 졸렬한 자들이 어찌 감히 폐하께 예형 같은 인재가 있음을 알려 드리지 않으오리까? 폐하께서는 성의를 다하여 신중하게 선비를 뽑으시고 반드시 시험해 보셔야 할 것이오니 바라건대 예형을 거친 무명옷 차림으로 불러 보소서. 만약 살펴보아 채택할 만한 점이 없다면 신 등은 임금을 기망한 죄를 받겠나이다.

헌제는 표문을 읽고 나서 조조에게 건네주었다. 조조가 드디어 사람을 보내 예형을 불러왔다. 그러나 인사를 마쳤는데도 조조는 예형에게 앉으라고 하지 않았다. 예형이 하늘을 우러러 탄식했다.

"천지는 넓은데 어째서 사람은 하나도 없단 말인고!"

조조가 말했다.

"내 수하에 있는 수십 명은 모두가 당대의 영웅이거늘 어찌하여

---

*왕량과 백락 | 왕량은 춘추시대 진晉나라 사람으로 말이 끄는 수레를 잘 몰기로 유명했으며, 백락은 진秦나라 사람으로 말을 잘 감별하기로 이름이 났다.

사람이 없다고 하느냐?"

예형이 대꾸했다.

"어떤 사람들인지 들어봅시다."

조조가 부하들의 재주를 늘어놓았다.

"순욱·순유·곽가·정욱은 기지와 지혜가 깊고 원대하니 소하蕭何나 진평陳平도 따르지 못할 것이고, 장료·허저·이전·악진은 용맹을 당할 자가 없으니 잠팽岑彭이나 마무馬武라도 미치지 못할 것이다. 여건과 만총은 종사從事이고 우금과 서황은 선봉이다. 하후돈은 천하의 기재요 조자효子孝(조인의 자)는 세간에서 일컫는 복 많은 장군이다. 그런데 어찌 사람이 없다고 하느냐?"

예형은 차갑게 웃었다.

"공의 말씀은 틀렸소이다. 그런 인물들에 대해서는 나도 알지요. 순욱은 초상집 문상이나 병문안을 시킬 만하고, 순유는 무덤이나 지킬 만하며, 정욱은 문이나 닫고 빗장이나 지를 만하고, 곽가는 사辭나 부賦을 읽는 데 쓸 만합니다. 장료는 북을 치거나 징이나 울리는 데 쓸 만하고, 허저는 소나 말을 치는 데 쓸 만하며, 악진은 고소장을 받거나 자백서를 읽는 데 쓸 만하고, 이전은 편지를 전하거나 격문을 돌리는 데 쓸 만합니다. 여건은 칼을 갈거나 검을 벼리는 데 쓸 만하고, 만총은 술을 마시거나 술지게미를 먹는 데 쓸 만합니다. 우금은 널빤지를 지고 담이나 쌓는 데 쓸 만하고, 서황은 돼지나 개를 잡는 데 쓸 만합니다. 하후돈은 제 몸만 아끼는 완체장군完體將軍이라 부르고, 조자효는 돈이나 밝히는 요전태수要錢太守라 하면 되겠지

---

*잠팽·마무ㅣ두 사람 모두 한무제를 도와 왕망의 대군을 격파하고 후한을 세우는 데 큰 역할을 한 사람들.

요. 그 나머지는 죄다 옷걸이와 밥주머니, 술통이나 고기 자루들일 뿐입니다."

조조는 화가 났다.

"그럼 너에게는 무슨 능력이 있느냐?"

예형이 대답했다.

"천문과 지리에 통하지 않은 것이 없고 삼교구류三教九流*를 모르는 게 없소이다. 위로는 임금을 보좌하여 요순 같은 성군으로 만들 수 있고, 아래로는 공자나 안연顔淵과 덕을 짝할 수 있소. 그러니 어찌 속된 자들과 함께 논할 수 있단 말이오?"

이때 조조 옆에 있던 장료가 검을 빼 들고 예형을 죽이려 들었다. 조조가 장료를 말리며 말했다.

"마침 북치는 고수가 하나 모자랐는데, 조만간 열릴 조하연향朝賀宴享* 때 예형에게 그 직책을 맡기도록 하라."

예형은 사양하지 않고 그렇게 하겠다고 대답하곤 가 버렸다. 장료가 물었다.

"저 사람은 말투가 불손하기 짝이 없는데 어찌하여 죽이지 않으십니까?"

조조가 대답했다.

"저 사람은 평소 헛된 명성이 높아 원근에서 모두 그 이름을 듣고 있다. 오늘 저자를 죽이면 천하 사람들은 틀림없이 나를 도량이 좁다고 할 것이야. 저자는 제 능력을 자만하고 있으니 고수로 만들어

---

*삼교구류|삼교三教는 유교儒教·불교佛教·도교道教 또는 선교仙教를 말하고, 구류九流는 유가儒家·도가道家·음양가陰陽家·법가法家·명가名家·묵가墨家·종횡가縱橫家·잡가雜家·농가農家를 말한다.
*조하연향|특별한 날 신하들이 임금께 하례를 올린 다음 벌이는 잔치.

모욕을 주려는 것일세.”

그 날이 오자 조조는 대궐 안 성청省廳에서 큰 잔치를 베풀고 손님들을 대접하면서 고수들에게 북을 치게 했다. 이전부터 북을 치던 고수가 예형에게 귀띔했다.

“북을 치려면 반드시 새 옷으로 갈아입어야 하오.”

그러나 예형은 입던 옷을 그대로 입고 들어왔다. 드디어 ‘어양삼과漁陽三撾’라는 곡을 쳤는데, 그 절조가 너무나 절묘하여 은은히 울리는 것이 좋이나 편경에서 나는 소리 같았다. 자리에 앉은 손님들은 그 소리를 듣고 모두 감정이 북받쳐 눈물을 흘렸다. 이때 조조를 모시던 사람들이 호통을 쳤다.

“어찌하여 옷을 갈아입지 않았느냐!”

그러자 예형은 여러 사람이 보는 앞에서 너덜너덜 낡은 옷을 벗어 던지고 알몸을 드러낸 채 벌거벗고 섰다. 자리에 있던 손님들이 모두 얼굴을 가렸다. 그러자 예형은 서서히 바지를 입는데 얼굴빛은 조금도 변하지 않았다. 조조가 꾸짖었다.

“묘당廟堂(조정)에서 어찌 이토록 무례하게 구느냐?”

예형이 되받았다.

“군주를 속이는 일을 무례하다고 하는데, 나는 부모님께서 주신 형체를 드러내어 깨끗한 몸을 보여주었을 따름이오!”

조조가 말했다.

“네가 깨끗하다면 누가 더럽단 말이냐?”

예형이 대답했다.

“당신은 현명한 자와 우둔한 자를 식별하지 못하니 눈이 더럽고, 『시경』이나 『서경』을 읽지 않으니 입이 더럽다. 충성스러운 말을 받

志鼓篤書

明大 畵

진명대 그림

아들이지 않으니 귀가 더럽고, 고금의 일을 통달하지 못했으니 몸이 더럽다. 제후들을 용납하지 못하니 뱃속이 더럽고, 늘 찬역할 마음을 품고 있으니 마음이 더럽다! 나는 천하의 명사이거늘 한낱 북치기로 등용했으니, 이는 양화陽貨가 중니仲尼(공자의 자)를 업신여기고 장창臧倉이 맹자孟子를 헐뜯은 격이 아니냐! 천하를 호령하겠다는 대업을 이루고자 하면서 어찌 이처럼 사람을 깔볼 수 있단 말인가?"

이때 자리에 앉아 있던 공융은 조조가 예형을 죽이지나 않을까 두려워서 조용히 앞으로 나아가 말했다.

"예형의 죄는 서미胥靡(노역수)와 같으나 명왕지몽明王之夢에는 부족한 것 같습니다."

조조가 예형을 가리키며 말했다.

"너를 형주에 사자로 보내겠다. 유표를 설득하여 항복하게 한다면 너를 공경으로 등용하겠다."

예형은 가지 않겠다고 했다. 조조는 말 세 필을 준비하고 두 사람을 시켜 좌우에서 예형을 끼고 가도록 했다. 그러고는 수하의 문무 관원들에게 경성의 동문 밖에 술상을 차려 배웅하도록 했다.

순욱이 관원들에게 말했다.

"예형이 오면 몸을 일으키지 말아야 하오."

예형이 도착하여 말에서 내려 들어오다 보니 사람들이 모두 가만히 앉아 있었다. 예형은 목 놓아 울음을 터뜨렸다. 순욱이 물었다.

• 양화 | 춘추시대 노魯나라의 권력자 계손씨季孫氏의 가신으로 공자가 연회에 참석하지 못하도록 막았다.
• 장창 | 전국시대 노나라 평공平公이 총애한 신하로, 평공이 맹자를 만나러 가려 할 때 맹자를 나쁘게 말해 만남을 저지했다.
• 명왕지몽 | 은殷나라 고종高宗 무정武丁이 꿈을 꾸고 나서 노역형을 받고 성 쌓는 일을 하고 있던 부열傅說을 찾아 재상으로 삼은 데서 나온 말로, '발탁하여 등용한다'는 뜻으로 쓰인다.

"무엇 때문에 우는 거요?"

예형이 대답했다.

"시체 사이로 걸어가는데 어찌 곡을 하지 않는단 말이오?"

여러 사람은 기분이 나빴다.

"우리가 시체라면 너는 머리 없는 미친 귀신이다!"

예형도 지지 않고 대꾸했다.

"나는 한나라의 신하다. 조아만阿瞞(조조의 아명)의 도당이 아니거늘 어째서 머리가 없단 말이냐?"

여러 사람이 예형을 죽이려 하자 순욱이 급히 말렸다.

"쥐나 참새 같은 놈 때문에 어찌 칼을 더럽힌단 말이오!"

예형은 끝까지 대꾸했다.

"나는 쥐나 참새라 해도 아직 인성人性은 남아 있다. 그러나 너희들은 그저 나나니벌이라고 부를 수밖에 없구나!"

사람들은 한을 품고 흩어졌다.

예형은 형주에 당도하여 유표를 만났는데 유표의 공덕을 칭송하는 것 같았지만 말끝마다 비꼬아 헐뜯었다. 기분이 상한 유표는 예형을 강하로 보내 황조를 만나게 했다. 누군가 유표에게 물었다.

"예형은 주공을 조롱했는데 어찌하여 죽이지 않으셨습니까?"

유표가 대답했다.

"예형이 여러 차례 조조를 모욕했지만 조조가 그를 죽이지 않은 것은 사람들의 신망을 잃을 걸 두려워했기 때문이오. 그래서 나에게 사자로 보내 내 손을 빌려 죽이려 한 것이지요. 내가 현명한 이를 해쳤다는 소리를 듣도록 말이오. 내가 지금 황조에게 보낸 것은 나에게도 식견이 있음을 조조에게 알리려는 것이지요."

사람들은 모두들 잘했다고 칭찬했다.

이때 원소 역시 사자를 보내왔다. 유표가 모사들에게 물었다.

"원본초가 다시 사자를 보내왔고 조맹덕 또한 예형을 이곳으로 보냈는데 어느 편을 따르는 게 좋겠소?"

종사중랑장 한숭韓嵩이 나서서 말했다.

"지금 두 영웅이 서로 버티고 있으니 장군께서 큰일을 이루시려면 이 틈을 타고 적을 깨뜨리면 될 것입니다. 그게 여의치 않으면 그들 중 나은 사람을 골라 따라야 합니다. 조조는 용병에 능할 뿐만 아니라 현명하고 빼어난 인재들이 대부분 그에게로 귀순했습니다. 그 기세를 보면 먼저 원소를 무찌르고 그 다음에는 강동江東으로 군사를 옮길 게 분명한데 장군께서는 그를 막지 못하실 듯합니다. 차라리 형주를 받들어 조조에게 붙는다면 조조는 틀림없이 장군을 정중하게 대접할 것입니다."

유표가 분부했다.

"자네가 우선 허도로 가서 동정을 살펴보고 와서 다시 상의하도록 하세."

한숭이 말했다.

"임금과 신하는 각각 정해진 본분이 있습니다. 저는 지금 장군을 섬기니 끓는 물에 뛰어들거나 타오르는 불을 밟으라고 해도 오직 명령을 따를 뿐입니다. 장군께서 만약 위로는 천자께 순종하시고 아래로는 조공을 따르시겠다면 저는 괜찮습니다. 그러나 만일 의심을 품고 뜻을 정하지 못하셨다면 다시 한번 생각해 보십시오. 제가 경사에 당도했을 때 천자께서 관직이라도 내리신다면 그때 저는 이미 천자의 신하가 되므로 다시는 장군을 위해 죽을 수가 없을 것입니다."

유표가 말했다.

"자네는 우선 가 보기나 하게. 나에게도 따로 생각이 있네."

유표와 작별한 한숭은 허도로 가서 조조를 만났다. 조조는 즉시 한숭을 시중으로 삼고 영릉零陵 태수를 겸하게 했다. 순욱이 조조에게 물었다.

"한숭은 이곳 동정을 살피러 왔을 뿐 자그마한 공로도 없는데 관직을 겹쳐 내리셨습니다. 예형 또한 소식이라고는 없는데 승상께서는 한번 보낸 후 더 이상 묻지 않으시니 어찌된 까닭입니까?"

조조가 대답했다.

"예형은 나를 너무 심하게 모욕했으므로 유표의 손을 빌려 죽이려 한 것이오. 그러니 다시 물을 필요가 무엇이 있겠소?"

조조는 마침내 한숭을 형주로 돌려보내며 유표를 설득하라고 했다. 한숭은 형주로 돌아와 유표를 만나자 조정의 덕을 칭송하면서 유표의 아들을 조정에 입시하게 하라고 권했다. 유표는 크게 노했다.

"네가 두 마음을 품었구나!"

그러고는 한숭의 목을 치려고 했다. 한숭이 큰소리로 부르짖었다.

"장군께서 저를 버리셨지 저는 장군을 배신한 적이 없습니다!"

괴량이 말했다.

"한숭은 경사로 떠나기 전에 그런 말을 한 적이 있습니다."

유표는 결국 한숭을 사면했다.

이때 황조가 예형을 죽였다는 보고가 들어왔다. 유표가 그 까닭을 묻자 아랫사람이 대답했다.

"황조와 예형이 함께 술을 마시고 둘 다 취했습니다. 그때 황조가 예형에게 '그대가 허도에 있으면서 보니 어떤 인물들이 있던가?'라고 물었지요. 그러자 예형이 '큰 아이 공문거文擧(공용의 자)와 작은 아이 양덕조德祖(양수의 자)를 빼고는 달리 인물이 없었소'라고 대답했습니다. 황조가 다시 '나 같은 사람은 어떤가?'라고 물으니 예형이 '당신은 사당에 모셔 놓은 귀신같아서 제사를 받아먹긴 하지만 영험이라곤 없지!'라고 했습니다. 이에 황조는 크게 화가 나서 '네놈이 나를 흙이나 나무로 만든 꼭두각시로 보느냐!'고 하며 마침내 목을 베었는데 예형은 죽을 때까지 욕설을 그치지 않았다고 합니다."

예형이 죽었다는 말을 들은 유표는 탄식을 그치지 않더니 사람을 시켜 앵무주鸚鵡洲* 가에 묻어 주게 했다. 후세 사람이 시를 지어 탄식했다.

황조의 사람됨 후덕한 인물에 견줄 수 없어 /
옥구슬 같은 예형이 이 강변에서 부서졌네. //
오늘에야 앵무주 옆 지나며 옛일 생각하니 /
오직 푸른 강물만 무정하게 흘러 흘러가네.
黃祖才非長者儔, 禰衡珠碎此江頭. 今來鸚鵡洲邊過, 惟有無情碧水流.

조조는 예형이 죽었다는 소식을 듣자 웃으면서 말했다.
"썩은 선비의 칼날 같은 혀가 도리어 자신을 죽였도다!"
조조는 유표가 항복하지 않을 것을 알고 군사를 일으켜 그 죄를 물으려 했다. 순욱이 간했다.

---

*앵무주 | 호북성 무한시武漢市 장강 가운데 있는 모래톱. 황조의 아들 황역黃射이 이곳에 손님들을 초대하여 잔치를 열었는데, 손님 중에 앵무를 바치는 사람이 있었다. 이에 황역이 예형에게 앵무부鸚鵡賦를 짓게 한 데서 생긴 이름. 앵무부는 『문선文選』에 실려 전해진다.

"원소도 평정하지 못하고 유비 또한 소멸시키지 못한 마당에 강한江漢(형주 일대)으로 군사를 움직이는 것은 가슴과 배를 버려두고 손발만 돌보는 격입니다. 먼저 원소와 유비를 멸망시켜야 강한 일대를 단번에 쓸어 평정할 수 있습니다."

조조는 그 말을 따르기로 했다.

한편 동승은 유비가 떠난 후 왕자복 등과 밤낮으로 상의해 보았으나 쓸 만한 계책이 나오지 않았다. 건안 5년(서기 200년) 정월 초하루였다. 궁궐에 들어가 황제께 신년 하례를 드리면서 보니 조조의 교만과 횡포는 더욱 심해져 있었다. 울분으로 병이 난 동승은 그만 자리에 눕고 말았다. 국구가 병에 걸렸다는 소식을 들은 헌제는 궁중의 태의太醫를 보내 치료하게 했다. 태의는 낙양 사람으로 이름은 길태吉太이고 자는 칭평稱平이었다. 사람들은 모두 그를 길평이라고 불렀는데 당대의 명의였다. 길평은 동승의 집으로 와서 약을 쓰며 병을 치료하느라 한시도 자리를 떠나지 않았다. 길평은 동승이 걸핏하면 길게 한숨쉬며 탄식하는 것을 보았지만 감히 이유를 묻지 못했다.

때는 마침 정월 대보름날이었다. 길평이 작별하고 떠나려 하자 동승이 만류하여 두 사람이 함께 술을 마셨다. 초경(오후 8시경)이 지날 때까지 마시다가 피곤해진 동승이 옷을 입은 채로 잠이 들었다.

그런데 갑자기 왕자복 등 네 사람이 왔다는 통보가 있어 동승이 문 밖으로 나가 맞아들였다. 왕자복이 말했다.

"대사가 이루어졌소이다!"

동승이 물었다.

"무슨 말씀인지 어디 좀 들어봅시다."

왕자복이 대답했다.

"유표가 원소와 손을 잡고 50만 대군을 일으켜 열 갈래로 나누어 쳐들어오고, 마등은 한수와 손을 잡고 서량 군사 72만 명을 일으켜 북쪽으로 쳐들어온다 하오. 조조는 허창의 군사를 모두 동원하여 여러 갈래로 나누어 적을 막으러 내보냈으므로 성안은 텅 비었소이다. 우리 다섯 집의 종들만 모아도 1천 명은 넘을 것이오. 오늘밤 승상부에서 대보름 잔치를 베푸는 기회를 이용하여 승상부를 에워싸고 쳐들어가 조조를 죽입시다. 이런 기회를 놓쳐서는 아니 되오이다."

동승은 대단히 기뻐하며 즉시 종들을 불러 각자 무기를 챙기게 했다. 자신도 갑옷을 걸치고 창을 들고 말에 올랐다. 모두들 황궁의 문 앞에 모여 동시에 진군하기로 약속했다. 2경을 알리는 북소리가 울릴 때쯤 병졸들이 모두 도착했다. 동승이 손에 보검을 들고 곧장 안으로 걸어 들어가니 조조가 후당에서 잔치를 벌이고 있었다. 동승이 크게 외쳤다.

"역적 조조는 달아나지 말라!"

검을 휘둘러 단칼에 내리찍자 조조가 벌렁 나자빠졌다. 그 순간 깨어 보니 한바탕 헛된 꿈이었다. 그러나 입으로는 여전히 '역적 조조'라는 욕을 그치지 않고 있었다. 길평이 다가서며 소리쳤다.

"네가 조공을 해치려 하는구나?"

동승은 놀랍고 두려운 나머지 대답을 할 수 없었다. 길평이 다시 말했다.

"국구께서는 놀라지 마십시오. 저는 비록 의원에 불과하지만 한나라를 잊은 적이 없습니다. 며칠째 국구께서 탄식하시는 모습을 보면서도 감히 까닭을 묻지 못했는데 방금 꿈을 꾸며 하시는 말씀을 듣고 그 뜻을 알게 되었습니다. 바라건대 숨기려 하지 마십시오. 저를 쓰신다면 구족九族이 몰살되는 한이 있더라도 후회하지 않겠소이다!"

동승은 얼굴을 가린 채 소리 내어 울었다.

"그대가 진심이 아닐까 그것이 두렵구려!"

그러자 길평은 즉시 손가락을 깨물며 맹세했다. 그제야 동승은 띠속에 숨겨져 있던 조서를 꺼내 길평에게 보였다.

"지금까지 일을 이루지 못한 것은 유현덕과 마등이 떠난 뒤로 어떻게 손을 써 볼 계책이 없었기 때문이오. 이 때문에 속을 끓이다 병이 난 것이오."

길평이 말했다.

"여러 어르신들께서는 신경 쓰지 마십시오. 조조 그 역적놈의 목숨은 제 손에 달려 있습니다."

동승이 그 까닭을 묻자 길평이 대답했다.

"조조 역적놈은 종종 두풍頭風을 앓는데 그때마다 통증은 골수까지 파고듭니다. 그래서 통증이 발작하기만 하면 저를 불러 치료하지요. 조만간 저를 부를 터이니 그때 독약 한 첩만 쓰면 틀림없이 죽을 것입니다. 구태여 군사를 일으키고 창칼을 들 필요가 무엇입니까?"

동승이 말했다.

"그 계책이 성공하기만 한다면 한나라의 사직을 구하는 것은 모두가 그대의 덕이 될 것이오!"

길평은 하직하고 돌아갔다.

동승은 속으로 은근히 기뻐하며 후당으로 들어갔다. 그때 집에서 부리는 종 진경동秦慶童이 어두운 곳에서 시첩 운영雲英과 소곤거리는 모습이 눈에 띄었다. 크게 노한 동승은 수하들을 불러다가 두 사람을 붙잡아 죽이려 했다. 부인이 말린 덕분에 죽음만은 면했지만 두 사람의 등에 각각 몽둥이를 40대씩 후려치고 진경동을 냉방에 가두었다. 그런데 진경동이 앙심을 품고 한밤중에 자물쇠를 비틀어 끊고 담을 넘어 달아나서는 곧장 조조의 부중으로 달려가서 알려 드릴 기밀이 있다고 고했다. 조조가 밀실로 불러들여 물으니 진경동이 털어놓았다.

"왕자복, 오자란, 충집, 오석, 마등, 이렇게 다섯 사람이 저의 주인 집에서 기밀을 의논했으니 승상을 해치려는 것이 틀림없습니다. 집 주인이 흰 비단 한 폭을 꺼내 놓았는데 무엇인지는 모르지만 글이 적혀 있었습니다. 며칠 전에는 길평이 손가락을 깨물며 맹세하는 광경도 제가 보았습니다."

조조는 진경동을 승상부 안에 숨겨 두었다. 동승은 진경동이 그냥 다른 지방으로 도망친 줄로만 알고 뒤쫓거나 찾지도 않았다.

이튿날이었다. 조조는 일부러 머리가 아픈 척하고 길평을 불러 약을 쓰게 했다. 길평은 속으로 생각했다.

'이 도적놈도 이제는 끝장이구나!'

길평은 은밀히 독약을 감추고 승상부로 들어갔다. 조조는 침상에 누운 채 길평에게 약을 지으라고 일렀다. 길평이 말했다.

"이번 병은 약 한 첩만 드시면 바로 나을 것입니다."

길평은 약탕관을 가져오라고 하여 조조의 면전에서 약을 달였다. 약탕관의 물이 반쯤 졸아들었을 때 길평은 몰래 독약을 넣고 손수 받들어 올렸다. 독이 든 줄을 아는 조조는 일부러 시간을 끌며 약을 마시지 않았다. 길평이 재촉했다.

"뜨거울 때 드시고 땀을 조금 내면 즉시 나을 것입니다."

조조가 몸을 일으키며 말했다.

"너는 이미 유가儒家의 서적을 읽었으니 분명 예의를 알 것이다. 임금에게 병이 있어 약을 먹을 때는 신하가 먼저 맛을 보고, 아비에게 병이 있어 약을 먹을 때는 자식이 먼저 맛을 본다고 했다. 너는 나의 심복인데 어찌하여 먼저 맛을 보고 나서 올리지 않느냐?"

길평이 대꾸했다.

"약은 병을 치료하는 것인데 어찌 다른 사람에게 맛을 보게 한단 말입니까?"

길평은 일이 누설되었다는 것을 직감하고 앞으로 뛰어들며 조조의 귀를 틀어쥐고 약을 부어 넣으려 했다. 조조가 약을 떠밀어 땅바닥에 쏟아지니 벽돌이 쩍쩍 갈라졌다. 조조가 미처 입을 떼기도 전에 좌우에 있던 사람들이 이미 길평을 붙잡았다. 조조가 말했다.

"내가 어찌 병이 있겠느냐? 단지 너를 시험해 보았을 뿐이다! 너는 과연 나를 해칠 마음을 가지고 있었구나!"

조조는 20명의 건장한 옥졸을 불러 길평을 후원으로 끌고 가 고문하라고 했다. 조조는 정자 위에 앉았고 길평은 꽁꽁 묶인 채 땅바닥에 나동그라져 있었다. 그러나 길평은 얼굴빛 하나 변하지 않을 뿐만 아니라 무서워하는 기색이라곤 조금도 없었다. 조조는 웃음 띤 얼굴로 말했다.

"너는 한낱 의원에 불과하니 어찌 감히 독을 넣어 나를 해치려 했겠느냐? 반드시 너를 사주한 자가 있을 것이다. 그 사람의 이름을 대기만 하면 내 즉시 너를 용서하겠다."

길평이 꾸짖었다.

"너는 임금을 업신여기고 속이는 역적이다. 천하 사람이 모두 너를 죽이고 싶어 하거늘 어찌 나라고 다르겠느냐?"

조조가 두 번 세 번 고문을 가하며 묻자 길평이 화를 내며 소리쳤다.

"내 스스로 너를 죽이려고 했는데 어찌 나를 사주한 사람이 있겠느냐? 일이 성사되지 못했으니 오직 죽음이 있을 뿐이다!"

화가 난 조조는 옥졸들에게 길평을 호되게 매질하도록 했다. 두 시진(한 시진은 2시간 정도) 동안이나 매질을 하자 살갗이 갈라지고 속살이 터져 계단에 피가 가득 흘렀다. 조조는 길평을 때려죽일 경우 대질할 사람이 없어질 걸 염려하여 옥졸에게 명하여 길평을 조용한 곳에 끌어다 잠시 쉬게 하라고 했다.

이튿날 조조는 잔치를 베풀고 대신들을 청해 술을 마셨다. 오직 동승만이 병을 칭탁하고 오지 않았다. 왕자복을 비롯한 다른 사람들은 모두 조조의 의심을 사지 않을까 염려되어 마지못해 왔다. 조조는 뒤채 대청에 자리를 마련하고선 술이 몇 순 돌자 입을 열었다.

"연회 중에 즐길 거리가 없구려. 내가 여러 관원들의 술을 확 깨울 사람 하나를 보여드리겠소."

그러고는 20명의 옥졸들에게 분부했다.

"끌어오너라!"

잠시 후 긴 칼을 쓴 길평이 계단 아래로 끌려왔다. 조조가 설명했다.

"여러분은 모르겠지만 이자는 못된 무리들과 결탁하여 조정을 배반하고 나를 해치려고 했소. 오늘 하늘이 그 음모를 망쳐 놓았으니 자백하는 말을 들어보시구려."

조조는 우선 한바탕 매질을 하게 하고 길평이 기절하여 땅에 쓰러지자 그 얼굴에 물을 뿌리게 했다. 정신을 차린 길평은 눈을 부릅뜨고 이를 갈며 욕을 퍼부었다.

"조조, 이 역적놈! 나를 죽이지 않고 언제까지 기다리느냐!"

조조가 말했다.

"너 이전에 공모자가 여섯 명이었으니 너까지 합하면 모두 일곱 명이 되는 게지?"

길평은 큰소리로 욕설만 퍼부을 따름이었다. 왕자복 등 네 사람은 서로 얼굴만 쳐다보는데 마치 바늘방석에 앉아 있는 것만 같았다. 조조는 매질을 하고 기절하면 물을 뿌리기를 반복하게 했다. 그렇지만 길평은 결코 용서를 구할 뜻이 없었다. 조조는 아무리 닦달해도 길평이 자백하지 않자 잠시 끌고 가라고 분부했다.

관원들이 흩어지자 조조는 왕자복을 비롯한 네 사람을 붙잡아 두고 밤잔치를 열었다. 네 사람은 혼이 빠져나갈 지경이었지만 남아서 대작할 수밖에 없었다. 조조가 물었다.

"원래는 남겨 두려 하지 않았는데 좀 물어볼 일이 생겼으니 어찌하겠나. 자네들 네 사람은 동승과 무슨 일을 상의했는가?"

왕자복이 대답했다.

"결코 아무 일도 상의한 적이 없소이다."

조조가 다시 물었다.

"흰 비단에는 무슨 내용을 적었는가?"

왕자복 등 네 사람은 모두 사실을 숨긴 채 말하지 않았다. 조조가 진경동을 불러오라고 하여 대질시켰다. 왕자복이 물었다.

"너는 어디에서 무엇을 보았단 말이냐?"

진경동이 대꾸했다.

"당신들은 다른 사람들의 눈을 피해 여섯 명이 한 자리에서 글을 쓰고 이름을 적고선 어찌하여 잘못을 회피하려 하시오?"

왕자복이 조조에게 말했다.

"이 도적놈은 국구의 시첩과 간통했기 때문에 주인의 꾸지람을 듣고 모함하는 것입니다. 이놈의 말을 들어서는 아니 됩니다."

조조가 차갑게 말했다.

"길평이 독약을 넣은 것은 동승이 시킨 일이 아니라면 누가 시켰단 말인가?"

네 사람이 모두 모르는 일이라고 했다. 조조가 말했다.

"오늘밤에 자수하면 그래도 용서할 수 있겠지만 일이 발각된 다음에는 용서하기 어려울 것이네!"

왕자복 등은 모두 결코 그런 일이 없었다며 잡아뗐다. 조조는 좌우의 사람들을 호령해 네 사람을 붙잡아 감금토록 했다.

이튿날 조조는 문병을 한다며 여러 사람을 거느리고 동승의 집으로 갔다. 동승은 하는 수 없이 나와 맞이했다. 조조가 물었다.

"지난밤에는 무슨 까닭으로 잔치에 오시지 않았소?"

동승이 대답했다.

"병이 낫지 않아 감히 나가지 못했소이다."

조조가 비꼬았다.

"그것은 나라를 걱정하는 병이겠지요."

동승이 깜짝 놀라자 조조가 다시 물었다.

"국구께선 길평의 사건을 아시오?"

동승은 시치미를 뗐다.

"모릅니다."

조조가 차갑게 웃었다.

"국구께서 어찌하여 모르신단 말이오?"

조조가 부하들을 불러 분부했다.

"그자를 끌고 와서 국구의 병을 낫게 해 드려라!"

동승은 안절부절못했다. 잠시 후 20명의 옥졸이 길평을 계단 아래로 끌고 왔다. 길평은 크게 욕설을 퍼부었다.

"조조, 이 역적놈!"

조조는 길평을 손가락질하며 동승에게 말했다.

"이 사람이 왕자복 등 네 사람과 연루되었기 때문에 내 이미 잡아서 정위廷尉(법관)에게 보냈소. 아직 한 사람이 남았는데 잡지 못했소."

그러고는 길평에게 물었다.

"나에게 독약을 먹이라고 지시한 게 누구냐? 어서 자백해라!"

길평이 대꾸했다.

"하늘이 역적놈을 죽이라고 시켰느니라!"

조조는 화가 치밀어 매질을 하라고 명했다. 그러나 길평은 워낙 매를 많이 맞는 바람에 몸에 형벌을 받을 만한 곳이라고는 없었다. 동승이 자리에 앉아서 보고 있노라니 가슴을 칼로 도려내는 것만 같았다. 조조가 다시 길평에게 물었다.

"너는 원래 손가락이 열 개였을 것인데 지금은 어째서 아홉 개뿐이냐?"

길평이 대꾸했다.

"맹세를 하느라 씹어 먹었다. 맹세코 나라의 도적을 죽이겠다고!"

조조는 칼을 가져오게 하여 계단 아래로 내려가더니 나머지 아홉 손가락을 모두 잘라 버렸다. 그러고는 말했다.

"한꺼번에 다 잘랐으니 어디 맹세를 더 해 보아라!"

그런데도 길평은 꿋꿋하게 대꾸했다.

"아직 입이 남았으니 역적놈을 삼킬 수 있고 혀가 남았으니 역적놈을 욕할 수도 있느니라!"

조조가 길평의 혀를 자르라고 명했다. 그러자 길평이 소리쳤다.

"잠깐만 손을 멈춰라! 내 이제 더 이상 형벌을 견디지 못하겠으니 자백하는 수밖에 없겠다. 오라나 풀어 다오."

조조가 말했다.

"풀어 준들 무슨 일이 있겠느냐?"

마침내 결박을 풀게 했다. 길평은 몸을 일으키더니 대궐 쪽을 향하여 절을 올렸다.

"신이 나라를 위해 역적을 제거하지 못한 것은 하늘이 정한 운수이옵니다!"

절을 마친 그는 그대로 계단에다 머리를 부딪쳐 목숨을 끊고 말았다. 조조는 그 목과 팔다리를 잘라 뭇사람에게 보이라고 명했다. 때는 건안 5년 정월이었다. 역사를 기록하는 사관이 쓴 시가 있다.

한나라 왕조 되살아날 기색이 없자 /
나라 병 고칠 의원 길평이 나왔네. //
간악한 도당 없애리라 맹세를 하고 /
제 목숨 버리면서 천자께 보답했네.

독한 형벌 받으며 욕설 더욱 매웠고 /

비참하게 죽었지만 기백은 살아 있네. //

열 손가락 붉은 피 방울방울 떨어지니 /

아름다운 이름 천추에 길이 우러르리.

漢朝無起色, 醫國有稱平. 立誓除姦党, 捐軀報聖明.

極刑詞愈烈, 慘死氣如生. 十指淋漓處, 千秋仰異名.

길평이 죽은 것을 본 조조는 좌우의 부하들에게 분부하여 진경동을 끌고 오라고 했다. 진경동이 면전에 이르자 조조가 물었다.

"국구께서는 이 사람을 아시오?"

동승이 크게 노했다.

"도망친 종놈이 여기 있었구나! 당장에 저놈을 죽이리라!"

조조가 얼른 대꾸했다.

"이자는 제일 먼저 모반을 고발하여 지금 대질하여 증명할 참인데 누가 감히 죽인단 말이오?"

동승은 억지를 부려 보았다.

"승상께서는 어찌하여 도망친 종놈의 말만 곧이들으십니까?"

조조가 버럭 소리쳤다.

"왕자복의 무리가 이미 잡혀서 모두들 자백하여 명백한 증거가 있는데 네가 아직도 잡아떼려 한단 말이냐?"

그러고는 즉시 좌우를 불러 동승을 잡아 내리게 하는 한편 따라온 자들에게 곧장 동승의 침실을 뒤지게 했다. 얼마 후 띠 속에 감춰진 조서와 의장義狀을 찾아냈다. 조조는 조서와 의장을 보더니 웃으며 말했다.

"쥐새끼 같은 무리들이 어찌 감히 이럴 수 있단 말이냐!"

마침내 명령을 내렸다.

"동승의 식솔은 귀천을 가리지 말고 모조리 잡아 가두어라. 한 명이라도 놓쳐서는 아니 된다."

승상부로 돌아온 조조는 여러 모사들에게 조서와 의장을 보여준 다음 헌제를 폐위시키고 새로운 임금을 세울 대책을 논의했다. 바로 다음 대구와 같다.

몇 줄의 혈조는 헛된 소망이 되었고 /

한 장의 맹약서는 재앙을 불러 왔네

數行丹詔成虛望　一紙盟書惹禍殃

헌제의 목숨은 어찌될 것인가, 다음 회를 보라.

24

동귀비의 죽음

역적은 악한 짓을 하여 귀비를 죽이고
황숙은 싸움에 패하여 원소에게로 가다
國賊行凶殺貴妃　皇叔敗走投袁紹

조조는 옥대 속에 감추어진 조서를 보자 여러 모사들과 상의하여 헌
제를 폐위시키고 따로 덕 있는 사람을 골라 새 황제로 세우려고 했
다. 정욱이 간했다.

"명공께서 사방을 위엄으로 누르시며 천하를
호령하실 수 있는 것은 한나라 황실의 이름
을 받들었기 때문입니다. 지금 제후들도 아
직 평정되지 않은 상태에서 갑작스레 황제
를 폐하고 새 황제를 세운다면 틀
림없이 전쟁을 일으킬 단서가
될 것입니다."

조조는 이에 폐립에 관한
일을 중지했다. 다만 동승을
비롯한 다섯 사람과 그들의 전 가족을 각 성문
으로 압송하여 처형토록 했다. 이때 죽은 사람

이 모두 7백 명이 넘었다. 성안의 관원과 백성 치고 눈물을 흘리지 않는 이가 없었다. 후세 사람이 시를 지어 동승을 찬탄했다.

비밀 조서를 옥대 속에 넣어 전하니 /
천자의 말씀이 궁문 밖으로 나갔네. //
지난날엔 일찍이 어가를 구하더니 /
이날 와서 또다시 성은을 입게 되네.

나라 걱정으로 병석에 눕는가 하면 /
간흉 없애는 일이 꿈속까지 이르네. //
충성과 곧은 절개 천고에 빛나는데 /
그 누가 성패를 다시 논한단 말고.

密詔傳衣帶, 天言出禁門. 當年曾救駕, 此日更承恩.
憂國成心疾, 除姦入夢魂. 忠貞千古在, 成敗復誰論.

또 왕자복 등 네 사람을 찬탄한 시도 있다.

명주 폭에 이름 적어 충성을 맹세했고 /
의분에 복받쳐 임금 은혜 갚으려 했네. //
나라 위해 가련하게 전 가족 버렸으니 /
충성심은 이로부터 천추만대 빛나누나.

書名尺素矢忠謀, 慷慨思將君父酬. 赤膽可憐捐百口, 丹心自是足千秋.

동승의 무리를 죽이고도 분이 풀리지 않은 조조는 동귀비董貴妃**를**

586

죽이려고 검을 차고 황궁으로 들어갔다. 동귀비는 동승의 누이동생으로, 헌제의 은총을 받아 임신한 지 다섯 달째였다. 이날 마침 헌제는 후궁에서 복황후와 함께 아직도 소식이 없는 동승의 일을 안타까워하며 의논하고 있었다. 그때 별안간 검을 찬 조조가 궁중으로 들어오는데 얼굴에는 가득 노기를 띠고 있었다. 헌제는 깜짝 놀라 얼굴빛이 변했다. 조조가 물었다.

"동승이 반역을 꾀한 사실을 폐하께서는 아십니까?"

헌제는 짐짓 엉뚱한 대꾸를 했다.

"동탁은 이미 죽지 않았소?"

조조가 버럭 소리를 질렀다.

"동탁이 아니라 동승 말입니다!"

헌제는 부들부들 떨었다.

"짐은 실로 모르는 일이오."

조조가 다그쳤다.

"손가락을 깨물어 조서를 쓴 일을 잊으셨단 말이오?"

헌제는 대답할 말이 없었다. 조조는 무사들을 꾸짖어 동귀비를 붙잡아 왔다. 헌제가 애걸했다.

"동귀비는 임신한 지 다섯 달이나 되었으니 승상께서 가엾게 여겨 주기 바라오."

조조는 차갑게 대꾸했다.

"하늘이 저들의 계획을 어그러뜨리지 않았다면 나는 이미 죽었을 것입니다. 그러니 어찌 이 여자를 남겨 두어 후환을 만든단 말이오!"

복황후도 사정했다.

왕핑희 그림

"냉궁冷宮에 가두었다가 몸을 풀고 나면 그때 죽여도 늦지 않을 거예요."

조조는 코웃음을 쳤다.

"역적의 씨를 남겨서 제 어미의 복수를 하게 하란 말이오?"

동귀비는 눈물을 흘리며 부탁했다.

"시체라도 온전하게 해주시고 살이 드러나지 않게 해주시지요."

조조는 흰 비단을 가져오라고 분부했다. 헌제는 울면서 귀비에게 말했다.

"그대는 구천九泉에 가더라도 짐을 원망하지 마시구려!"

말을 마치자 눈물이 비 오듯 흘렀다. 복황후도 소리 내어 울었다. 조조가 벌컥 화를 냈다.

"아직도 아녀자처럼 질질 짜기만 하실 거요?"

그러고는 무사들을 호령해 동귀비를 끌어내어 궁문 밖에서 목을 졸라 죽이게 했다. 후세 사람이 시를 지어 동귀비를 탄식했다.

임금과 함께 살며 입은 은총도 속절없어라 /
애달프다 뱃속의 왕손도 함께 버려야 하네. //
당당한 제왕의 권위로도 구해 주지 못하여 /
소매 사이로 바라보며 헛되이 눈물만 쏟네.
春殿承恩赤枉然, 傷哉龍種并時捐. 堂堂帝王難相救, 掩面徒看泪涌泉.

조조는 궁궐을 감독하는 관원에게 분부했다.

"이후로는 내 뜻을 받들지 않고 제멋대로 궁문에 들어오는 외척이나 종족이 있으면 목을 치겠다! 궁문을 지키지 않아도 같은 죄로 다스리겠다."

다시 심복 3천 명을 어림군으로 충당하고 조홍에게 그들을 통솔하여 황궁을 지키며 살피게 했다.

조조가 정욱에게 말했다.

"지금 동승의 무리는 주멸되었지만 아직도 마등과 유비가 남아 있으니 제거하지 않을 수 없소."

정욱이 말했다.

"마등은 서량에 주둔하고 있으므로 가벼이 칠 수가 없습니다. 편지로 위로하여 의심을 품지 않도록 달랜 뒤 경사로 유인하여 손을 보면 될 것입니다. 유비는 지금 서주에 있으면서 군사를 나누어 기각지세를 이루고 있으니 이 역시 섣불리 대적할 수 없습니다. 더구나 지금 원소가 관도에 주둔하면서 수시로 허도를 빼앗을 마음을 먹고 있는데, 우리가 하루아침에 동으로 서주를 치러 간다면 유비는 반드시 원소에게 구원을 청할 것입니다. 원소가 허도의 빈틈을 타고 습격하면 어떻게 막겠습니까?"

조조의 견해는 달랐다.

"아니오. 유비는 인걸이오. 지금 공격하지 않았다가 날개가 자라게 되면 급히 도모하기가 어렵게 될 것이오. 원소는 비록 강하지만 일을 당하면 의심이 많아 결단을 내리지 못하니 어찌 족히 근심하리오!"

한창 의논을 하고 있는데 밖에 나갔던 곽가가 들어왔다. 조조가 물었다.

"나는 동으로 유비를 치려고 하는데 원소가 걱정이니 어떻게 하면 좋겠소?"

곽가가 대답했다.

"원소는 성질이 느린데다 의심이 많고, 그의 모사들은 투기가 심하니 근심할 필요가 없습니다. 유비는 새로 군사를 마련한데다 사람들이 아직 마음으로 복종하고 있지 않으니 승상께서 군사를 이끌고 동으로 정벌하시면 한번 싸움으로 평정하실 수 있을 것입니다."

조조는 크게 기뻐했다.

"바로 나의 생각과 같구려."

조조는 마침내 20만 대군을 일으켜 다섯 길로 나누어 서주로 내려갔다.

첩자가 이 사실을 탐지하여 서주에 알렸다. 손건은 먼저 하비로 가서 관공에게 소식을 전하고 뒤이어 소패로 가서 현덕에게 보고했다. 현덕은 손건과 대책을 상의했다.

"원소에게 구원을 청해야 이 위기에서 벗어날 수 있을 것이오."

현덕은 편지 한 통을 써서 손건을 하북으로 파견했다.

손건은 먼저 전풍을 만나 사연을 이야기하고 원소를 만나게 해 달라고 부탁했다. 전풍은 즉시 손건을 데리고 원소를 찾아가 편지를 올렸다. 그런데 원소는 얼굴이 초췌하고 옷차림도 단정하지 못했다. 전풍이 물었다.

"오늘 주공께서는 무슨 까닭으로 안색이 좋지 않으십니까?"

원소가 맥없이 대답했다.

"내가 곧 죽을 것 같구려!"

전풍이 다시 물었다.

"주공께서는 어찌하여 그런 말씀을 하십니까?"

원소가 말했다.

"내 아들 다섯을 낳았는데 막내가 유독 내 마음을 즐겁게 해주었소. 그런데 그 아이가 지금 옴이 올라 목숨이 경각에 달렸구려. 그러니 내가 지금 무슨 기분으로 다른 일을 논의할 수 있겠소?"

전풍이 말했다.

"지금 조조가 유현덕을 치기 위해 동쪽으로 진격하는 바람에 허창이 텅 비었습니다. 그 틈에 정의로운 군사를 몰아 쳐들어가면 위로는 천자를 보호하고 아래로는 만백성을 구할 수 있습니다. 이는 쉽게 얻을 수 있는 기회가 아니오니 명공께서는 부디 결단을 내리시기 바랍니다."

원소가 대답했다.

"나 역시 지금이 참으로 좋은 기회인 줄은 알지만 내 마음이 어수선하니 아마 불리할 것이오."

전풍은 안타까웠다.

"무엇이 그토록 어수선하십니까?"

원소가 대답했다.

"아들 다섯 가운데 그 아이가 가장 기특한데 잘못되기라도 한다면 내 목숨도 끝장이오."

원소는 끝내 군사를 일으키지 않기로 결정하고 손건에게 말했다.

"그대는 돌아가서 현덕에게 내가 군사를 일으키지 못하는 사연을 전해 주시오. 만약 일이 뜻대로 되지 않으면 내게로 오라고 하시오. 내가 직접 도와줄 방법이 있으니."

전풍은 지팡이로 땅바닥을 쳤다.

"이처럼 절호의 기회를 만났는데 어린아이의 병 때문에 이렇게 좋은 기회를 놓치다니! 큰일이 글러 버렸으니 정말 아깝고도 가슴 아 픈 일이로다!"

그는 발을 구르고 긴 한숨을 쉬며 밖으로 나갔다.

원소가 군사를 움직이려 하지 않는 걸 보고 손건은 서둘러 소패 로 돌아가 현덕에게 있었던 일을 빠짐없이 이야기했다. 현덕은 크 게 놀랐다.

"일이 그리되었다면 어떻게 해야 하겠소?"

장비가 나섰다.

"형님, 걱정하지 마시오. 조조의 군사는 먼 길을 왔으니 틀림없이 피로할 거요. 도착하자마자 틈을 주지 말고 우리가 먼저 영채를 기 습하면 조조를 깨뜨릴 수 있소."

유비가 말했다.

"평소 자네를 한낱 용맹한 사나이 정도로만 여겨 왔는데 지난번 유대를 잡을 때 보니 제법 계책을 쓸 줄 알더군. 방금 말한 계책 역시 병법에 부합하는 것일세."

그래서 장비의 말에 따라 군사를 나누어 적의 영채를 습격하기 로 했다.

한편 조조는 군사를 이끌고 소패로 가고 있었다. 한참 행군하는 도 중에 광풍이 휘몰아치면서 갑자기 우지끈 소리와 함께 아기牙旗 하 나가 부러졌다. 조조는 군사를 잠시 멈춰 세우고 모사들을 모아 무 슨 조짐인지를 물었다. 순욱이 물었다.

"바람이 어느 쪽에서 불어왔으며 무슨 색깔의 깃발이 부러졌습 니까?"

조조가 대답했다.

"바람이 동남쪽에서 불어와 모퉁이에 있는 아기를 부러뜨렸는데 푸른색과 붉은색이었소."

순욱이 말했다.

"다른 게 아니라 오늘 밤 유비가 영채를 급습할 조짐입니다."

조조가 고개를 끄덕이는데 때마침 모개毛玠가 들어오더니 물었다.

"방금 동남풍이 불어 푸른색과 붉은색의 아기를 부러뜨렸습니다. 주공께서는 무슨 징조라고 보십니까?"

조조가 반문했다.

"공의 생각은 어떠하오?"

모개가 대답했다.

"어리석은 생각으로는 오늘 밤 누군가 영채를 기습할 것으로 보입니다."

후세 사람이 시를 지어 탄식했다.

오호라 황제의 형편이 곤궁하고 외로워 /
모든 것을 황숙의 기습 공격에 의지하네. //
어찌하랴 아기가 꺾여 실패 징조 보이니 /
하늘이여 어찌하여 간웅을 놓아주느뇨.
吁嗟帝胄勢孤窮, 全仗分兵劫寨功. 爭奈牙旗折有兆, 老天何故縱姦雄.

조조가 말했다.

"하늘이 알려주시는 것이니 즉시 방비해야 하오."

조조는 군사를 아홉 부대로 나누어 한 부대만 앞으로 나아가 거짓 영채를 세우게 하고 나머지는 여덟 방향에 매복시켰다.

張飛夜劫曹營 辰直畵

하우직 그림

이날 밤은 달빛조차 희미했다. 현덕은 왼쪽, 장비는 오른쪽에서, 두 부대로 군사를 나누어 진군했다. 손건만 남겨 소패를 지키도록 했다.

장비는 스스로 신통한 계책을 내었다고 생각하며 가벼운 차림의 기병을 이끌고 앞장서서 조조의 영채로 돌격해 들어갔는데 영채 안에는 얼마 안 되는 인마가 드문드문 흩어져 있을 뿐이었다. 그런데 갑자기 사방에서 불빛이 비치며 고함소리가 울렸다. 장비는 계책에 걸려든 것을 직감하고 급히 영채 밖으로 빠져나오는데 동쪽에서는 장료, 서쪽에서는 허저, 남쪽에서는 우금, 북쪽에서는 이전, 동남쪽에서는 서황, 서남쪽에서는 악진, 동북쪽에서는 하후돈, 서북쪽에서는 하후연이 이끄는 여덟 방향의 군사가 쏟아져 나왔다. 장비는 좌충우돌하다가는 다시 앞뒤로 내달리며 무찔렀다. 그러나 그가 거느린 군사들은 원래 조조 수하의 옛 군졸들이었으므로 사태가 급해지자 모조리 적진으로 투항해 버렸다.

장비가 서황을 만나 한바탕 큰 싸움을 벌이고 있는데 뒤쪽에서 또 악진이 쫓아왔다. 장비는 가까스로 혈로를 열어 포위망을 뚫고 달아났다. 뒤따르는 부하는 겨우 기병 수십 명뿐이었다. 소패로 돌아가려 했으나 길은 이미 끊겨 있었다. 서주나 하비로 가려고 했지만 조조의 군사가 다시 막지나 않을까 두려웠다. 장비는 아무리 생각해도 갈 길이 없어 하는 수 없이 망탕산을 향하여 달아났다.

한편 현덕은 적의 영채를 습격하려고 군사를 이끌고 가서 조조의 영문 가까이 이르렀을 때였다. 갑자기 함성 소리가 크게 울리면서 뒤쪽에서 한 무리의 군사가 돌격해 나오더니 절반이나 되는 인마를 잘라가 버렸다. 그 뒤로 하후돈이 또 들이닥쳤다. 현덕이 포위망을 뚫

고 달아나는데 다시 하후연이 뒤를
추격했다. 현덕이 돌아보니 겨우
30명 남짓한 기병만이 뒤를 따르
고 있었다. 급히 달려
소패로 돌아가려고
했다. 그러나 어
느새 멀리 소
패성에는 불
길이 일어나
고 있었다. 하는 수 없이
소패를 포기하고 서주나 하
비로 가려고 했다. 그런데 또
조조의 군사가 산을 덮고 들판을 메우며
길을 막았다. 현덕은 아무리 궁리해도 돌아갈 길이 없었다. 그 순간
이런 생각이 떠올랐다.

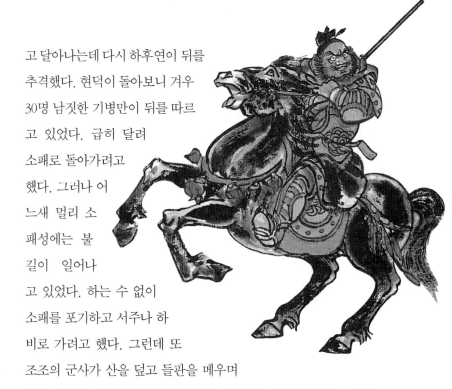

'원소가 일이 여의치 못하면 자기를 찾아오라고 했다지 않은가?
지금으로선 잠시 거기로 가서 몸을 의탁하다가 다른 방도를 찾아보
는 게 낫겠구나.'

마침내 현덕은 청주로 통하는 길을 향하여 달리다가 길을 차단
하고 있던 이전과 정면으로 맞닥뜨렸다. 현덕은 필마단기로 허겁지
겁 북쪽을 향해 달아나고, 이전은 현덕을 따르던 기병들만 잡아 돌
아갔다.

현덕은 혼자서 말을 타고 청주로 달려갔다. 하루에 3백 리를 달려
청주성 아래에 당도한 현덕은 문을 열라고 소리쳤다. 문지기가 이름

을 물어보고 자사에게 보고했다. 청주 자사는 원소의 맏아들 원담袁譚이었다. 평소 현덕을 존경하던 원담은 현덕이 홀몸으로 말을 달려 왔다는 말을 듣자 곧바로 성문을 열고 나와 영접했다. 현덕을 관아로 맞아들인 원담은 어떻게 된 까닭인지 자세히 캐물었다. 현덕은 조조와의 싸움에서 패하여 몸을 의탁하려고 찾아온 뜻을 상세히 이야기했다. 현덕을 역관에 머물게 한 원담은 아버지 원소에게 편지를 띄워 보고하는 한편 청주의 인마를 보내어 현덕을 호송토록 했다. 평원平原 경계에 이르자 원소가 친히 군사를 이끌고 업군鄴郡에서 30리나 되는 곳까지 나와 현덕을 영접했다. 현덕은 절하며 감사를 표했다. 원소가 황급히 답례했다.

"지난번에는 어린 자식이 앓고 있는 바람에 구원해 드리지 못해 마음이 울적하고 불편했소. 오늘 다행히 만나 보게 되니 평생 애태우며 그리워하던 마음에 크게 위로가 되는구려."

현덕이 말했다.

"외롭고 궁한 유비가 문하에 들어오려 한 지는 오래되었건만 그동안 기회와 인연이 없어 만나지 못했습니다. 이제 조조에게 공격을 받아 처자식마저 적의 수중에 떨어지고 말았습니다만 장군께서 천하의 선비들을 용납하신다는 생각이 떠올라 부끄러움을 무릅쓰고 찾아왔습니다. 바라건대 거두어 주신다면 맹세코 보답할 길을 강구하겠습니다."

원소는 크게 기뻐하고 후하게 대우하면서 함께 기주에서 살자고 했다.

한편 그날 밤 소패를 수중에 넣은 조조는 뒤이어 진군해 서주를 공격했다. 미축과 간옹은 성을 지켜 낼 도리가 없어 성을 버리고 달아났다. 진등이 서주를 바쳤다. 조조는 대군을 거느리고 입성하여 백성들을 안정시킨 다음 모사들을 불러 하비를 칠 대책을 의논했다. 순욱이 말했다.

"운장이 유비의 가족을 보호하면서 죽기로써 성을 지키고 있습니다. 만약 속히 빼앗지 못하면 원소가 훔쳐 가지나 않을까 염려됩니다."

조조가 말했다.

"나는 평소부터 운장의 무예와 인품을 사랑해 왔소. 그를 얻어 내 사람으로 기용하고 싶소. 사람을 보내 항복하도록 설득해 보는 게 좋겠소."

곽가가 말했다.

"운장은 의리를 소중하게 여기므로 항복하려 하지 않을 것입니다. 달래려고 사람을 보냈다가는 도리어 해를 입을 것입니다."

이때 군막 안에서 한 사람이 나서며 말했다.

"제가 관공과 면식이 있으니 가서 달래 보겠습니다."

사람들이 보니 바로 장료였다. 정욱이 말했다.

"문원文遠(장료의 자)께서 비록 운장과 이전부터 안면이 있다지만 내가 보기에 그 사람은 말로 설득할 수 있는 사람이 아닌 것 같소. 저에게 계책이 한 가지 있습니다. 그 사람을 진퇴양난의 궁지에 빠뜨려 놓고 문원을 보내 설득하게 하면 저 사람은 틀림없이 승상께 귀순할 것입니다."

바로 다음 대구와 같다.

수풀에 쇠뇌를 설치하여 맹호를 쏘고 /

향기로운 미끼를 갖추어 자라를 낚네

整備窩弓射猛虎　安排香餌釣鰲魚

그 계책은 어떤 것인가, 다음 회를 보라.